GEEN KORTSTONDIG AVONTUUR

Alle personen en toestanden, in dit boek beschreven, zijn geheel aan het brein van de schrijfster ontsproten.

MIEN VAN 'T SANT

GEEN KORTSTONDIG AVONTUUR

ROMAN

Derde druk

ZOMER & KEUNING – EDE

Omslagtekening: Reint de Jonge

ISBN 90 210 3608 8

© 1983, 1984 Zomer & Keuning Boeken B.V., Ede

Niets uit deze uitgave mag worden verveelvoudigd en/of openbaar gemaakt door middel van druk, fotokopie, microfilm of op welke andere wijze ook, zonder voorafgaande schriftelijke toestemming van de uitgever.

No part of this book may be reproduced in any form by print, photoprint, microfilm or any other means without written permission from the publisher.

Beste lezers!

Ja! Nu is het dan zover, dat mijn honderdste boek uit de machine is gerold. Ik vermeld dit niet, omdat ik er op een of andere manier prat op ga. De zegswijze: 'Kwaliteit gaat nog altijd boven Kwantiteit' bevat een brok wijsheid, waaraan we niet meer zo voorbij mogen gaan. Toch is het voor mij een afscheid van een hobby, die me het gemis aan eigen kinderen enigermate heeft vergoed. Mijn eerste boeken waren uitsluitend voor de jeugd bestemd. Kinderen spelen in mijn romans ook nog altijd een grote rol.

Dat er zoveel boeken uit mijn pen zijn gevloeid, u lezers, draagt er voor een deel ook schuld aan. Wat ik met mijn boeken bereikt heb: een heleboel mensen een paar uur van louter ontspanning verschaffen, is blijkbaar bij velen van u aangeslagen en is voor mij de prikkel geweest telkens opnieuw te beginnen.

Het is daarom, dat ik dit vóór in dit boek vermeld. Ook aan u mijn oprechte dank, dat u zo vaak hebt laten merken, dat dit voor u het geval is geweest.

Beste mensen! Nog veel leesplezier! Voor mij komt nu dan de tijd, zelf met een boek in een stoel te duiken; van wat anderen aan het papier hebben toevertrouwd, op mijn beurt te genieten.

Alias van 't Sant

1

'Moeder? Kun jij het er bij vader niet doordrukken, dat ik nu dan ook eens mee mag naar dat studentenkamp op Vlieland? Nu vader voor ruim een maand naar het noorden trekt om die houtaankoop te regelen en jijzelf ook voor zo'n twee weken mee wilt, mogen Steef en ik ons maar weer op die slome kinderboerderij zien te vermaken. Niet eerlijk verdeeld, hoor! Heus! Ik ben er zo langzamerhand dik op uitgekeken.'
Ingrid Oosterveen moet lachen of ze wil of niet. 'Mopperpot, dat je bent! Of het voor jou dit keer niet op een heel ándere manier gepland is! Steven zal er zijn eerste rijlessen krijgen. Nu dan op een echt paard. In ruil daarvoor moet hij de stallen bijhouden en mee voor de paarden zorgen. Jijzelf zult na de vakantieweken daar je spaarpot behoorlijk gevuld weten, omdat je nu echt voor geld bij de hulp daar ingeschakeld wordt. Meteen een zekere verantwoordelijkheid te dragen krijgt. Je eigen wil overigens!' voegt moeder Oosterveen er nog gauw aan toe, handig van een adempauze in Matties verweer tegen de vakantieplannen gebruikmakend. 'Jijzelf was het immers, die met dit voorstel uit de bus kwam? Jouw grote wens: volgend jaar in de krokusvakantie die tien dagen naar Lillehammer. Bij oma Jensen logeren en trouw een pittige skicursus volgen. Mét een grotendeels nieuwe uitrusting – dat heb je ervan, als je in lengte broer Johan achterna wilt – die een flinke bres in je portemonnee zal slaan. Zeg? Hoe komt dat nu ineens? Geen twee maanden geleden was je er nog zo verguld mee.'
Mattie haalt haar schouders op. 'Ik weet nu beter, moeder. Dat kind van Bakker – je weet wel van die brillenzaak – is sinds kort ook lid van onze volleybalclub. Verleden jaar heeft ze ergens in Friesland in een zeilkamp een dergelijk baantje gehad. De halve dag bedden opmaken, vaatwassen en groente schoonmaken. Áls ze eens vrij was, geen rug meer over om mee te sporten.

Hoogstens wat zwemmen, op haar badhanddoek liggend wat bijspijkeren. "Mij voor iets dergelijks heus niet gezien!" zei ze wel zó nadrukkelijk, dat het me meteen kopschuw maakte.'
'Dus volgend voorjaar ook geen reis naar Noorwegen dan?'
Opnieuw haalt Mattie haar tengere schouders op. 'Ik zit er echt nog niet over in, hoor! Een deel van de komende zomervakantie ben ik nog altijd thuis. Als ik door een verblijf in dat studentenkamp echt opgeladen ben wil ik hier in de komende weken best nog graag een baantje hebben. Daarna komen Sinterklaas en Kerstmis ook nog met hun extra drukte in de winkels. Nu ik voor mijn eindexamen volgende cursus vast niet zo hoef te blokken zal er allicht nog tijd genoeg overschieten om mijn portemonnee met het een of ander te spekken. In ieder geval iets minder slooms dan met hulpje spelen op een of andere kinderboerderij.'
Even blijft het stil. Dan zegt Ingrid Oosterveen, meer om er zichzelf van te overtuigen dan dat ze het precies zou weten: 'Je bent nu zeventien, niet? Inderdaad! Ik kan me het dan wel een beetje indenken dat je de spelletjes, waarop Steven zich nu alweer verheugt, niet meer zo aanspreken.'
Mattie is al van haar stoel opgesprongen, valt haar moeder spontaan om de hals. 'Je vindt het goed, hè moeder? Je gaat paps tot en met bewerken, opdat hij nu eindelijk eens zal inzien dat ik echt al een beetje tot de volwassenen ga behoren? Volgend voorjaar al achttien! Menselijkerwijs gesproken nog vóór dat gebeuren al in het bezit van mijn Havo-diploma. Dan is het meteen hoog tijd, dat ik ook op mezelf ga wonen. Van Johan vonden jullie het toch ook goed, toen hij in Delft begon?'
Ingrid Oosterveen schuift in een bewust gebaar haar stoel achteruit. 'Ik moet gaan koken, kind. Oké! Ik zal het met vader over dat gaan naar zo'n kamp hebben. Nog verder op de tijd vooruitlopen, daar beginnen we nu niet aan. Johan is zo heel anders dan onze dochter. Eén brok ernst en plichtsbetrachting. Hij heeft nu eenmaal een rustige omgeving nodig om te studeren.'

Matties lach schalt door de kamer. Een manier van lachen zoals alleen Mathilde Oosterveen dat vermag. Mattie, voluit Mathilde, die het leven nog zo graag als een rad van avontuur wil zien. Een rad met louter prijzen voor wie erin gelooft. De enkele nieten dan voor de sufferds, die altijd leeuwen en beren op hun weg zien.

'Ga maar lekker koken, jij,' zegt Mattie op haar spontane manier. 'Johan heeft de spullen voor die reis toevallig hier op zijn oude kamer liggen. Voor mij dé kans om me vast wat baanwijs te maken. Als vader me hoorde zou hij alleen maar goedkeurend knikken. Een kat in de zak kopen! In zijn ogen een onvergeeflijke fout. Voor zijn dochter al evenzo.'

'Jan? Ik weet dat er nog een massa te regelen valt alvorens je je reis naar Finland en Noorwegen helemaal voor elkaar hebt. Maar echt! Ook ik heb vóór je vertrek nog het een en ander met je te bespreken. Iets, dat evenmin veel uitstel kan lijden.'
Zo'n blije glans verschijnt er ineens in zijn ogen, dat ze even niet verder kan. O, ze weet meteen al welke mededeling haar man van haar verwacht. Vanzelfsprekend dat ze alsnog besloten heeft hem gedurende de hele reis te vergezellen, het dit keer niet met een onnozele veertien dagen te laten aflopen.
Ze moet even slikken. Ze wil het voor zichzelf gerust bekennen. Ze hééft er moeite mee iets te gaan zeggen, dat die blije glans in de ogen van haar man zal doen verdwijnen om plaats te maken voor de ernstige trek, die er zich als regel op heeft vastgelegd. Die van de hardwerkende, integere zakenman, die zo helemaal voor zijn bedrijf leeft, hetzelfde van zijn ondergeschikten eist. Een alleszins harmonisch huwelijk, dat van Jan Oosterveen, de succesvolle scheepsbouwer en de evenwichtige, blonde Ingrid Jensen. Zijn misschien te serieuze opvatting van ons mensen hier op aarde opgegeven plicht, had in de loop der jaren een goed tegenwicht gevonden in de karaktertrekken, die de bewoners van de Scandinavische landen kenmerkten. Een zekere nuchterheid, die weliswaar voor niet-landgenoten wat

hooghartig aandeed. Maar daarnaast ook een warme verbondenheid wat de familieverhoudingen betrof. En boven dat alles uit een sterk vertrouwen in een God, die van hen verwachtte dat zijzelf het zouden zijn, die hun leven in handen namen, het naar eigen goeddunken zouden kneden.
Zo had Ingrid Jensen ook al vroeg op eigen benen gestaan. Geen bepaald uitbundige jeugd! Wel een hechte familieband, opgebouwd uit de vaak diepgaande gesprekken, die ze geregeld tijdens hun gemeenschappelijk verblijf in de sauna voerden en waaruit ieder lid van het gezin datgene kon putten, wat voor zijn verdere vorming vruchten kon afwerpen.
Ingrid hád moeite gehad zich aan de zo heel andere levenswijze in haar nieuwe vaderland aan te passen. Ze proefde er vooral aanvankelijk zo erg het wat stiekeme in. Het de zinnen prikkelende, dat in haar eigen geboorteland niet in eerste instantie als zodanig was bedoeld.
Gelukkig was Jan haar nog kort voor hun huwelijk in zoverre tegemoetgekomen, dat ook hij zijn vrouw haar eigen sauna had gegund. Voor haar ook nu nog altijd het vertrouwde stukje Noorwegen uit haar kinderjaren, waarmee hun kroost later ook zou opgroeien.
Ingrid is ineens zó door haar gedachten meegesleept, dat haar man – zo zijn gewoonte als iemand hem onnodig op een verklaring laat wachten – al een paar keer met zijn lepeltje op het schoteltje van zijn kopje heeft getikt. 'Dat was het dus,' constateert hij op zijn wat nuchtere manier. 'Dan nu alsjeblieft het andere, Ingrid. Zeker weer iets, dat met de kinderen te maken heeft?'
Een vlug knikje! Dan, óf ze er nu maar ineens doorheen wil bijten: 'Mattie heeft me opgedragen bij jou een goed woordje voor haar te doen. Ze heeft opeens tabak van die kinderboerderij. Zelfs het feit, dat ze er dit keer in het voorjaar haar skireis mee zal kunnen verwezenlijken, weegt niet tegen het andere op.'
'Welk andere? Toch niet een nu al op zichzelf willen wonen?'

'Dat heb ik voorlopig nog kunnen bezweren. In ieder geval niet eerder dan nadat ze haar einddiploma gehaald zal hebben; voor verdere studie geregeld op en neer zou moeten reizen.'
Jan Oosterveen tikt opnieuw nadrukkelijk op de rand van zijn schoteltje. 'Zeg het alsjeblieft, Ingrid! Andere keren ben je er nooit zo sloom mee om iets van je hart te praten.'
Ze knikt. 'Mattie heeft er ineens haar zinnen op gezet, met onze oudste mee naar dat kamp op Vlieland te trekken. Zie jij daar wat in?'
Hij lacht. 'Je vraag houdt al in dat jij zelf wél de nodige bezwaren ziet.'
'Inderdaad! Rondom happy kan ik er echt niet mee zijn. Onze Mattie! Nog zo helemaal kind, dat amper weet dat rozen ook dorens hebben. Als ik Johan goed begrepen heb gaat het ook om allemaal oudere jongelui, die na een jaar van hard studeren naast hun onderlinge besprekingen ook de bloemetjes wel eens buiten willen zetten. Ze zullen in de persoon van onze spring-in-'t-veld stellig diegene vinden, die haar aandeel daarin wàt graag zal willen leveren. Hier thuis is ze zo heel anders opgevoed. Zo helemaal in een gezin, waarvan elk lid open en eerlijk voor zijn mening mag uitkomen en waaraan alle achterbakse gedoe volkomen vreemd is.'
Jan kijkt haar wat verbaasd aan. 'Ik had eerder uit jouw mond verwacht dat je dit laatste juist als een zekere waarborg zou beschouwen, dat ons kind in welk gezelschap ook zich zal weten te handhaven.'
'Diep in mijn hart doe ik dat ook nog wel. Het gaat er ook niet om, dat ik onze kinderen niet tot en met heb voorgelicht. Alleen? Mattie is zo'n spontaan kind. Zal ze veerkracht genoeg opbrengen om de bedoelingen van zoveel verschillend geaarde jongeren, de goede dan niet te na gesproken, op hun juiste waarde te schatten? Ik wil zo graag anders. Alleen soms overvalt me het gevoel of ik ons kind met de vervulling van deze wens regelrecht voor de leeuwen gooi.'
'Je zou haar naar de huisdokter willen sturen? Haar op die ma-

nier het wapen in handen spelen, waarmee ze zich veilig kan stellen?'

Ingrid kan niet verhoeden dat de kleur in haar wangen omhoog schiet. 'Mijn verstand is geneigd ja te zeggen. Mijn gevoel juist het heel andere. Dat we ons kroost in alle openheid hebben opgevoed. Zo dat ze in hun gedragingen in staat zijn hun eigen verantwoordelijkheden te hebben. Dat – en dit is voor mij verreweg het voornaamste – ze de overtuiging meedragen, dat ze ons volle vertrouwen hebben. Als Mattie er zelf over begonnen was...? Als ze nu al telkens andere vrindjes had gehad...? Ze is nog zo heerlijk jong, zo ongerept. Heus Jan! Het stuit me niet te zeggen tegen de borst, als ik ertoe zou overgaan, er onze huisdokter voor te laten opdraaien. Een vorm van schuilevinkje spelen, dat ons gezinnetje zo totaal vreemd is.'

'Je hebt nog even tijd, Ingrid. Vergeet ook niet dat Johan mede van de partij zal zijn. Zo jong als hij is weet hij al een zeker respect af te dwingen. Misschien dat je hem nog eens ernstig op het hart kunt drukken wat over zijn zuster te waken.'

Ze knikt. 'Dus? Ik begrijp uit dit alles dat je je niet tegen dat gaan naar Vlieland verzet?'

'Kleine kinderen worden groot, vrouw van me. Eéns moet je hen toch op eigen wieken laten drijven. Ik dacht wel dat we hun een ruggesteuntje hadden meegegeven.'

Als Ingrid langs haar man heenloopt pakt ze zijn hoofd even tussen haar handen. 'God heeft het tot nog toe goed met ons gemaakt, Jan. Onze kinderen zullen Hem naar ik hoop ook altijd blijven vinden. Ergens voel ik dit alles als een vuurdoop voor onze spontane dochter. Met Gods hulp zal ze die stellig doorstaan. Het enige wat we nog kunnen doen is voor haar bidden. Zoals we dat ook voor onze jongens doen. Dank je, Jan, dat je dit je dochter gunt. Ik geloof nu zelf ook dat het een goede beslissing is.'

2

Mattie is in de wolken over het feit, dat haar ouders dan eindelijk hebben ingezien dat ze voor nóg weer een zomervakantie op een kinderboerderij nu echt te volwassen is geworden.
Vol trots komt ze nog geen week later met de lijst van deelnemers aan het studentenkamp aandragen. Haar naam er voluit op! 'Mathilde Maria Oosterveen!' En met haar wat overmoedig aandoende stem eraan toevoegend: 'Kijk eens, moeder! De jongste van allemaal! Leuk hè? En nu wel met de zekerheid, dat ik volgend jaar mijn eindexamen Havo zal halen. Met daarna het plan een jaar Schoevers te doen. Daarmee kan ik later op van alles en nog wat overschakelen. In de eerste plaats wil ik jouw geboortetaal beter leren spreken. Ergens hoor ik ook nog voor een gedeelte bij Noorwegen, niet?'

Bepakt en bezakt zijn Jan en Ingrid van Schiphol vertrokken. Is Ingrid opnieuw holderdebolder van nu al haar derde vliegreis, helemaal opgetogen raakt ze, als ze al laat in de avond in de gereedstaande bussen van het vliegveld naar hun bestemming reizen. Echt pikkedonker, zoals je dat in Nederland maar al te vaak meemaakt, wordt het hier tijdens de zomermaanden vrijwel nooit. De vele meren met hun grillige rotskanten blinken nog blauwachtig op in het felle licht van de vliegtuiglampen. Finland! Voor Ingrid vroeger alleen maar het buurland, dat ze tot nog toe nooit bezocht had. Maar Jan heeft het er dit keer toch doorgedrukt, dat ze hem zo'n ruim twee weken gezelschap zal houden. Wat de vakantie van hun kroost betreft, die is tot in de puntjes geregeld. Steven wil maar wát graag nog een poos langer op de kinderboerderij verblijven. Hij is gek met al wat dier is. Ja, dit keer weet hij alhaast zeker dat hij mee mag helpen met voeren en met de verzorging van de pony's.

Johan en Mattie zijn een dag tevoren afgereisd, hebben al opgebeld dat ze veilig in hun onderdak gearriveerd zijn.

Twee dagen na haar eigen thuiskomst zal Ingrid het hele stel weer terug kunnen verwachten. Naar ze hoopt met de nodige verhalen over alle belevenissen tussen jongen mensen van zo verschillende nationaliteit.

Als Jan en Ingrid eenmaal op hun wat sobere hotelkamer zijn beland kan Ingrid het niet nalaten haar man vlug op een van de twee bedden te trekken. 'Jan, wat een uitzicht! Dat ik nu toch echt in Helsinki ben beland! Liefst vier volle dagen! Morgen is het eerste wat ik me aanschaf een plattegrond van de stad. Als jij dan met jouw zaken bezig bent hoef je niet bang te zijn, dat ik zal verdwalen. Lief van je me helemaal mee tot Oulou te nemen. Nog een heel stuk door Finland rijden. Vanaf Oulou kan ik me gemakkelijk alleen redden. Ik kan me van de plaats niet veel meer herinneren. Nou ja! Water en almaar enorme houtvlotten. Je zult me bij het zakendoen daar kunnen missen als kiespijn. Dat mijn moeder in haar huis in Lillehammer de dagen nu al aan het aftellen is, dat weet ik zo zeker als wat.'

'Geniet maar van die extra week vakantie. Je moet er straks thuis weer flink tegenaan. Mathilde in haar laatste jaar van de Havo – en Steven, die ik zo graag zijn kans op het atheneum wil gunnen. Het jong kan leren als de beste, heeft alleen maar iemand nodig, die hem af en toe eens achter zijn vodden zit. Hem meteen doet inzien dat hij nu eindelijk aan zijn vele hobby's wat paal en perk moet stellen.'

Mattie moet echt even aan het kampleven temidden van zoveel oudere jongelui wennen. Van de zes Nederlandse meisjes hebben er zich nog twee onverwachts teruggetrokken. Zodoende deelt ze dan niet de zespersoonstent, maar is haar samen met de wat oudere Kitty van Boven de in feite niet langer in gebruik zijnde kleine kamer in het hoofdgebouw toegewezen.

De buitenlandse meisjes zijn over de diverse slaapzalen verdeeld. De meesten kennen elkaar al van vorige vakantiekam-

pen, klitten voor Matties gevoel opvallend aan elkaar.
Als ze een paar ogenblikken met haar broer alleen is kan de flapuit Mattie het niet nalaten, bij hem haar nood over een en ander te klagen. Tot haar grote verwondering vangt ze ook bij hem dit keer bot. 'Je had het vantevoren allemaal kunnen begrijpen. We hebben elkaar zo'n heel jaar niet meer ontmoet. We verlangen er stuk voor stuk naar onze wederzijdse bevindingen zo gauw mogelijk uit te wisselen. Bedenk goed dat het hier voor een groot deel nog altijd om een werkkamp gaat. Dat wil allerminst zeggen dat er van ontspanning, op zijn tijd flink wat jool maken, geen sprake is. Je kunt het alleen bepaald niet vergelijken met je kinderboerderij van andere jaren. Zelfs niet, als aan de ouderen al bepaalde taken worden toebedeeld. Daarvoor hebben ze hier voor het grootste deel trouwens eigen personeel.'
'Wat zijn jullie dan van plan zo'n hele dag uit te voeren?'
De lach is van Matties gezicht verdwenen. Ze heeft ineens zo sterk het gevoel, dat haar bloedeigen broer haar nu ook al afvalt.
'Nog altijd genoeg! Gedachten uitwisselen met de lui, die dezelfde studierichting hebben gekozen. Ons af en toe aan een brok politiek wagen. Ja, er wordt hier zelfs van ieder van ons verwacht dat we op een avond een behoorlijk gedocumenteerde verhandeling houden over het onderwerp, dat ons het meest na aan het hart ligt en waarover we *daarover* een levendige discussie kunnen verwachten.' En haar een broederlijk tikje op haar wang gevend: 'Van onze jongste deelneemster verwachten we een dezer dagen heus óók wat. Je bent al van jongsaf aan zo'n halve strandjutter. Er valt vast wel wat te spuien over je verzameling schelpen of over de vele planten, die speciaal in de duinpannen te vinden zijn.'
Ze schudt ongelovig haar hoofd. 'Doe niet zo leuk! Moet dat soms nog in het Engels ook?'
'Dat zou helemaal geweldig zijn, ja. Je kent er al best wat van. Wat het oordeel over de talenkennis van de deelnemers betreft zijn we nog altijd erg tolerant geweest. Daarbij komt dat nie-

mand zich verplicht hoeft te voelen alle voordrachten bij te wonen.'

Mattie geeft zich nog niet gewonnen. 'Houden jullie ergens nog tijd over om iets prettigs te versieren?'

'O heden, ja! Zwemmen, surfen, lange wandelingen maken en voor wie dat graag wil nog spelletjes doen ook. Het blijft voor een deel heus nog wel een vakantiekamp. Je zult hier best aan je trekken komen. Ik heb jou nog nooit beschouwd als iemand, die zich niet op een of andere manier weet te vermaken. Pap maar zo gauw mogelijk met het andere vrouwvolk aan. Al ben je dan wel de jongste, je zult heus niet de enige zijn, die dit gebeuren voor de eerste keer meemaakt. Je hebt dit gewild. Je moet hier alleen geen kindermeisje verwachten, dat je opvangt, als je eens met je ziel onder de arm zou lopen. Het is echt de bedoeling, dat ieder van ons op de hem eigen manier zijn bijdrage aan het welslagen van dit alles levert. Ik zou me al heel erg in mijn zuster vergissen, als een in alles behoorlijk vlotte Mattie er hier niets van zou weten te maken.'

Ze gooit haar hoofd in de wind. 'Oké Johan! Ik zal je niet meer lastigvallen. Ik zoek het verder zelf wel uit. Maar onder één voorwaarde dan. Dat je het niet in je hoofd haalt me bij de anderen belachelijk te maken, omdat ik nu toevallig de jongste ben. Me om die reden zult gaan betuttelen.'

'Dóe ik dat dan ooit?'

Ze haalt haar schouders op. 'Je begrijpt opperbest wat ik bedoel. Thuis word ik door vader en moeder al genoeg betutteld. Jij hoeft het gedurende die weken hier niet van hen over te nemen. Ik dop mijn boontjes zelf wel.'

Johan schiet in de lach. 'Ik ben ervan overtuigd, dat mijn zusje het inderdaad best klaar zal spelen. Sterkte ermee dan! Grote broer zal je niet onnodig in de weg lopen.'

De eerste dagen bemoeit Kitty van Boven zich haast uitsluitend met haar kamergenote. Een vrij stil meisje, dat er jonger uitziet dan ze in werkelijkheid is. Ze staat nota bene al voor haar tweede studiejaar, heeft het op de Rietveldacademie bijzonder goed naar haar zin. Maar ook van de moderne talen weet ze aardig wat te maken, heeft zo helemaal niet – iets wat met Mattie nog wel het geval is – de neiging zich wat haar niet-landgenoten betreft op de achtergrond te houden. Zo heeft ze zich dan al heel gauw bij twee Engelse meisjes aangesloten, die er samen op uittrekken om naarstig naar allerlei grillig gevormde voorwerpen te speuren, die de zee na korte of langere tijd weer op het strand terugwerpt. Voor de drie wie weet straks een onuitputtelijke bron van inspiratie, als ze na de vakantie weer achter hun tekentafel zullen staan.

Zo zit er voor Mattie al gauw niets anders op dan er in haar vrije tijd maar in haar eentje op uit te trekken. Ze heeft al enkele avonden meegemaakt, waarop een van de oudere studenten iets over zijn studie heeft verteld. Als het even kan, dan nog in het Engels ook. De taal, waarmee de leden van dit gemengde gezelschap blijkbaar nog het best raad weten.

Toen ze begreep dat ze er niet zonder het opgeven van een geldige reden om verstek te laten gaan onderuit zou kunnen, was er ineens iets anders in haar wakker geworden. Ze was behoorlijk eerzuchtig. Ze had voor haar eindlijst al heel wat Engelse boeken gelezen. De taal feilloos spreken, daarvan was nog lang geen sprake, maar met verstaan had ze het al een eind gebracht. Nu haar eerzucht, alsjeblieft niet het uitzonderingsgeval tussen de andere kampgenoten te worden eenmaal gewekt is voelt ze haar moed terugkeren. Eens, wie weet wel als allerlaatste zal het haar beurt zijn, het een en ander te spuien over een van haar toch liefst een beetje wetenschappelijk getinte hobby's. O, als de anderen al niet zo goed als allemaal reeds een levensrichting hadden gekozen, iets, waarvoor ze zo helemaal warm liepen, dan wist ze het wel. Dan zou het over sport gaan, in het bijzonder over alles wat je in het zwembad kon beleven.

Mattie moet er zelf om lachen. Ze had dan nu twee voordrachten meegemaakt. Een over het groeiproces van paddestoelen, de andere over het leven en werken van Dickens. Soms best grappige dingen ertussendoor, maar op den duur had het haar toch niet meer kunnen boeien.

Maar goed! Geweldig van Johan, dat hij haar het idee van die strandvonderij aan de hand had gedaan. Weliswaar zou ze het zonder haar uitgebreide collectie, die ze thuis in het van oma Jensen gekregen kastje bewaarde, moeten stellen, maar ze kon er hier nog tal van keren opuit trekken om misschien heel andere vondsten te doen. Dat ze Kitty van Boven als kamergenote had, wie weet zou dat in dit opzicht ook nog zijn voordeel kunnen hebben. En helemaal een geluk, dat ze op raad van moeder haar boek over schelpen en alle mogelijke strandbewoners nog in haar koffer had gepakt. Er vanavond vast mee beginnen elke nieuwe vondst direct te noteren, er de nodige gegevens bij te vermelden. Zo zou ze tegen de tijd, dat haar beurt er was, nog best een draaglijk geheel bij elkaar kunnen hebben.

Op één ding kon ze alvast rekenen. Johan zou er vast wel voor te porren zijn, haar voordracht in behoorlijk Engels om te zetten, haar wat de uitspraak betrof ook nog wat beter op streek te helpen. Van één ding was ze van zichzelf overtuigd: al zou haar lezing dan wel niet het predicaat wetenschappelijk kunnen dragen – hij moest vooral ook niet te lang uitvallen – ze had het gewoonweg in zich er hier en daar enkele geestige opmerkingen in te verwerken. Iets dat de anderen stellig niet van een nog niet eens afgestudeerde Havo-leerling zouden verwachten. Ja, dat hun toch nog onverwachts een tikkeltje ontzag zou inboezemen voor dat nog zo onvolwassen zusje, dat in het kielzog van haar bróer was meegekomen.

Mag Mattie Oosterveen dan wat schoolkennis betreft het minst ver gegrepen hebben, in al wat met zwemmen te maken heeft staat ze haar mannetje. Ogenblikken, waarin ze weer zo helemaal de vrolijke, wat overmoedige Mattie Oosterveen is, voor wie geen zee te hoog gaat, geen gure windvlagen in staat blijken zich op zo'n herfstachtige dag niet in haar zwempak te hullen. De golven slaan je immers lekker warm en als je daarna, je

behaaglijke badjas om je heengeslagen, er de vaart maar inhoudt, ben je voor de rest van de dag beslist een ander mensenkind. Wie weet nog wel een kampgenote, die al niet meer zo ongemerkt haar weg gaat. Die vooral het manlijke deel van de kampbewoners min of meer uitdaagt, haar voorbeeld te volgen, zich als zoveel forser en zeker ook sterker sportman te laten gelden.
Haar broer heeft het dagelijks in zee duiken er al lang aan gegeven. Binnenkort zal het zijn beurt zijn om de anderen met wat hij over zijn studie te vertellen heeft te boeien. Perfectionist als hij nu eenmaal is zal hij er alles aan doen om zijn verhandeling zo gaaf mogelijk te houden, díe zaken nadrukkelijk naar voren te halen, die het gros van de aanwezigen wel móeten interesseren.
Wat zijn zusje zelfs nog niet vermoedt? Dat er ondanks zijn ijver, ondanks het grondig naspeuren van de meegenomen dictaten, toch iets is, dat zijn gedachten bij herhaling doet afdwalen. De gedachten aan een slanke gedaante, die met haar goedgevormde handen haar bruingebrande wangen omvat, minutenlang naar de in de zee wegzakkende zon kan turen, haast ademloos toekijkt naar dit spel van licht en water. Die daarbij allerminst schijnt te beseffen hoe dit boeiende tafereel zich op haar eigen gezicht weerspiegelt, haar buurman op zo'n heel andere manier weet te boeien. Anja de Ruiter, eerstejaars leerlinge van de kunstacademie, die blijkbaar niet genoeg kan krijgen van de puur Hollandse luchten. Luchten, die je eenmaal weer op honk zo dolgraag op je tekenpapier zou willen vastleggen. Die je nu niet genoeg kon indrinken om ze over zoveel tijd opnieuw te doen herleven.
O, Johan Oosterveen moet maar niet proberen zichzelf uit het hoofd te praten dat hij het nog binnen een week zwaar te pakken heeft van deze hem tot voor kort nog totaal vreemde studente. Tot op heden is hij het vrouwelijk geslacht bepaald niet opzettelijk uit de weg gegaan. Zolang je een gezond gesprek met hen kon voeren of als ze zich in hun hobby maar positief wisten op te

stellen, hoorden ze er gewoonweg bij. Zoals je in een goedgeordende maatschappij het vrouwelijk element ook niet kon wegdenken. Maar als het er allemaal te dik oplag, als ze alles in het werk stelden je met hun charmes de kop op hol te brengen, nee, dan had hij ze al gauw links laten liggen.

Maar deze Anja de Ruiter stak met kop en schouders boven al die anderen uit. Zoals ze nu al twee avonden naast hem op de hoge duintop had gezeten, zo verstild, zo helemaal gegrepen door het wisselend spel van lucht en water, zo had hij het nog van geen ander meisje meegemaakt. Ze hadden zo maar wat weggepraat. Hij over zijn toekomst, zoals die min of meer voor hem uitgestippeld lag. Zij met een zekere eerbied voor haar tweede vader, die in alles zo helemaal de koel berekenende zakenman, het desondanks zelf was geweest, die er haar eigen moeder van had overtuigd, dat ze dit begaafde kind uit haar eerste huwelijk haar gerede kans moesten geven zich in datgene verder te bekwamen, dat ze van haar eigen vader aan getalenteerdheid had geërfd. 'Oom Karel is me door die uitspraak ineens zo'n stuk nader gekomen,' had ze zo blij gezegd. 'Vreemd dat zoiets je opeens zo gek blij kan maken. Ik bedoel er niet mee dat ik daarmee mijn eigen vader naar de achtergrond van mijn denken wil schuiven. Wél dat ons gezinnetje met oom Karel ineens weer zo gaaf is geworden.'

'Je hebt je eigen vader verloren? Of? Je ouders zijn uit elkaar gegaan?'

Ze had haar hoofd geschud. 'Mijn vader was boordwerktuigkundige. Met nog ruim tachtig anderen binnen nog geen kwartier van het leven benomen. Drie jaar later ontmoette moeder oom Karel.'

'Je was enig kind?'

'Toen nog wel, ja! We zijn nu met z'n drieën kinderen. Nog een tweeling! Een paar stoere knapen, nu ook alweer tien jaar.' Dan of ze wat haar naaste familie betreft de deur verder gesloten wil houden: 'Kijken Johan! Die wolk daar! Ruysdael zou hem getekend kunnen hebben. Hoe dankbaar moet je toch zijn,

als je zo'n talent hebt meegekregen. Dat je het in zo'n geval ook verder mag ontwikkelen.'
'Je weet je richting dus al?'
Haar wangen kleuren zich nog donkerder. 'Kòppen schilderen! Nog het liefst van kinderen. Zover zien te komen, dat je er alle blijheid, die in de meeste kinderen gelukkig nog leeft, in weet vast te leggen.'
Verrast kijkt hij haar aan. 'Je houdt van kinderen?' kan hij niet nalaten te vragen.
Ze schiet in een spontane lach. 'Ik heb er met mijn ruim twintig jaren echt nog niet zoveel ervaring mee. Nou ja! Met mijn broertjes dan. Overigens een stel eigengereide rakkers. Maar daarnaast ook zo heerlijk oprecht in hun spijtbetuigingen, als ze overigens verdiend op hun kop hebben gekregen. Ik heb al een hele verzameling tekeningen, allemaal aan dat tweetal gewijd.'
'Ze zijn er dus verguld mee, dat ze model mogen staan?'
'Kun je nét denken! In mijn verzameling is er niet een, waarvoor ze min of meer als model hebben moeten dienen. Ze zouden me zien aankomen. Nu ze al tien jaar zijn al helemaal niet meer.'
'Heb je niet een paar schetsen meegebracht?'
Ze lacht opnieuw. 'Niet een paar. Zowat mijn hele collectie. Mijn onderwerp, als ik aan de beurt kom. Ik heb er mijn babbeltje al helemaal op geënt.'
'Je maakt me razend benieuwd. Nog meer naar de rést van je werk. Heb je thuis een eigen atelier?'
'Sedert een halfjaar niet meer. Ik bewoon sedert kort, samen met een toekomstig verpleegster, liefst een hele zolderverdieping. In de zomer weliswaar nogal eens pufheet, maar we zijn er zo vrij als een vogeltje. Oom Karel heeft voor mij aan de noordkant een flink raam laten bewerkstelligen. Ik kan me niet mooier wensen.'
'In Amsterdam?'
'Allicht! Je mag gerust eens komen aanlopen. Als je tenminste

de moed opbrengt vier trappen achter elkaar te nemen.' En opnieuw of ze er genoeg van heeft nog langer over haar doen en laten te praten, vraagt ze: 'Jij zit in Delft, niet? Natuurlijk óók niet langer thuis inwonend?'
'Nog maar een goede twee jaar eigen baas. De pipa is in dat opzicht knap behoudend. Ik heb eerst nog een jaar op de H.T.S gezeten, kreeg het er toen toch door, dat ik op mezelf mocht gaan wonen. Nu ik dan in Delft ben beland moest het wel.'
'Welke richting?'
'Scheepsbouw natuurlijk! Voor een oudste uit een gezin als het onze haast niet anders denkbaar.'
Ze valt hem in de rede. 'Je wilt me zeker wijsmaken dat je nog zo'n echt ouderwetse vader hebt, niet? Een, voor wiens oudste zoon het als vanzelfsprekend geldt dat hij...?'
'Zo is het gelukkig helemaal niet. O, niet dat vader er niet dolblij mee is, dat ik in de toekomst graag in het bedrijf wil komen. Maar hij is het zelf geweest, die erop aangedrongen heeft dat dat pas gebeuren gaat, als ik mijn studie in Delft heb afgerond. Vader zelf heeft het slechts met een diploma M.T.S. moeten doen. Voor zijn zoon wil hij graag het volle pond. Zo zijn we tot een akkoord gekomen. Hij de grote boss op de werf in Vlissingen. De oude werf, waarmee hij van jongsaf aan vergroeid is, die hij groot heeft gemaakt. Daarbij nog de stad, die hij niet graag voor een andere zou willen ruilen.'
'En jij dan? Na zoveel jaren zelfstandig zijn zo maar weer terug onder het ouderlijk juk? Of, wat ook nog zou kunnen: je vader met je meerdere kennis straks wie weet het gevoel geven, dat hij wel kan inpakken?'
Zijn ogen zoeken een beetje verbaasd de hare. 'Zie je me dáárvoor aan?'
Ze legt haar hand een ogenblik op de zijne. 'Sorry Johan! Alleen... ik heb het thuis in mijn naaste familie op die manier meegemaakt. Ook in allereerste instantie niet zo bedoeld. Alleen... ik geloof dat er onder ons mensenkinderen maar heel weinig zijn, die zichzelf helemaal kennen. Ik bedoel: die er ook

ten koste van zichzelf altijd rekening mee houden of ze de ander in zijn reilen en zeilen niet dwarszitten.'
'Je windt er geen doekjes om, jij. Van mij moet je het dus eerst nog meemaken?'
Ze lacht. 'Jijzelf in de allereerste plaats, niet?'
'Ik durf je uitdaging aan. We hebben namelijk nog een werf in Bolnes. Dan wel niet aan zee gelegen, maar met voldoende diep water om met minstens zoveel mogelijkheden het gedoe daar nog behoorlijk uit te breiden. Vanuit Delft zit ik er in no time in.'
'Maar straks zul je de zee vast wel missen. Jouw wieg heeft toch ook in Vlissingen gestaan zeker?'
'Zo is het! Alleen ik heb niet zo'n honkvaste aard. Ik hoop straks nog heel wat van de wereld te zien, als ik her en der de orders voor de beide werven ga plaatsen.' En met de nodige zelfverzekerdheid in zijn stem: 'Mijn vader zou eraan kapot gaan, als hij van het spul in Vlissingen voorgoed afstand moest doen. Daarnaast zou het opgeven van zoveel kerkelijke en maatschappelijke baantjes hem minstens zo moeilijk vallen.'
'Wat een van jullie hem dan ook maar nooit moet aandoen, vind ik.' Dan opspringend: 'Vooruit plannenmaker! Opschieten! We hebben onze tijd lelijk verpraat.'

3

Als mattie op de avond van haar vierde kampdag de lijst met namen van de deelnemers nog eens doorneemt weet ze het haast wel zeker. Er ontbreekt nog iemand aan. De naam zegt haar niets. Heinz Honegger, student in Göttingen.
Vreemd dat de kampleider er zo helemaal niets van gezegd heeft. Nou ja! Wat kan 't ook schelen, als hij wellicht toch weer tot een van de ouderen behoort zal hij ook haar, hier zo helemaal het nestkuiken, gauw genoeg ontlopen.
Als ze de eetzaal binnenloopt valt het haar direct op, dat er aan het hoektafeltje, waaraan tot nu toe slechts drie druk kwetterende studenten zaten, nu voor vier is gedekt. Zijn naam wordt nu dan toch ook afgeroepen. Sven Olsen, student uit Oslo.
Mattie kijkt geïnteresseerd op, houdt haar ogen langer dan nodig is op de blonde gestalte van hun nagekomen kampgenoot gericht.
Leuk! Tenminste eens wat anders. Nog wel een landgenoot van haar moeder. Zo op het eerste gezicht ook een echte noorderling. Haast zo'n meter negentig lang; dik, hoogblond haar en opvallend blauwe ogen. O, ze weet het voor zichzelf alhaast zeker. Zodra ze in de gelegenheid komt zal ze hem aanklampen. Zoveel weet ze nog wel van de Noorse taal af, dat ze vermengd met Engels best een gesprek met hem zal durven voeren. Kan ze meteen haar andere kampgenoten, voornamelijk de Engelse en Franse, eens tonen dat ze ook nog wel wat in haar mars heeft.
Mattie zou Mattie niet zijn, als ze dezelfde dag al niet de stoute schoenen aantrok. Het was haar allerminst ontgaan, dat de drie Duitse herrieschoppers zich weinig of niets aan hun nieuwe tafelgenoot gelegen lieten liggen. Gold het hier de taalbarrière tussen Duitsers en Noren? Of voelden de drie vrienden het nog onverwachte aanzitten van de zo heel anders geaarde studiege-

noot aan als een regelrechte inbreuk op hun saamhorigheid? Straks voor haar dé grote vraag als inleiding van haar eigen babbeltje met deze Sven Olsen.

Nu ze hem tot nog toe aan tafel alleen maar op zijn rug had kunnen bekijken moest ze er maar naar raden hoe hij de houding van de andere tafelgenoten opnam. Maar nu treft ze het dan toch, als ze merkt dat hun nieuwe kampgenoot niet met de drie Duitsers meeloopt. Vlug glipt ze tussen een stel anderen door, loopt hem achterna, als hij zich eenmaal buiten naar het schelpenpad begeeft, dat in de richting van de zee voert. Vanmiddag natuurlijk pas aangekomen, heeft ze haar conclusie al getrokken. Nu dan op weg om zijn onderdak te verkennen en nog even van het uitzicht te genieten.
Nu ze zo achter hem loopt moet ze lachen om zijn lange benen. Ja, zelf moet ze er stevig de pas inzetten om de achterstand in te halen.
Gelukkig! Hij loopt op sandalen met daarboven een veel te besmettelijke, lichtgrijze broek. In die uitrusting zal hij er zich wel voor wachten door het vochtige zand nog veel verder naar de zeekant te trekken. Aan het eind van het schelpenpad staat een halfronde bank. Zelf is ze er de vorige avond ook al op neergevallen, had zich nog moeten haasten om op tijd voor de koffie terug te zijn.
Ze is zo in haar gedachten verdiept, jacht zich zo om het stel lange benen bij te houden, dat ze, als hij plotseling stilstaat, zowat tegen hem opbotst. 'Hallo!' hoort ze zijn aanstekelijke lach boven haar hoofd. 'Met wie heb ik de eer?'
Terwijl ze nog even moet uithijgen probeert ze toch al een passend antwoord te formuleren. 'Alleen maar met Mattie Oosterveen. Ik ben Nederlandse. Of eigenlijk maar half. Mijn moeder is Noorse, komt uit Lillehammer.' En in één adem erachter: 'Als ik op mijn kerstrapport goede cijfers haal mag ik in de krokusvakantie naar mijn grootmoeder, die daar nog altijd woont. Natuurlijk een skicursus volgen.' En of haar gesprekstof nog

niet op is: 'U woont natuurlijk ook ergens in Noorwegen? Sven Olsen! Noorser kan het alhaast niet.'
Zo helder klinkt zijn lach, dat hij er een naar wat vrolijkheid hakende Mattie Oosterveen meteen mee gewonnen heeft.
'Knap van je – ik mag toch wel "je" zeggen, niet? – dat je mijn naam na die éne keer al meteen zo perfect hebt onthouden.' En haar met zijn helderblauwe ogen keurend. 'Ik dacht al. Zo piep en dan al in de studentenwereld verzeild.'
Ze schudt haar hoofd. 'Zo is het toch niet helemaal gegaan. Ik hoor er in wezen echt nog niet bij. Na de zomervakantie ga ik naar de hoogste klas van de Havo.' En opnieuw met haar gerede lach: 'Je – ik mag nu toch ook wel "je" zeggen, hè? – kunt wel echt van verzeild spreken. Tot nog toe laten de anderen me, overigens wel begrijpelijk een beetje links liggen.'
'Maar toch! Wie weet is dat mijn voorland hier ook nog wel. Die drie Duitse vrinden geven me aan tafel tenminste al zo echt het gevoel, dat ze me kunnen missen als kiespijn. Och! Misschien voor een deel wel eigen schuld. Na een oorlog, en een rampspoedig gebeuren waardoor in mijn naaste familie zoveel gaten zijn geslagen, blijf je nog altijd een beetje kopschuw.'
Ze kijkt hem met iets bestraffends in haar ogen aan. 'Daarvan zul jijzelf toch niet al te veel hebben meegemaakt. Ikzelf weet de dingen ook alleen maar, doordat we er thuis nog wel over praten.'
'Je komt ook pas kijken. Mag ik raden? Zestien, zeventien misschien?'
'Volgend voorjaar al achttien! Valt mee, hè?... Jij bent zeker al een oude paai, dat je dat zo zegt?'
'Als je vierentwintig een oude paai vindt, wel.'
'Gaat nog nét! Mijn oudste broer is ook al éénentwintig. Hij is ook hier in het kamp. Al bijna derdejaars Delft, als je dat iets zegt. Wat studeer jijzelf?'
'Nu mag je op jouw beurt raden. Weet je! Het valt me eigenlijk een beetje van je tegen, dat je dat behalve mijn naam nog niet weet.'

De kleur schiet in haar wangen omhoog. 'Die heb ik om helemaal zeker te zijn van je kofferlabel afgesnoept. Ook dat je je adres in Oslo hebt.'
'Dat laatste is maar half waar. Ik ben namelijk al een halfjaar aan het zwerven.'
'Stage lopen zeker?' valt ze hem in de rede. 'Alleen? Ergens moet je toch een vaste woonplaats hebben.'
'Die had ik tot voor kort ook. Althans voor de weekends. Bij mijn halfzuster.'
'Waar?'
'In Geilo! Als die naam je tenminste wat zegt.'
Ze knikt. 'Veel wintersport! En in de zomer een moordcamping... Maar toe! Vertel nu eens wat meer van jezelf. Waarmee je bezig bent bijvoorbeeld.' En om hem te overtuigen: 'Ik heb het jou van Johan en mij toch ook direct verteld.'
'Oké! Ik verdiep me in al wat met land- en tuinbouw te maken heeft. Zoiets als bij jullie de Landbouwhogeschool. Ik heb zelfs al een paar keer stage in Nederland gelopen.'
'Waar?'
'In het Westland en onder andere in Boskoop. Zeg? Woon jij soms in de buurt?'
'Och heden, nee! Ik woon in Vlissingen. Als je dat wat méér zegt.'
'Niet zoveel. Voor het moment onderhoud ik alleen maar een beslist gezellig gesprek met een Nederlands meisje, dat ook een portie Noors bloed door haar aderen heeft stromen. Een gesprek in liefst drie talen door elkaar. Of heb je het nog niet gemerkt dat ik in jouw landstaal ook al aardig mijn woordje kan doen?'
'Allicht! Maar nu verder.'
Hij schiet in de lach. 'Om op jouw geboorteplaats terug te komen. Vlissingen! De stad van Michiel de Ruyter, niet?'
'Knap van je! Alleen... ik ben nu eenmaal niet zo Vlissingenachtig.'
'Het bevalt je hier beter?'

Of ze zichzelf door de ander in het ootje genomen voelt, zo snel draait ze zich een kwartslag om. 'Vanuit Vlissingen kan ik de zee ook zien. En je voor een groot deel van je leven op een eiland vastprikken? Mij niet gezien, hoor! Zelfs niet als deelneemster aan een studentenkamp. Heus Sven! Ik had het me wel zo heel anders voorgesteld. Zowat elke avond naar een of andere saaie verhandeling luisteren, het kan me gestolen worden. Heb jij de jouwe ook al voorbereid?'
'Wat dacht je?'
Ze haalt haar schouders op. 'Iets over de aardappelziekte bijvoorbeeld. Of over alle kwalen, die bomen kunnen belagen.'
'Zou je iets dergelijks wèl appreciëren dan?'
'Geen biet! Gelukkig gedogen ze het, dat je af en toe verstek laat gaan. Alleen ze eisen dan wel van je dat je dat vantevoren opgeeft. Nog het liefst met de reden waaróm ook erbij.'
Opnieuw klinkt zijn heldere lach door de betrekkelijke stilte. 'Dan weet ik het voor mezelf al. Precies op de avond, die ze voor mij gepland hebben, begint bijvoorbeeld mijn verstandskies op te spelen. Als er zich bij jou zoiets dan ook opdoet...'
Haar ogen schitteren. 'Ik heb er al drie, geloof ik. En de vierde zit inderdaad op springen.'
Zo maar tilt hij haar van de grond, geeft haar een kus op het puntje van haar neus. Het volgende ogenblik staat ze alweer op haar voeten. Mét de woorden: 'Alleen maar een bezegeling van onze afspraak', nog in haar oren. Maar ook met een ongekend gevoel van warmte. Of ze gedurende één ogenblik van binnen helemaal in brand staat.
Ze trekt haar truitje glad, zegt dan, haar stem vreemd ingehouden: 'We moeten terug, Sven. Voor de lezing van vanavond zullen we het nog amper kunnen halen. Voor jou op zo'n eerste dag in het kamp nog niet zo erg. Alleen... mijn lieve broeder is nog altijd in staat me als ik ontbreek op het matje te roepen.'

Hoe kun je jezelf ook maar één moment hebben beklaagd, dat je er zelf min of meer schuld aan had, dat je in dit slome studen-

tenkamp verzeild was? Nu, na amper vier dagen ziet Mattie Oosterveen alweer reikhalzend naar de volgende uit. De volgende, waarvan je al zeker weet dat je de avond ervan tenminste voor een deel voor jezelf zult hebben. Beter gezegd voor jezelf en Sven Olsen.
De discipline in het kamp blijkt achteraf mee te vallen. Het schijnt toch niet zo te zijn, dat je echt verplicht wordt gesteld, alle voordrachten en lezingen bij te wonen. Het zou ook te dwaas zijn. Gaat het bijvoorbeeld over onderwerpen, die je totaal niet interesseren of die zo helemaal niets met je studierichting te maken hebben, niemand zal je dan kwalijk nemen dat je aan zo'n avond op een andere manier inhoud probeert te geven. Dat geldt wel helemaal voor de benjamin van het gezelschap die er op de eerste avond al wat verloren bij had gezeten. Die overigens in de koffiepauze wel gul had aangeboden met het afwassen van alle spullen mee te helpen en die ze het zo helemaal niet kwalijk genomen hadden dat ze met slaperige ogen daarna maar gauw haar bed had opgezocht.
Zo maar van de éne op de andere dag was alles anders geworden. Waar Mattie wél trouw aan meedeed? Dat was aan de avontuurlijke zwerftochten door de duinen en aan de goedgeplande strandwandelingen. Waren verreweg de meeste anderen haar wat kennis betrof dan een heel eind vooruit, wat lopen en nog meer wat zwemmen betrof is zij de meesten verreweg de baas. En zou je als dochter van een scheepsbouwer, die zelf over een zeewaardig jacht beschikte en zijn kroost de zeilkunst al jong had bijgebracht, nog angst hebben om hier je bootje te besturen? De eerste keer was Johan, nog het meest uit een zeker plichtsgevoel ook van de partij geweest. Toen de schipper zijn zuster echter een paar uur bezig had gezien, zó rap, maar daarnaast ook zo voor alles alert, had die er al gauw uitgegooid: 'Die kan er wat van, zeg! Jammer dat zo'n tenger meisje later ook haar kans bij de grote vaart niet kan krijgen. Het varen zit haar zogezegd in het bloed.'
Johan was oprecht blij geweest dat de man, die op het gebied

van zeilen zijn sporen allang had verdiend, dit zei. Zelf kon hij in de weekends, waarin hij meestal thuis was, nog genoeg varen. Nu hij Anja de Ruiter had leren kennen, het wat je noemt zwaar van haar te pakken had, trok het hem steeds minder aan als een soort waakhond over zijn zuster te blijven fungeren. Trouwens die Sven Olsen máákte er ook heel wat van. Van hem zou Mattie nog heel wat kunnen leren. Voor zijn zuster met haar vaste voornemen, zich nog meer in de taal van haar moeder te bekwamen, nog wel een bof, dat ze in deze weken gratis les kon krijgen. Nu Mattie hem dan terloops had toevertrouwd dat ze bij al die voor haar vaak dorre verhandelingen moeite had, wakker te blijven, dat ze er veel meer aan had, als ze die uren besteedde om haar Noors beter te kunnen beheersen, had hij instemmend geknikt. Alleen hij zou Johan Oosterveen niet zijn, als hij er niet aan had toegevoegd: 'Ik heb je vantevoren gewaarschuwd, dat dit kamp nog niets zou zijn voor iemand die de middelbare school nog niet eens had afgemaakt. Het zal je nog moeite genoeg kosten de tijd hier naar behoren door te komen.'

Johan moest eens weten, denkt Mattie, nu ze dan de tweede week is ingegaan. Met mijn slaapje heb ik het lang niet slecht getroffen. Och, onder de overige lui zijn er ook best aardige bij, die me niet zo erg laten merken dat ze me nog als een soort nestkuiken beschouwen. En áls een dag eens wat minder prettig uitvalt, is er iedere keer weer een toeleven naar een avond vol verrassingen, waaraan Sven Olsen op de hem eigen manier altijd wel een feestelijk tintje weet te geven. Sven, die niet zoals dat met Johan het geval is, haar als een onmondig mensenkind behandelt, dat met het grote mensengedoe nog weinig of niets te maken hoeft te hebben.
Mattie moet zo maar lachen. Arme Johan! Hij heeft voor zover ze kan nagaan nog nooit in zijn leven naar enig meisje met meer dan gewone belangstelling gekeken. Nu dan ineens hoteldebotel op Anja de Ruiter verliefd.

Nou ja! Ze gunt het haar oudere broer helemaal. Johan, die er zijn vader al vroeg, misschien wel té vroeg om te oordelen of hij de juiste keus had gedaan, zo dolgelukkig mee heeft gemaakt door hem toen al te beloven later ook wát graag op de werf te willen komen. Zelden had Mattie zo'n gulle lach op het gezicht van haar vader meegemaakt. 'Maar dan voor jou niet alleen naar de M.T.S., waarmee ik het door omstandigheden slechts heb moeten doen,' was zijn antwoord bijna onmiddellijk geweest. 'Mijn vader kon de andere opleiding met alles wat erbij kwam in die moeilijke tijd nog niet bekostigen. Ik kan dat gelukkig nu wél.' En met een forse klap op de schouder van zijn oudste: 'Je stapt straks in een door- en doorgezond gedoe, jong. Na Delft dan eerst mijn compagnon. Als ik er vroeg of laat het bijltje bij neerleg stellig een opvolger, die het klappen van de zweep door en door kent.'

Noch Jan Oosterveen noch zijn oudste waren na die tijd nog ooit op een dergelijke toekomst teruggekomen. Voor vader Oosterveen gold een eens gedane belofte als iets duurzaams. Johan deed er de laatste jaren van de middelbare school nog een schepje bovenop. De studie in Delft met alles wat erbij hoorde begon te lokken. Dat hij eenmaal daar beland wie weet toch nog aan een andere studierichting de voorkeur zou geven, daar tobde hij nu allerminst over. Dat hij van zijn vader beslist gemakkelijker iets gedaan kreeg dan bij veel anderen het geval was, hij buitte het niet bepaald uit, maar welgevallig was het hem natuurlijk wel.

De jaren, die hij er in Delft nu al op had zitten, had hij goed besteed. Hij was de jongste van zijn jaargenoten. Voor de sport trok hij graag wat uurtjes uit. Fuifjes en dergelijk gedoe lagen hem minder. Vandaar dat hij zeker ook nog weinig contact met de andere sekse had gehad. Volgens Mattie in feite maar een akelig degelijke broer. O, je kon er bij hem wel op rekenen, dat hij het liefst eerst in een behoorlijk tempo zou afstuderen om daarna dan misschien pas op zoek te gaan naar een passende levensgezellin. Of zou hij zijn vader ook daarin het eindoordeel

gunnen? Diegene als zijn bruid het ouderlijk huis binnenleiden, die vader Jan als aanstaande schoondochter waardig keurde? Eén ding klopt wat Anja de Ruiter betreft alvast niet. Vader Oosterveen zag bepaald niet veel heil in een schoondochter, die niet zou rusten alvorens ze een eenmaal gekozen studie eerst zou willen afmaken; het geleerde later in praktijk brengen ook. In de vertrouwelijke gesprekken, die in het ouderlijk huis nog altijd mogelijk waren, kon hij zo trots zeggen: 'Mijn Ingrid! Een vrouw en moeder naar mijn hart! Jullie kunnen haar niet genoeg waarderen. Ze is van heel wat markten thuis. Alleen zo helemaal niet – wat je vandaag de dag steeds vaker meemaakt – na zoveel jaren huwelijk ineens een toegeven aan de haast ziekelijke drang, jezelf als zelfstandig wezen ook nog eens waar te maken. Hup dan, het huis uit! Zelf meeverdienen, vaak met alle gevolgen van dien. Ik zou er bij mij in het bedrijf nu al zo'n vijf kunnen noemen, die het op een dergelijke manier is vergaan. Trouwen, kinderen op de wereld zetten en als die nog amper op eigen benen kunnen staan moet ook moeder de vrouw weer zonodig werk buitenshuis zoeken. Liefst nog iets, dat haar volledig uit de tredmolen van zoveel jaren huisvrouw zijn weg zal halen en waarmee ze datgene wat ze toch niet voor niets heeft geleerd, dan eindelijk in praktijk kan brengen. En niet alleen in praktijk, meestal nog meer in geld. Nou ja! Er kunnen zich omstandigheden voordoen, die zoiets strikt noodzakelijk maken. Maar zoals ik het zie begint het in de meeste gevallen met een eigen wagentje en eindigt het met een andere man.'
Mattie had het uitgeschaterd. 'Paps toch! Je leeft nog half in de middeleeuwen. Moeder Ingrid is voor ons nog altijd een reuzemoeder. Maar zodra ikzelf eenmaal volwassen ben wil ik mijn leven toch heel anders inkleden. In ieder geval niet op zo jonge leeftijd trouwen en alleen maar de toegewijde huisvrouw spelen. Volkomen uit de tijd, hoor!'
'Wat wou je dan wél?' was Johan haar in de rede gevallen. 'Als je straks je Havo-diploma hebt binnengehaald maar op vaders zak blijven teren zeker?'

'Vast niet! Ik wil best nog verder leren, maar dan voor iets, waarmee je overal in de wereld terecht kunt. Lekker zwerven! Als je de bodem van je portemonnee begint te zien je neus niet optrekken voor een eenvoudig baantje, dat onder de maat van je kunnen ligt.'
'Ik zou maar vast een hond aanschaffen,' had vader gelachen. 'Als je als meisje in je eentje op stap wilt gaan kun je het zonder bodyguard alhaast niet meer stellen.'
Ze hadden er op dat moment niet verder over gepraat. Maar een paar weken vóór de zomervakantie had haar vader toch wel geïnformeerd wat zijn enige dochter, als ze haar Havo-diploma eenmaal op zak zou hebben, verder wilde ondernemen.
'Voorlopig dan maar Schoevers,' had ze haar antwoord geweten. 'Daarnaast, als ik er nog tijd voor overhoud, moeders taal beter onder de knie krijgen. Als ik zover ben, dat ik aan het zwerven ga, zal Noorwegen het eerste land zijn dat ik door en door wil leren kennen.'
Jan Oosterveen had tevreden geknikt. 'Je mág van mij, hoor! Mits je maar ernst maakt met wat je wilt ondernemen.'
Vader Oosterveen ten voeten uit! Zijn kroost graag de eigen keuze gunnen, maar wél met de eis eraan verbonden, dat ze die met evenveel toewijding als hij die zelf voor zijn bedrijf aan de dag legde, toegedaan zouden zijn.

4

Nog geen week na haar komst in het studentenkamp is voor Mattie haar toekomst wel het laatste, waaraan ze nog enige gedachten wijdt. Een wat dolgedraaide Mattie Oosterveen, die elke avond opnieuw met de blije gedachte inslaapt, dat ze een deel van de dag weer in het gezelschap van Sven Olsen zal doorbrengen.
Nog zo'n negen dagen, dan zal hun samenzijn er helaas alweer opzitten. Gelukkig wél in het vooruitzicht, dat ze haar nieuwe vriend tijdens haar wintersportvakantie vast en zeker terug zal zien.
O, ze stikt van alle toekomstplannen. Naast haar geploeter in het laatste jaar van de Havo wil ze nu toch vast een cursus Noors gaan volgen. En het spreekt vanzelf dat Sven en zij elkaar trouw moeten blijven schrijven. Als ze er thuis een opmerking over zouden maken, zou ze nog altijd kunnen zeggen dat ze met al haar geschrijf moeders taal nog sneller onder de knie zou kunnen krijgen, zodat ze in de krokusvakantie temidden van de andere skiërs geen gek figuur zou slaan. En geloof maar dat oma Jensen het vast ook een wilde bof zou vinden, dat ze samen dan zoveel gemakkelijker konden babbelen.
Maar het allerbelangrijkste zou natuurlijk wezen, dat Sven ook van de partij kon zijn. Wie weet kon hij al wel zo goed skiën, dat zijzelf helemaal geen skicursus nodig had. Sven, die zo groot en zo sterk was; die het haar gewoonweg niet mocht aandoen in die weken ook maar één dag ginds in Lillehammer verstek te laten gaan.
Ineens slaat ze haar hand voor haar mond; realiseert zich maar al te duidelijk dat ze ook nu nog zo helemaal niets van zijn persoonlijke omstandigheden afweet. Nou ja! Dat hij iets in de landbouw studeerde. Dat hij op een halfzuster na zijn hele familie in één slag verloren had. Dat hij momenteel geen vaste

woonplaats de zijne kon noemen en dat hij direct na deze vakantie weer ergens stage moest lopen. Het wachten was nog slechts op een telefoontje uit Oslo. De kans zat er dit keer dik in, dat het wel eens Zuid-Amerika of Egypte zou kunnen worden. Eén ding neemt Mattie zich, eer ze echt haar best gaat doen de slaap te vatten, vast voor. Vanaf morgen zal ze alles in het werk stellen om Sven aan het praten te krijgen. Iets dat bij de meeste bewoners van de Scandinavische landen bepaald niet scheen mee te vallen. Getuige haar eigen moeder, die tegenover vreemden nog na zoveel jaren Nederland ook nog vaak de sfinx kon spelen. Getuige ook het echtpaar uit Narvik, dat een geregelde gast in hun huis was en dat over hun eigen omstandigheden ook zo weinig losliet. Of het komt, besluit ze haar overpeinzing, omdat ikzelf zo'n afschuwelijke flapuit ben. Enfin! Als ik in de voorjaarsvakantie zo goed als helemaal op Noors ben aangewezen zal ik beslist niet zo kwetteren als ik het hier thuis zo vaak doe.

'Ik kán echt niet meer, Sven. Eerst dat lange stuk, dat we langs het strand hebben gelopen. Daarna nog dat om het hardst zwemmen. Toe? Daarginds die duinpan! De zon staat er nog maar half op en we zullen meteen tegen de toch nog frisse wind beschut zijn.'
Sven heeft haar badlaken al uitgelegd, maakt van haar bundeltje kleren handig iets dat op een hoofdkussen lijkt. Geen minuut later heeft Mattie zich al lekker lui uitgestrekt. 'Je kunt er nog net naast, Sven,' noodt ze hem. 'Over de rand van de kuil heen hebben we het mooiste uitzicht op de zee, dat we ons kunnen wensen.'
Een poosje liggen ze stil te genieten. Tot Matties ogen dichtvallen en de slaap zich over haar ontfermt.
Sven is rechtop gaan zitten. Maar zijn blik is niet langer alleen op de zee gericht. Het gebruinde lichaam met het wat warrige haar erboven laat hem bepaald niet onberoerd.
Inmiddels heeft hij landinwaarts toch ook de door het zonlicht

goudomrande wolkenbank ontdekt. Het is een drukkendhete dag geweest. Tegen de avond was er wat meer wind van zee komen opzetten. Sven en Mattie hadden hun wandeling opzettelijk tot na de avondboterham uitgesteld. Eerst hadden ze nog haast een uur hun krachten in het water gemeten. Daarna hadden ze er helemaal opgefrist de pas ingezet om hun geplande wandeling nog vóór de zon wie weet verstek zou laten gaan voleindigd te hebben.

Was het Mattie toch te veel geweest? Het was opnieuw drukkend warm geworden. Een vreemd zwoele warmte, die nu de wind vrij plotseling weer van de landzijde kwam, haast iets tropisch had.

Nog weer kijkt Sven naar de zware wolkenbank. De wind is zoekende. Geen best teken! O wee, als hij zijn spel met die loodgrijze lucht zal gaan bedrijven.

In de verte weerlicht het al. Enkele wolkjes maken zich los van de grauwe massa, komen snel hun kant uit. Zo ook nu al de eerste regendroppels. Vreemd grote droppels, die loodrecht naar beneden vallen, hun grote kringen in het witte zand trekken. Even onverwacht, als ze als door een boze macht juist op deze plek zijn gedropt, laten ze ook weer verstek gaan. Alsof ze op een volgend bevel wachten om opnieuw hun kringen in het zand te zetten.

De vreemde stilte – ook al het andere in de natuur schijnt de adem in te houden – heeft iets unheimisch. Sven vertrouwt de zaak niet langer. Als hij ziet hoe de wolken zich nu als het ware met kracht van de donkere bank losscheuren, zich de zeekant uit bewegen, kort daarop de regendroppels opnieuw beginnen te vallen, gooit hij vlug zijn regencape over een zich in haar slaap onrustig bewegende Mattie. De wind wakkert zienderogen aan, komt nu recht op hen af.

Even nog aarzelt hij. Dan legt hij zijn hand op haar voorhoofd. 'Word eens wakker, schone slaapster! We krijgen onweer. Als je vlug opschiet kunnen we ginds het strandhuisje wie weet nog halen.'

Mattie kruipt vanonder de cape vandaan. Op hetzelfde ogenblik, waarop een felle bliksemflits de zwarte wolken als het ware vaneenscheurt.
Zomaar is ze bang. Is het de aanblik van de in zo korte tijd totaal veranderde hemel? Of heeft de forse gestalte van de voor haar oprijzende figuur van Sven zoiets dreigends voor haar? Zijn anders zo opgewekt staande ogen kijken nu donker. Zijn stem heeft iets gebiedends, als hij opnieuw aandringt: 'Toe nu! Schiet een beetje op alsjeblieft!'
Zomaar beginnen haar lippen te trillen en haar ogen kijken zo smekend naar hem op, dat hij wel even naast haar moet neerhurken. 'Ik ben zo bang,' zegt ze, haar stem nauwelijks beheersend. 'Het is of ik helemaal in brand sta. Van binnen ook.'
Een volgende lichtflits doet haar haar adem inhouden. In een onbeheerst gebaar, deels uit angst, deels door een gevoel, waarvoor ze vooralsnog geen juiste verklaring weet, trekt ze hem naast zich op het badlaken. 'Ik durf met dit weer echt niet weg. Als je maar bij me blijft, Sven, me in je armen houdt. Dan zal ik echt proberen weer moed te vatten.'
Nog een paar zware donderslagen, opnieuw nu wat meer regen. Ook de bliksemflitsen houden nog stand, drijven twee jonge mensenkinderen onder de bescherming van de regencape steeds dichter tot elkaar.
Sven is niet langer in staat zich aan de roep van het zwoelwarme lichaam, dat zich als om hulp steeds dichter tegen het zijne aandrukt, te verzetten. Een lichaam, dat misschien onbewust zijn bevrediging eist. En terwijl boven hun hoofden het hemels geweld snel afneemt vinden twee jonge lichamen elkaar, voelen zich samen één.
Het kost Sven moeite zich even later uit haar armen los te maken. Hij slaat de cape een eind terug. De frisse wind strijkt als een verkoelende douche over zijn bezwete voorhoofd en borst. Als hij de cape nog verder terugslaat, zodat de wind zich ook van Matties haren meester kan maken, ziet hij de lichtjes alweer in haar ogen branden. 'Sorry Sven! Ik ben anders nooit zo

gauw bang.' En nu ook rechtovereind komend: 'Je hebt gelijk. Ik ga me aankleden. We moeten proberen vóór het onweer opnieuw zijn kop opsteekt, in de buurt van de huizen te zijn. Ik zal opschieten.'

Vlugger dan Sven verwacht had staat Mattie weer op haar benen, heeft haar zonnejurk al over haar schouders laten glijden. 'Ginds bij de trap kunnen we, geloof ik, omhoog,' zegt ze, haar stem nog niet helemaal zoals anders. 'Langs het water kan het nu niet goed meer. En als het opnieuw begint te plensen kunnen we boven vast wel ergens schuilen.'
Op het paadje door het mulle zand wil het nog niet zo erg. Maar eenmaal op het verharde pad beland houden Matties voeten zijn forse stappen tamelijk goed bij.
'Ik ga meteen door naar boven,' zegt ze, in haar stem alweer iets van de oude gedecideerdheid. 'Morgen hebben we die tocht naar Ameland. Ik heb Johan zó beloofd precies op tijd te zijn. Ik zou nog met het klaarmaken van onze lunchpakketten helpen. Beter dat ik dan nu meteen in bed rol. Excuseer me maar voor de verdere avond, als ze zouden vragen waar ik uithang.' En weg is Mattie, al op weg naar de trap, die naar het bescheiden kamertje voert, dat ze met Kitty van Boven deelt. Kitty, die ze vooreerst nog lang niet hoeft te verwachten, wie de avonden zo met z'n allen juist niet lang genoeg kunnen duren.

Mattie heeft opnieuw geen vijf minuten nodig gehad om haar kleren uit te gooien. Dan sluipt ze op haar tenen vlug naar de douche aan de andere kant van de gang, laat het koude water in een flinke straal over heel haar lichaam lopen. Daarna heeft ze er ook al niet veel langer over gedaan om in slaap te vallen. Een droomloze slaap, waaruit ze pas wakker wordt, als tegen zevenen de wekker afloopt.
Heerlijk! Ze voelt zich weer helemaal uitgerust. Het weer schijnt ook een heel stuk bedaard te zijn. Over het nu kalme zeewater reiken de zonnestralen alhaast tot de horizon. Goed

zo! Het belooft opnieuw een mooie dag te worden. Best leuk die tocht naar het naastliggende eiland.

Vreemd! Ze kan het op dit moment niet eens zo'n ramp vinden, dat Sven niet van de partij zal zijn. Sven, die ze op zo'n tocht de hele dag met de anderen zou moeten delen. Och! Ze kan het best van hem begrijpen, dat hij Ameland niet ook hoeft te zien. In zijn geboorteland met zijn machtige fjorden, zijn talrijke eilanden voor de kust is hij wat dat betreft voldoende aan zijn trekken gekomen.

De twee nog resterende dagen moeten maar echt van ons samen zijn, neemt ze zich voor. Daarna dan de lange wachttijd tot de krokusvakantie. Nee! Ze moet er nog maar niet te veel aan denken. Tijd genoeg, als het eenmaal zover is.

Mattie kán het: de vervelende dingen die ook je deel kunnen zijn, zo goed mogelijk van je afzetten; de prettige daarentegen zoveel mogelijk uitbuiten. Zonder dan ook maar een enkele bijgedachte aan wat nog volgen moet. De dag met zijn vele belevenissen is dan ook wel helemaal aan haar besteed en dit keer kan ze het absoluut niet erg vinden dat ze later dan het plan was in het kamp terugkeren. Morgen wacht haar immers weer een dag samen met Sven, Sven, aan wie ze nog zoveel wil vragen. Die ze nogmaals op het hart wil drukken alles op alles te zetten om in de krokusvakantie ook in Lillehammer aanwezig te zijn.

Als Mattie het schemerlampje naast haar bed aanknipt ziet ze dat haar slaapje al onder zeil is. Het buisje asperine en het halfgevulde glas water vertellen haar daarenboven dat Kitty weer eens met hoofdpijn naar bed is gegaan. Zo min mogelijk leven maken; allereerst mijn schoenen uittrekken, overweegt ze direct. Vooral ook niet het licht boven de wastafel aanknippen! Als ze haar pyjama van haar hoofdkussen pakt voelt ze iets knisteren. Even later heeft ze haar nagelschaartje al gepakt, ritst ze de niets van de inhoud verradende enveloppe open.

O, vóór ze de brief openvouwt vertelt iets haar al dat het om een schrijven van Sven zal gaan. Sven, die direct zo beslist had geweigerd op de tocht van de partij te zijn. Die zichzelf vanochtend blijkbaar slapend had gehouden tot hij zeker wist dat de anderen van het terrein verdwenen waren. En dat terwijl hij drommels goed wist dat ook zij, Mattie, precies om halfacht weg zou trekken.

Ze strijkt de haren van haar ineens klam aanvoelende voorhoofd, buigt zich zo diep mogelijk in de richting van het spaarzaam brandende lampje. Dan is er alleen nog maar zijn brief met het forse handschrift; dat haar aandacht stevig gevangen houdt.

'Mijn allerliefst vakantievriendinnetje,
Dit moet helaas een afscheid zijn na een noem het maar vakantieliefde van amper veertien dagen. Je moet me geloven, als ik je met mijn hand op mijn hart verzeker dat het bij mij allerminst om een laffe vlucht gaat, juist op de dag, waarop jij zelf niet hier kon zijn.
Gisteravond toen jij al naar boven was gegaan, kreeg ik het korte telegram pas in handen, dat bij de kantinebaas was afgegeven. Morgen al moet ik voor mijn tweede stageperiode aantreden, hoop het nog op tijd te halen. In verband met wat ik hierboven schreef, heus, het is voor beide partijen beter, dit alles als een kort avontuur te beschouwen. Ikzelf ben al vierentwintig, heb nog een jaar studie voor de boeg. Verloofd ben ik dan nog wel niet, maar als ik naar de wens van mijn toekomstige familie handel zal het binnenkort het geval wel moeten zijn.
Een meisje van nog geen achttien en een knul van ruim vierentwintig! Je moét het leven wel als één groot avontuur hebben gezien op dat eiland van jullie. Nee! Ik wil er niet verder op ingaan. Laat deze korte romance mooi blijven. Vertrouw het desnoods je dagboek toe. Heus! Ik durf bijna met zekerheid te beweren dat je dit alles wie weet al wel binnen het jaar naar de achtergrond van je denken zult hebben geschoven. In ieder geval mijn dank voor je

sprankelend gezelschap. Een brokje Nederland, waaraan, hoe ik mijn leven ook verder zal inrichten, hoe het uitpakt, altijd een goede herinnering zal bewaren.

Tenslotte nog één dringend verzoek! Je weet al dat ik zo goed als geen familie heb. Probeer dus niet op een of andere manier mijn adres te achterhalen. Houd dit alles mooi, zoals ook ik het als een kostbaar souvenir bij me wil dragen.

En Mattie! Geen onnodige tranen om dit epistel. Ik ben het niet waard en ik weet zeker dat het meisje met de zonnige ogen en haar gulle lach binnen enkele jaren de levensgezel zal ontmoeten, met wie ze een harmonisch huwelijk zal willen opbouwen. Het ga je goed!

Sven.'

5

'Moeder? mag ik in het komende weekend een vriendinnetje van me mee naar huis brengen? En mag ze dan hier blijven slapen ook?'
Verbaasd met ook in haar ogen een zekere verwachting kijkt Ingrid Oosterveen naar haar oudste zoon op. Dan zegt ze lachend: 'Het kamp op Vlieland, niet? Ik zei al direct tegen vader dat het onze oudste merkbaar goed had gedaan.'
'Zal wel, ja? Tegenover jullie bedoelde ik met mijn verhalen erover alleen maar de laten we zeggen wetenschappelijke kant.'
Ze geeft hem een tik op zijn wang. 'Plaag! Of we niet wat blij zijn, dat daar voor jou nog iets anders te beleven viel dan het aanhoren van geleerde verhandelingen. Maar het is prima, Johan! Nu we ieder weer behouden op onze stek zijn teruggekeerd, moeten we in het komende weekend maar een gezellig feestje bouwen. Vader wil best op een lekker etentje trakteren. Zijn zakendoen in onze vakantie heeft hem beslist geen windeieren gelegd. Vertel eens? Hoe heet ze? Oók studente dus?'
Hij knikt. 'Als een zekere Ingrid Oosterveen ook weer niet alles weten moest!'
Het lachje, dat zo helemaal bij Ingrids gezicht past, is er ineens weer. 'Allicht! Omdat we er dan met z'n allen blij mee kunnen zijn. Of, zoals het nu eenmaal bij het leven hoort, om samen de moeilijke of verdrietige dingen, die er ook kunnen komen, op te vangen.'
'Dit keer dan helemaal niets om over te treuren, moeder. Het studentenkamp heeft mij eerder iets heel goeds gebracht. Voor mijn gevoel echt de hoofdprijs. Ze heet Anja de Ruiter. Het antwoord op je eerste vraag! Ze studeert aan de kunstacademie in Amsterdam. Ze wil later mode-ontwerpster worden. Speciaal voor meubel- en wandbekleding, die op elkaar afgestemd moeten zijn. Wil je ook nog weten hoe oud ze is soms? Net één-

entwintig! Alleen ze ziet eruit als goed achttien.'
Steven, die het gesprek mee aanhoort, vindt dat híj nu ook best een duit in het zakje mag doen. 'Heb jij in dat kamp soms ook al een of andere vrijer opgedoken?' richt hij zich speciaal tot zijn zuster. 'Maar dan een van zo ongeveer tachtig toch? Er kan sinds je terug bent zowat geen lachje meer bij je af.'
'Och vent, stik!' vliegt Mattie op. 'Ik ben wel wijzer. Ik vind het allang weer best om thuis te zijn.' En zich tot haar moeder wendend: 'Ik kan voor de resterende vakantiedagen nog een krantenwijk van een schoolvriendin overnemen. Goed wel, hè? Nu ik in dat kamp dan niet in de gelegenheid ben geweest om ook maar een cent te verdienen kan ik met zo'n krantenwijk vast de bodem voor mijn krokusvakantie leggen.'
Ingrid wil het vóór en tegen nog graag even afwegen. Het is weliswaar nog volop zomer, maar Vlissingen heeft net als de meeste andere zeehavens zijn minder gunstig bekendstaande buurten. Daarenboven stroomt het er in de vakantietijd ook al vol vreemde vogels, met wie de politie nogal eens wat te verhapstukken heeft.
Johan geeft zijn zuster een knikje. 'Vind het maar goed, moeder! Je dochter kan best wat afleiding gebruiken. Ik geloof dat Steef zopas niet eens zover van de waarheid af is geweest. Zeg eens? Heb je van Sven Olsen maar meteen de bons gekregen?'
Mattie kan nog maar nét een scherp antwoord inhouden. Of ze voelt dat ze zich daarmee lelijk te kijk zou zetten. Maar beter om nu ineens zelf het initiatief te nemen; in het kort verslag uit te brengen van wat háár vakantie-ervaringen in het studentenkamp betroffen.
'Johan heeft het zeker over de enige Noor, die zijn vaderland daar vertegenwoordigde,' zegt ze, haar stem zo zakelijk mogelijk. 'Hij kwam door omstandigheden enkele dagen later. Toen hadden de groepjes zich al min of meer gevormd. Zelfs zijn tafelgenoten, drie Duitse vrienden, lieten hem in hun gesprekken een beetje links liggen. Mijn eigen slaapje had zich inmiddels

ook al bij een stel meisjes aangesloten. Jíj zou het stellig ook gedaan hebben, moeder. Een landgenoot van je! Allicht dat je je over zo iemand ontfermt. Volgens zijn zeggen met zowat geen familie ook. Ik bedacht bovendien dat ik door met hem te praten nog heel wat aan mijn Noors zou kunnen schaven. Iets dat me in de krokusvakantie wat goed van pas zou komen. That's all!'

Ingrid knikt begrijpend. 'Kunnen we die knaap vroeg of laat ook nog hier verwachten?' informeert ze.

Mattie staat van haar stoel op, loopt in de richting van de kamerdeur. 'Doe niet zo mal! Hij scheen midden in zijn stagetijd te zitten, kon er maar met moeite tussenuit breken. Stellig is hij het hele kamp hier alweer vergeten. Vast zo'n rasechte Streber, die op een gegeven moment alle pretjes terwille van zijn studie opzij zet.' En met een licht schouderophalen, of ze daarmee zeggen wil dat de hele Sven Olsen haar totaal niet meer interesseert: 'Ik ga nog even naar Ineke. Kunnen jullie op je gemak Anja de Ruiter verder ontleden. Kom Steef! Jij zou de bloembakken nog water geven. Schiet nu ook maar op! Moeder en Johan kunnen ons op het moment missen als kiespijn.'

Ook vader Oosterveen kan het al direct goed vinden met Johans vriendinnetje. 'Mijn zegen héb je, jong!' zegt hij, als ze op de zondagavond weer in eigen kring zijn. 'We krijgen er op die manier in de toekomst stellig een lieve dochter bij. Je hebt er ons erg gelukkig mee gemaakt.'

'Als schoondochter zul je nog even op haar moeten wachten, vader. Anja is vast van plan haar opleiding eerst helemaal af te maken, naar ze hoopt daarna het geleerde ook nog in praktijk te kunnen brengen.'

'In jouw geval nog niet zó gek. Wie zal zeggen of ze in de toekomst jouw scheepjes ook nog niet zal kunnen aankleden? Het zou mooi zijn. Een huwelijk, waarin de een de ander ook in zijn werk kan aanvullen.'

Ingrid schiet in de lach. 'Met die uitspraak mag ik het doen,

jongens! Mijn inbreng bestond destijds slechts uit een paar handen, die voor veel dingen geschikt bleken. Zelfs van jullie taal maakte ik toen alleen nog maar een potje.'
Ze kan al niet verder praten. Jans forse hand voelt ze op haar mond. 'Zwijgen jij! Zo'n toegewijde moeder voor man en kroost, zo'n handige huisvrouw! Vandaag de dag alleen nog maar met een kaarsje te zoeken.'

Dit keer is Mattie Oosterveen oprecht blij, dat de lessen op school weer begonnen zijn. Er is tenminste weer een 'must' in haar leven. Ze wil en zal haar einddiploma halen. Ze zal er voor enkele weken flink tegenaan moeten. Gek, dat haar dagindeling nu ineens weer iets is, dat niet door haarzelf geregeld kan worden. Nooit nog is ze zo ongedurig geweest als in de vakantiedagen, die haar na het verblijf in het kamp nog resten. Op haar tocht langs de krantenadressen kan ze iets van die ongedurigheid kwijt. Ze zet er de sokken in, maakt er elke keer opnieuw een soort sport van nog vlugger haar ronde gemaakt te hebben dan de vorige keer. Als ze eenmaal 'leeg' terug naar huis spurt ontwikkelt ze een vaart, die menige niet meer al te vlugge voetganger het hoofd doet schudden.
'Het kampleven tussen zoveel serieus studerende mensen heeft onze dochter beslist goedgedaan,' merkt Jan Oosterveen op. 'De scholen zijn nu dan alweer een paar weken aan de gang. Dat het nog de eerste keer moet worden, waarop we Mattie niet op tijd aan het ontbijt zien verschijnen, ik sta er beslist versteld van.'
Ingrid knikt, maar het gaat toch niet helemaal van harte. 'Het lijkt inderdaad zo,' zegt ze vlak. 'Toch denk ik voor mezelf dat het haar daar tussen zoveel oudere studenten in wezen wat tegengevallen is. Voor een verblijf op de kinderboerderij, ook al zou ze er dan deze keer als hulpje de boel mee hebben mogen runnen, is ze inderdaad al te wereldwijs. Ik denk dat ze het feit, dat ze in dat studentenkamp lang niet door iedereen voor vol is aangezien, nog moeilijker heeft kunnen verwerken. Nog een ge-

luk, dat ze daar een landsman van me trof. Dat hij direct zo gul aanbood, haar met haar Noors te helpen, stellig een volhardende leerling aan haar heeft gehad, zal de pil nog wel meer hebben verguld. Feitelijk jammer dat ze zijn adres niet heeft gevraagd. Op de laatste nipper scheen hij voor een ander te zijn ingevallen; stond zodoende niet op de deelnemerslijst vermeld.'
Jan Oosterveen lacht er maar eens om. 'Jij zou de eerste de beste maar ineens in huis willen halen, die jouw taal machtig was, niet? Die student zal haar voor het overige niet dát interesseren, denk ik. Zo ja, dan is Mattie mans genoeg om datgene wat ze beslist wil weten wel uit de ander los te peuteren. Ze toont tenminste stijl, dat ze zich niet in de kaart laat kijken of het haar wat doet of niet.'
'Laat Freek Cramer het maar niet horen,' lacht Ingrid. 'Die heeft het van onze spring-in-'t-veld echt al behoorlijk te pakken. Wie weet zwijgt ze terwille van hem wel in alle talen over haar avonturen die ze – het kan haast niet anders bij iemand als onze Mattie – heus wel beleefd zal hebben.'
Jan schudt zijn hoofd. 'Probeert moeder Ingrid weer eens uit te vissen welke achtergronden er bij haar kroost een rol spelen om zich op een bepaalde manier tegenover de buitenwereld op te stellen? Een aardige vent, die Freek Cramer! Een, die ook best bij onze dochter zou passen. Alleen... hij zou haar niet te veel moeten verwennen. Voor Mattie zal het altijd goed zijn, dat ze iemand in haar leven heeft, die haar af en toe in haar bruisend enthousiasme kan afremmen.'
'Laten we maar niet op de zaken vooruitlopen. Laat Mattie haar zonnige natuur nog maar lang mogen behouden. Onze enige dochter, die ik niet graag ánders zou zien.'

Is Mattie dan ook stevig aan het spurten om in de hoogste klas van de Havo een zo'n goed mogelijk figuur te slaan, ze kan er nog niet toe komen op haar volleybalavonden verstek te laten gaan. Ze hebben haar opnieuw voor de komende competitiewedstrijden gecharterd. Nu het dan zeker is dat die in de kerstvakantie beslecht zullen worden, wil ze in ieder geval tot daarna haar goede vorm trachten te behouden.

Het zal een drukke tijd voor haar worden, maar ze kan er nog steeds alleen maar blij om zijn. Freek Cramers ouders zijn dik bevriend met de hare. Freek zelf, die voor zijn eind atheneum was gezakt, het opnieuw probeert, is uit zichzelf toch weer met het voorstel voor de dag gekomen, Mattie met haar wiskunde, nu eenmaal haar zwakke punt, te helpen. Het zal wel altijd een struikelblok voor haar blijven, maar ze wil dit vak desondanks toch niet graag laten schieten.

O, Mattie Oosterveen weet wel heel zeker dat ze, wanneer ze zich nog steeds niet zo opgejaagd voelde, zijn hernieuwde aanbod nooit en te nimmer aanvaard zou hebben. Niet omdat ze bepaald een hekel aan Freek had, dat geenszins! Maar ergens irriteert hij haar door zijn evenwichtigheid en meer nog door het feit, dat hij zo overduidelijk laat merken alles in het werk te willen stellen haar maar gunstig jegens hem te stemmen.

Ze wás een van de besten in het volleybalteam, maar daarom hoefde hij elk succesje, dat ze behaalde, toch niet zo overdreven te bejubelen. Zo hoefde hij alsjeblieft ook niet haast elke dag al bij het fietsenrek te staan, als zij met haar zware boekentas kwam aanlopen. Kort samengevat kwam het er bij Mattie op neer, dat hij zich zo weinig als een echte man gedroeg. 'Een zacht eitje,' kon haar vriendin zo raak zeggen.

Waarom staat het beeld van Sven Olsen haar nu ineens zo duidelijk voor ogen? Sven, die in alles zo helemaal zichzelf was. Die als hij niets van zijn privéleven wenste los te laten, dat niet deed ook. Die toen ze met dat plotselinge onweer ineens zo gek bang was, zelf geen initiatief dorst te nemen, zich allerminst erg zoetsappig tegenover haar had opgesteld. Wel bezorgd, maar allerminst kleverig onderdanig. Wat daarop was gevolgd? O, ze zou er het liefst absoluut niet meer aan terugdenken. Tevergeefs! Het láát haar nu eenmaal niet helemaal los hoe gelukkig het haar gemaakt had. O, ze weet maar al te goed dat zijzelf het is

geweest, die ook zijn zinnen had opgezweept. Maar ook toen was Sven het toch weer geweest, die al gauw het heft in handen had genomen, haar vertrouwen in hem niet had geschokt.
Een verder denken probeert ze elke keer opnieuw een halt toe te roepen. Daarvoor schrijnt de inhoud van zijn brief, die ze veilig weggeborgen heeft, nog te veel. Zinnen, die ze langzamerhand uit haar hoofd kent. Ja, waarvan ze desondanks de ware betekenis nog steeds niet kan doorgronden. Of is er werkelijk een reden voor, waardoor hij de grote onbekende wil blijven? Het wil er bij haar nog steeds niet in, dat het bij hem toch een definitief een punt zetten is geweest achter een, zoals hij het haar ook zo dringend aanraadt, kortstondige vakantie-romance. Iets, dat zoals hij het had doen voorkomen met zijn eigenlijke leven totaal niets van doen had, er nooit en te nimmer een blijvende invloed op zou mogen uitoefenen.
Kon je er maar eens met iemand over praten. Bij Johan, die Sven toch ook had meegemaakt, hoefde je de laatste tijd niet aan te komen. Johan had zich toch al weinig met hem bemoeid, was toen Anja de Ruiter zo plotseling in zijn leven was gekomen, in de weekends zelden meer thuis.
Met moeder dan? Nee! Nog wel, als dat éne er maar niet bij was geweest. Sven had dan wel gezegd dat ze nergens bang voor hoefde te wezen, dat hij haar in alle opzichten beschermen zou. Ook nu wilde ze er zo graag van overtuigd blijven, dat hij als zoveel oudere haar geen enkel risico zou laten lopen. Ergens kon je dat toch ook uit zijn brief opmaken. Als je immers al vantevoren wist dat het inderdaad om wat hij dan een vakantie-romance had genoemd ging. Maar ze kende haar moeder nog wel zo goed om te weten dat het die vroeg of laat stellig zou lukken, ook dít gedeelte van hun vakantie-avontuur uit haar los te peuteren. Het gevolg zou ook zijn dat ze dan wel genoodzaakt was met Svens brief voor de dag te komen. De brief, die haar ondanks zijn minder prettige inhoud toch zo dierbaar was. Die vader – moeder had immers nooit iets voor hem geheim gehouden, als het om het heil van een van hen ging – vast en zeker

terstond aan het werk zou zetten om de onderste steen boven te krijgen wat de persoon van deze geheimschrijver Sven Olsen betrof. Dat was nu juist wat ze níet wilde. Daarvoor was dit bezit, waarvan tot nu toe nog geen mens ook maar iets wist, haar te dierbaar. Nu nog kon ze er in haar gedachten allerlei redenen omheen spinnen, die hem genoopt hadden, elk contact met haar te verbreken. Dat hijzelf wel graag anders had gewild, maar dat hij er haar, juist omdat hij haar zo genegen was, niet mee aan wilde wagen. En droeg ze diep in haar hart niet de stellige hoop mee, dat ze hem in de krokusvakantie toch nog wel terug zou zien? Dat hij, die het wat zijn familie betrof slechts met een halfzuster moest doen, wel alles op alles zou zetten om zich in die dagen vrij te maken. O, ze zou het tegen die tijd best in een stel Noorse kranten willen zetten, dat een zekere Mathilde Oosterveen dan voor zo'n twaalf dagen in Lillehammer zou verblijven. Dan zou ze ook niet rusten alvorens Sven heel wat meer van zijn persoonlijk leven had prijsgegeven.

Eén ding stond voor Mattie Oosterveen zo vast als een huis: Een tweede keer zou ze van een vakantie in gezelschap van Sven Olsen toch heel wat anders maken; zou zich de teugels niet zo gemakkelijk uit handen laten nemen. En in eerste instantie zou ze van hem eisen dat hij open kaart zou spelen; met een plausibele verklaring voor de dag zou komen over datgene dat hem klaarblijkelijk had genoopt aan hun spontane vriendschap, die door geen enkele wanklank was verstoord, zo'n cru einde te maken. Een dan bijna negentienjarige Mathilde Oosterveen zou niet rusten vooraleer hij het achterste van zijn tong had laten zien.

'Opdat je het maar weet!' zegt ze onwillekeurig hardop. 'Al heb ik er dan nog helemaal geen behoefte aan in de toekomst tot een rondom geëmancipeerde vrouw uit te groeien, ik ben toch allerminst van plan me in een hoekje te laten drukken.'

Dan schuift ze Svens brief ineens of ze iemand hoort aankomen terug in de enveloppe, bergt die weer op zijn veilige plekje terug. Maar niet voordat ze er spontaan een kus op heeft gedrukt. 'En toch hou ik van je, Sven,' zegt ze voor zichzelf. 'Al zal ik er dan in de komende maanden bewust mijn best voor doen, je uit mijn gedachten te bannen. Proberen de volgende vakantie net zo te beschouwen als jij het met de vorige hebt gedaan. Ships that pass in the night! Zo zal het dan ook voor mij moeten zijn.'

6

De vreemde onrust, die Mattie soms van minuut tot minuut opjaagt, en die het haar hoe langer hoe moeilijker maakt, zich eens een kwartiertje lekker nietsdoen te gunnen, groeit langzaam maar zeker tot een onbestemde angst uit. Dat ze nu al drie weken over tijd is, waarom moet ze daar dit keer ineens zo zwaar aan tillen? Ze kent het verschijnsel. Als ze eenmaal uit haar gewone ritme is gehaald of als ze, zoals dan nu weer het geval is, tot en met traint voor de komende competitiewedstrijden, dan slaat ze zo vaak een paar weken over.

Ja, waarom laat haar dit verschijnsel dan nu niet net zo gemakkelijk los als dat andere keren het geval was?

Ze weet het antwoord erop maar al te goed. Ze had het uit Svens mond zo voor vast aangenomen, dat ze nergens bang voor hoefde te zijn. Mag er dan nu door iets, dat haar al meermalen is overkomen, een zeker wantrouwen in deze uitlating van hem groeien? Zo maar rijst de vraag in haar op of hij met zijn woorden niet iets anders bedoeld heeft? Dat ze niet zo overdreven bang voor dat onnozele onweer had moeten zijn. Het zou ook kunnen dat Sven gewoonweg verondersteld had dat zijzelf voor het gaan naar dit kamp haar voorzorgsmaatregelen had genomen.

Dan is er ineens ook het niet meer terug te dringen schuldgevoel wat haar eigen houding op die vreemd zwoele avond betrof. Haar onverklaarbare angst, die haar in zijn armen had doen wegkruipen. Het vrouwtjesdier, dat de lokroep van de natuur niet had kunnen weerstaan...

Nog drie weken houdt ze de strijd tegen haar niet meer te onderdrukken angstgevoelens vol. Aan het ontbijt zit ze te kieskauwen. Op weg naar school knapt ze weliswaar in de frisse wind weer wat op. Maar haar wangen verliezen met de dag meer van de blozende kleur, die er vroeger niet van weg te denken was. In plaats daarvan een vale tint, die met geen portie rouge weg te werken valt.

Maar Mattie geeft de strijd nog niet op. Daarvoor is ze te veel het kind van een vader, die als het moet ook als een leeuw kan vechten. Nog weet ze zichzelf wijs te maken dat ook dat niets bijzonders is. De tijd van bruinbakken is immers allang voorbij. Ze is heus de enige niet, die er in dit jaargetijde beslist niet op haar voordeligst uitziet.

Van haar zakgeld schaft ze zich iets aan, waar een sportieve, nog weinig ijdele Mathilde Oosterveen tot nog toe nooit behoefte aan heeft gehad. Een lipstick in een opvallend felle kleur, die het geheel maar weer wat moet opfleuren en een doos rouge. Nog kan ze om zichzelf lachen, als ze zich in de spiegel bekijkt. Och kom! Ze is er vanzelfsprekend nog verre van handig mee. De plekken in haar gezicht, die je nu eenmaal niet met rouge kunt bewerken, springen haast nog meer naar voren. Het gek felle rood van haar lippen geeft haar gezicht haast iets groteks.

Na een afschuwelijke droom wordt ze op een nacht zó overstuur wakker, dat ze zomaar begint te huilen. De angst wurgt haar keel dicht. De onzekerheid is haast niet langer te dragen. Ze wíl immers geen kind. Niet van Sven, maar ook niet van iemand anders. Ze wil vrij zijn. Ze wil net zo als vóór het kamp onbezorgd van haar heerlijk jonge leven genieten. Ze wil ook best nog wat studeren, iets bereiken, waarmee ze zelf zonodig haar brood kan verdienen. Trouwens, later net als moeder voor een gezin moeten zorgen, het is iets, dat een tot voor kort levensblije Mattie voorlopig nog graag naar de achtergrond van haar denken schuift.

Hoe is haar verhouding tot Sven geweest? Als ze voor zichzelf heel eerlijk is kan ze alleen maar zeggen dat het nog niets met echte liefde te maken had. Liefde, zoals God die kent. Liefde, die inhoudt dat je bereid bent lief en leed met de ander te delen. Ja, als het moet voor jezelf met een tweede plaats genoegen te nemen.

Ineens moet ze aan Freek Cramer denken. Freek, die door een

klasgenote van haar als 'een zacht eitje' was betiteld. Maar die desondanks tot nog toe te allen tijde voor haar had klaargestaan. Die nog nooit op ook maar enige manier zijn overmacht als zoveel oudere of als man had getoond. Was het bij hem dan wél de ware liefde, die graag geeft en slechts weinig neemt?
Ze kan er niet goed uitkomen. Ze heeft in het minst geen hekel aan hem. Alleen... ze kan zich van zichzelf noch van hem niet voorstellen dat, als zij samen onder die cape hadden geschuild, datgene gebeurd zou zijn dat met Sven haast vanzelfsprekend was geweest.
Nee! Ze komt er niet uit. Ze is gewoonweg niet in staat haar eigen verwarde gevoelens op de juiste manier te ontleden. Misschien ja... Eén ding zou ze nog kunnen ondernemen om zekerheid te krijgen. Naar een drogist trekken, daar dat spul kopen, waarmee je die zekerheid kon verkrijgen of – wat ze nog altijd voorop wil stellen – absoluut uitsluiten.
Maar? Wélke zekerheid? Ze wil immers alleen die laatste maar. Ze wil weer de Mattie van vóór de zomervakantie zijn. Pret hebben, vaak nog om de meest flauwe dingen lachen. Zomaar een flink stuk wegfietsen tot je tong zowat uit je mond hing. Dan je ergens in het gras laten neervallen; op je rug gelegen genieten van de bijna altijd weer grillige wolkenformaties. Zo echt weten dat je ook een stukje natuur was, dat de zon ook voor jou scheen. Of zo nu en dan eens flink ruzie maken met een knap eigenwijze Steven of een boom met Johan opzetten, daarbij ook een beetje de volwassene uithangen.
Nee! Echt volwassen wil ze nog lang niet zijn. Daarvoor lokken de voordelen van het kindzijn nog te veel. De momenten, waarop vader je zomaar ineens naar zich toetrok, waarop moeder onverwachts zo'n lekker bruingebakken stukje vlees van haar eigen bord prikte en op het jouwe deponeerde. Tot voor kort nog de nachtkus, die moeder Ingrid je elke avond nog trouw kwam brengen en waaraan ze sinds kort een eind had gemaakt. Als het andere tóch waar bleek te zijn? O, ze durft er haast niet aan te denken. Daarmee moet je immers voorgoed volwassen

zijn. Dan had je over zoveel maanden de zorg voor een nietig mensenkind. 'Je opvoeding behoort al in je wieg te beginnen,' beweerde moeder altijd. Dat hield in dat je eigen opvoeding dus helemaal voltooid moest zijn. Dat je in alles in staat geacht werd het goede voorbeeld te geven. Maar ook dat je het niet langer alleen voor het zeggen had. Dat je de opvoeding van je kind zou moeten delen met een man, die zich vader van je kind mocht noemen. Van wie je dacht dat je van hem hield, terwijl je inwendig nog vol twijfels zat of je het zou opbrengen, er samen als ouders iets goeds van te maken. Een kind, dat je nog helemaal niet wilde. Een man, die...
O, laat ze ophouden met graven in een almaar groeiende onzekerheid. Dan in vredesnaam die gang naar een drogisterij maar. Vandaag nog in de Gouden Gids naar een drogist speuren, die zo ver mogelijk weg woont. De zaak, waar ze bij haar thuis vaste klant zijn erin betrekken is vanzelfsprekend uitgesloten.
Direct na schooltijd fietst ze naar het opgespoorde adres. Net wil ze haar boodschap afsteken, als ze een klap op haar schouder voelt.
Verschrikt, ja haast betrapt draait ze zich om. Cockie ten Brugge! Zat vroeger bij haar in de klas, maar toen ze bleef zitten is ze op een andere school overgestapt. Een reuze kletskous, die altijd graag het naadje van de kous wil weten. 'Hallo!' schalt haar wat overdreven gemaakte stem. 'Je zoekt het voor je boodschappen óók ver uit de buurt, jij!' En eer Mattie haar antwoord kan formuleren: 'Schiet op! Je bent aan de beurt. Ik wacht wel even. Fietsen we samen een eind op. Nog wat kletsen over mijn vroegere school!'
De grote doos met de afgepaste anderhalf ons-zakjes Engelse drop grijnst Mattie tegen. Ze gruwt van al wat drop is. Maar ze móet toch wat zeggen. 'Een zakje daarvan,' is haar al ontsnapt. Opnieuw heeft ze zich in de nesten gewerkt.
'Mattie Oosterveen, die zich aan drop tegoed doet!' lacht Cockie. 'Je bent nadat ik je voor het laatst heb meegemaakt wel

veranderd.' En in één adem erachter: 'Weet je nog dat als Piet de Rooy zijn zoveelste zakje drop bij zich had, hij jou niet harder kon pesten dan het jou voor te houden? Mét zijn innige overtuiging, dat als je maar geregeld drop at, je je door zowat geen kwaal zou kunnen laten bespringen?'
Ongewild legt Mattie haar oud-klasgenote een plausibel antwoord in de mond. 'Daarom heb ik ze nu dan ook gekocht. Ze zien er in ieder geval heel wat aanlokkelijker uit dan degene, die Piet me nu nog wel eens voorhoudt. Nou ja! Als ik deze ook vies vind kan ik ze altijd aan mijn jongste broer kwijt. Een echte dropgek!'
Nog is Mattie niet van de ander af. 'Heb jij dan last van je maag of zo?'
'Af en toe! In het kamp opgelopen, denk ik. Ik schijn niet goed tegen gekruide rommel te kunnen. Johan daarentegen loopt ermee weg. Op zijn dringend verzoek hebben we er ons thuis nu ook al een paar keer aan bezondigd... Maar hier moet ik rechtsaf, zou voor thuis nog postzegels uit de automaat halen.'
'Gegroet dan! En beterschap met je maag! Je kunt er maar last van hebben.'
'Je kunt er maar last van hebben!' De woorden blijven in Matties hoofd nazeuren als ze woedend op Cockie, maar meer nog op zichzelf, de hoek omslaat.
Dat ze in die drogisterij nu ook net die roddel van een Cockie ten Brugge moest treffen! En wat was ze stom geweest om eruit te flappen dat ze in het studentenkamp last van haar maag zou hebben gehad. Ze had in haar antwoord toch kunnen volstaan met het laatste gedeelte: dat ze die drop voor Steef had gekocht of zoiets?
O, ze weet nu ook zeker dat ze geen tweede tocht naar die drogisterij zal maken. Had ze maar een echte vriendin, die ze in vertrouwen kon nemen. Die dit zaakje wel even voor haar zou opknappen. Een, van wie ze er zo helemaal op aan zou kunnen, dat ze haar mond potdicht zou houden. Het liefst nog een eigen zuster, die ze volledig in vertrouwen kon nemen. Ja, die wie

weet al haar gekke angsten uit haar hoofd zou kunnen wegpraten.
'Vangen!' roept ze haar jongste broer toe, als ze hem in de garage bezig ziet zijn fiets een opknapbeurt te geven.
Niet weinig verrast kijkt Steven op. 'Zomaar cadeau? Waar heb ik dát aan te danken?'
'Vast in het voren,' zegt ze vlug. 'Opdat je je nu geroepen zult voelen de mijne ook eens onder handen te nemen.'
'Oké! Die van mij is haast klaar. Laat de jouwe daar maar staan. Meteen maar aan beginnen.'

Al hangt Steven het dan niet aan de grote klok, hij vindt het ergens altijd nog fijn, dat moeder hem nog even haar nachtzoen komt brengen. 'Nog tot aan mijn verjaardag,' had hij weliswaar bedongen, maar hij weet nu al best dat hij dit gebeuren de eerste tijd nog echt zal missen.
Het zakje Engelse drop ligt op het plankje van zijn divanbed.
'Jij ook een, moeder?' vraagt hij, als hij haar ogen in de richting van zijn onverwachte aanwinst ziet gaan.
Ze knikt. 'Eentje dan! Heb je jezelf maar eens getrakteerd?'
'Niks hoor! Van Mattie gekregen. Omdat ik haar fiets meteen ook een beurt wilde geven. Gek eigenlijk! Dat kon ze toch niet vooruit weten, hè?'
Ingrid pakt het zakje op. Vreemd! Niet het vertrouwde adres van de drogist, bij wie hun gezin geregeld klant is. Mattie, die ál wat drop is schuwt! Die blijkbaar in een impuls bij een andere drogisterij dat spul verschalkt heeft om er een nietsvermoedende Steef mee te verrassen.
'Je hébt haar fiets nu toch wel schoongemaakt, hè?' vraagt ze uit een opwelling, het voor Steven tenminste aannemelijk te maken, dat zijn zuster zo gul voor de dag is gekomen.
'Tuurlijk! Een volgende keer doe ik het weer, als ze met die drop komt aandragen.'
'Goed zo! Maar zónder dat mag je het ook best doen, hoor! Mattie heeft een druk jaar, nu ze dan haar einddiploma wil

veroveren... Slaap lekker, jong! Na gedane arbeid is het goed rusten.'

Als Ingrid Oosterveen op weg naar de trap is, valt het haar op dat het licht op Matties kamer op dit nog zo vroege uur al uit is. Zo niets voor haar dochter. Ze kan zich evenmin voorstellen dat die alsnog uitgegaan is. Ze had het zopas nog over een moeilijke repetitie gehad. Ze was nog geen halfuur geleden van haar bijles bij Freek Cramer teruggekomen.
Als Jan niet net voor een tweedaagse conferentie naar Bolnes was getrokken had ze wat ze nu onderneemt, stellig níet gedaan. Ze had als hij thuis was immers een uitlaatklep voor haar bange voorgevoelens gehad. Jan met zijn nuchtere aard zou haar van alle grond ontblote zorgen wel op zijn rustige manier ontzenuwen.
Maar nu is er geen Jan. Nu is er alleen een vreemd stil huis met boven een jongen, die vast al wel ingeslapen is. Maar daarnaast ook achter een andere deur wel of niet een dochter, van wie ze maar moet gissen hoe het met haar gemoedsgesteldheid is.
Ze heeft de deur al open, knipt vlug het licht aan. Wat ze ziet versterkt alleen maar haar onverklaarbaar gevoel van onzekerheid. Mattie ligt, haar kleren nog aan, boven op het dekbed. Een of ander schoolboek valt nergens te bekennen. Ze loopt op het bed toe, knipt het kleine lampje erboven aan. Dan zegt ze zo langs haar neus weg, terwijl ze het grote licht uitdraait: 'Leuk van je, Mattie, om onze jongste zo geheel onverwacht met die drop te verrassen. Hij is er als een aap zo trots op. Toen ik hem welterusten kwam wensen moest hij me het zakje beslist laten zien.' Dan als Mattie zich maar langzaam omdraait: 'Wat is er toch, Mattie? Scheelt er wat aan? Of had ik het je niet mogen verklappen dat Steven zo blij met zijn dropjes was?'
Ineens is het met het zich goedhouden van Mattie gedaan. Door een waas van tranen kijkt ze naar haar moeder op. 'Ik had het helemaal niet zo bedoeld die drop te kopen. Het kwam alleen maar, doordat ik, net toen ik om dat andere wilde vragen,

een kind, dat vroeger bij ons op school zat in de winkel zag staan. Toen...'
Ingrid is op de rand van het bed neergevallen. 'Is het erg moeilijk om te vertellen wat dat andere dan wel was?'
'Het is allemaal in dat studentenkamp begonnen. De meeste hadden al gauw clubjes gevormd of kenden elkaar al van vorige keren. Ik was de allerjongste. Ook de enige, die nog niet aan een bepaalde opleiding was begonnen.'
'Sliep je daar dan alleen ook?'
Een kort hoofdschudden. 'Met dat andere meisje immers. Ik heb het toch verteld? Samen in het hoofdgebouw. Ze was heus wel aardig, maar ook zíj trok al heel gauw met de anderen op. Een paar dagen later kwam Sven nog onverwachts opdagen. Hij viel in voor iemand, die plotseling verhinderd was. Een landgenoot van jou, moeder. Hij voelde ook niet zoveel voor al die saaie besprekingen 's avonds. Gelukkig hoefde je, als ze je in geen enkel opzicht interesseerden, niet elke avond erbij aanwezig te zijn. Sven was eerst erg stil. De anderen lieten hem ook een beetje links liggen. Ik ging 's avonds meestal een eind wandelen. Sven hield er blijkbaar ook van. Hij kon zo fijn van jouw vaderland vertellen. Ik hem maar uitvragen over de wintersport in het gebied van Lillehammer natuurlijk...'
De niet meer te weerhouden stroom tranen dwingt Mattie wel even te pauzeren.
'Wist de kampleiding van die strandwandelingen af?'
Mattie schokschoudert even. 'Met volwassen mensen? Zoiets zou toch ál te gek zijn.'
'Jullie gingen altijd samen?'
'We vonden het allebei fijn. Sven hielp me op mijn verzoek ook met mijn Noors. Ik bracht hem op mijn manier wat meer van ónze taal bij.'
Het duurt een opeens gealarmeerde Ingrid allemaal te lang. 'Vertel nu maar liever wat je zo van je stuk heeft gebracht. En wat het nu eigenlijk was, dat je blijkbaar opzettelijk níet bij onze eigen drogist had willen kopen.'

De tranen beginnen bij Mattie opnieuw te vloeien. 'Het kwam allemaal door dat enge weer. Ik had het helemaal niet zien aankomen. We lagen in een duinpan uit te rusten van onze wandeling. De zon scheen nog volop.'
Opnieuw valt haar moeder haar in de rede. 'Terzake alsjeblieft, Mattie! Ik wil nu alles weten.'
'Sven had het blijkbaar wel zien aankomen, wilde nog proberen ergens onderdak te komen. Maar ik was ineens zo gek bang, zó dat mijn tanden klapperden. Bij een volgende slag trok ik hem mee onder zijn regencape, die hij over me had gegooid, kroop zo dicht mogelijk tegen hem aan. Opeens was het of ik van binnen helemaal in brand stond. Sven zei nog zoiets van dat ik nergens bang voor hoefde te zijn... Toe moeder? Hoef ik de rest niet verder te vertellen?'
Zoals Mattie daar half opgericht zit, haar gezicht raar-vlekkerig van de tranen, die nu helemaal niet meer tegen te houden zijn, maakt ze wel zo'n desolate indruk, dat Ingrid voelt haar dochter toch op een of andere manier tegemoet te moeten komen.
'Jullie wisten je niet meer te beheersen? Jij niet, maar een naar ik veronderstel heel wat ouder iemand evenmin?'
Nu moeder het voornaamste al weet welt er in Mattie ineens zo'n drang op met zichzelf helemaal schoon schip te maken, eindelijk dan iemand te hebben gevonden, die naar ze innig hoopt wat begrip voor haar situatie kan opbrengen, dat het praten ineens stukken gemakkelijker gaat.
Ja, waarom is er nu ook meteen de drang om Sven in zekere zin vrij te spreken? Sven, die haar de dag daarop weliswaar met die voor haar nog steeds onbegrijpelijke brief had afgescheept? Die in feite weinig of niets over zijn eigen doen en laten had losgelaten? Ja, wiens adres ze zelfs niet eens wist?
'Het was voor het grootste deel míjn schuld, moeder. Wel had Sven immers gezegd dat ik nergens bang voor hoefde te zijn...'
'Waarvoor, Mattie? Voor datgene, waarvan de gevolgen haast niet konden uitblijven? Of? Het zou ook wel eens hebben kunnen zijn, dat hij er alleen dat onweer maar mee bedoelde...'

En haar hand onder Matties kin leggend, haar op die manier dwingend haar aan te kijken: 'Zeg eens eerlijk! De gevolgen zijn soms al niet uitgebleven?'
'Wist ik het maar! Ik wil nog geen kind. Nog in een hoop jaren niet.'
'Ging je daarom naar die drogisterij?' En haar stem nog slechts met moeite inhoudend: 'Mattie? Het was toch niet om iets in handen te krijgen, waardoor je het gebeurde misschien ongedaan zou kunnen maken?'
'Echt niet, moeder! Ik wou alleen maar zeker weten of het zo was. Ze verkopen dat spul immers, waarmee je zelf...'
'De weg naar de huisdokter wist je zeker niet te vinden?' Er klinkt opeens een zekere twijfel in de stem van haar moeder. Of ze er nog niet van overtuigd is, dat er bij Mattie geen boos opzet in het spel is.
Mattie schudt haar hoofd. 'Echt niet!'
'Morgen je eerste gang dus! Vanavond zal ik proberen hem te bereiken om een afspraak voor je te maken. Misschien kun je dan nog vóór het ochtendspreekuur bij hem terecht. We moeten in de eerste plaats zekerheid hebben. Zou het zo zijn dat je zwanger bent, dan is het zo gauw mogelijk zaak degene op te sporen, die daar mede schuldig aan is. Hem ter verantwoording te roepen.' En zichzelf ook niet meer helemaal meester: 'Geen prettige boodschap voor vader, als hij morgenavond weer thuis is.'
'Vader kán Sven niet ter verantwoording roepen.'
'Waarom niet? Is hij soms al getrouwd?'
Als enige antwoord haalt Mattie zijn afscheidsbrief uit haar tasje. 'Lees zelf maar! Ik weet zelfs geen adres van hem. Hij heeft op een halfzuster na zijn hele familie verloren. Hij studeert land- en tuinbouw, is aan zijn stagejaar bezig.' En opnieuw in tranen uitbarstend: 'Ik wil hem niet meer zien ook. Als het misschien toch niet waar is, dat ik in... Of als het nog onverwacht over zou gaan?'
Mattie raakt hoe langer hoe meer over haar toeren heen. 'Ik

wou dat ik maar dood was,' snikt ze. 'Jullie hoefden dan ook niet zoveel verdriet over me te hebben.'

Ingrid staat van het bed op. 'Morgen praten we verder, Mattie. Eerst dat bezoek aan dokter Van Manen. Nu kleed je je als een haas uit en kruipt onder de wol. Ik haal intussen een paar bekers warme melk met honing. Een probaat slaapmiddeltje voor ons allebei.'

Als Ingrid geen kwartier later boven komt ligt haar dochter, haar ogen nog vochtig van de vergoten tranen, al onder de wol. Een zielig hoopje mens, dat in deze staat nog zo ver van de volwassenheid lijkt te zijn.

Ingrids hart schiet vol. Met moeite bedwingt ze haar eigen tranen. Dan bukt ze zich naar het warrige hoofd van haar kind, drukt er een kus op. 'Bid God maar, dat Hij je in deze moeilijke dagen wil bijstaan, Mattie. Zoals ikzelf en vader stellig ook zullen proberen, je door de komende maanden heen te helpen. Je bent en blijft immers ons kind. We houden van je. Laat dat voorlopig een houvast voor je zijn.'

7

Dokter van Manen heeft er niet veel tijd voor nodig om Matties bange vermoedens te bevestigen. 'Ruim twee maanden op weg,' zegt hij op zijn wat zakelijke toon. 'Maar alles is tot nog toe prima in orde. Wel zie ik je de volgende week nog graag even terug, als ik ook de uitslag van het bloedonderzoek in mijn bezit heb.'
Mattie is oprecht blij, dat dokter Van Manen zo strikt onpersoonlijk blijft. Zo of ze met een wildvreemde arts te maken heeft, die van haar eigen omstandigheden absoluut niet op de hoogte is. Had hij zich gedragen zoals de enkele keren waarop hij aan haar bed had gestaan, de kans had er dik in gezeten, dat ze haar tranen opnieuw niet had kunnen bedwingen.
Als ze zich weer heeft aangekleed, in al haar jonkheid voor hem staat, voelt ze dan toch het zachte tikje op haar wang. 'Ik kan erop aan, dat de dochter van zo'n flinke vader als Jan Oosterveen is, geen onverstandige dingen overhoop haalt, niet? Vertel ze thuis maar dat ik een dezer dagen wel eens langs kom. Ik ben nog altijd wát gelukkig met mijn schuitje, dat indertijd bij jullie op de werf is gebouwd. Dat mag je vader nog best eens horen.'

Gek! Nu Mattie dan weet dat ze inderdaad zwanger is, nu ze in de persoon van haar moeder in zekere zin een bondgenote voelt, neemt de afschuwelijke spanning toch voor een deel af. Volgens de dokter is er sprake van een heel normale zwangerschap. Maar het komt nogal eens voor, dat er zo'n eerste keer in je jonge leven toch vroeg of laat een miskraam op volgt. Laat ze zich aan die mogelijkheid voorlopig maar vastklampen. Ze hééft haar les gehad. Het zal haar geen tweede keer overkomen, dat ze voor een groot deel door eigen schuld in verwachting raakt.

Als het onderhoud met vader nu maar vast voorbij is. Haar vader kennende kan ze op zijn minst op een flinke schrobbering rekenen. Maar daarnaast is haar vader er ook de man niet naar om over iets, dat hem in het leven tegenloopt en waaraan toch niets meer te veranderen valt, te blijven doordrammen. Dat ze nog minderjarig is, ja, dat is wel echt een punt in haar nadeel. Als hij eenmaal tot een besluit is gekomen, knap man, die daar nog iets aan veranderd krijgt.
'Ik breng je koffie vanavond wel boven,' heeft moeder zopas gezegd. 'Vader zal wel suf zijn van alle over- en weergepraat. Zo niets voor hem! Alleen... je moet het begrijpen, Mattie... ik mag hem dit alles geen dag langer besparen. Als hij oordeelt dat hij er jou direct bij nodig heeft, geef ik je wel een seintje.'

Mattie zit met haar hoofd over haar biologieboek gebogen. Morgen een knaap van een repetitie! Ze houdt van het vak, dat wel. O, ze zou er na de Havo te hebben doorlopen best verder in willen studeren. Het zou je de mogelijkheid bieden later ook naar het buitenland te trekken. Natuurparken, reservaten, noem maar op!
Nooit als op dit moment voelt ze hoe zijzelf het is geweest, die door dit alles voorgoed een streep heeft gehaald. Hoe haar toekomst er dan wel uit zal zien, daarover zitten vader en moeder nu te confereren. Tenzij...?
Nee! Laat ze zich niet te veel aan dat 'tenzij' vastklampen. Het is immers haast zeker, dat er over zoveel maanden een klein wezentje zal zijn, dat haar zorg opeist...
Zij, Mattie Oosterveen, die al net als dat met Steef het geval is, zoveel van de natuur houdt, die het kleinste diertje nog zijn plaatsje in de zon gunt. Ze wíl geen moment aan de mogelijkheid van een abortus denken. Wél aan het andere. De baby direct en zonder dat ze haar kind gezien zal hebben, afstaan aan een vrouw, die naar een kind hunkert en er zelf geen op de wereld kan zetten.
Als haar vader haar straks toch nog ter verantwoording roept

zal ze hem dit in ieder geval als een aanvaardbare oplossing aan de hand doen.

Een vader, die ze, als hij haar met zijn ogen naar de stoel aan de andere kant van de tafel dirigeert, in haar leven nog maar zelden op die manier heeft meegemaakt. Ogen, die haar als het ware de plicht opleggen, alleen maar te antwoorden, als de ander een directe vraag tot haar richt. Die haar bij voorbaat het recht al ontzeggen zelf het heft in handen te nemen.
'Moeder heeft me over alles ingelicht,' zegt hij, uiterlijk de evenwichtige vader, zoals de kinderen Oosterveen hem bijna altijd meemaken. 'Uit haar verslag maak ik op dat er tussen jou en de verleider van mijn dochter geen sprake van echte liefde is. Zelfs nog niet van iets, dat er nog maar naar zweemt. Dat hij juist op de dag, waarop je met de anderen op excursie was, die brief voor je heeft achtergelaten, is voor mij het absolute bewijs, dat je met een schurk te doen had. Dat hij geen adres heeft opgegeven tezamen met dat verhaal, dat zijn naaste familie hem door een noodlottige gebeurtenis ontvallen is, versterkt me nog meer in die gedachte. Eén ding wil ik je dan vast zeggen. Waag het niet op enerlei wijze opnieuw contact met die kerel te krijgen. Ik wens een dergelijk sujet niet te ontmoeten. Nu niet en nooit! Ik zou in staat zijn, hem het huis uit te trappen. Al erg genoeg, dat je van zo'n kerel straks ook nog een kind op de wereld zult zetten.'
'Jan? Houd je wat in!' Ingrid, die haar man zelden of nooit in de rede valt, kan het dit keer niet laten. 'Laten we ons alsjeblieft bij de feiten bepalen. Voor het moment is dat het wijste én het belangrijkst.'
Hij knikt. 'Je hebt gelijk! Ik wil dan zeggen dat Mattie als het even kan dit jaar de school probeert af te maken. Het laatste gedeelte desnoods thuis. Ze heeft een behoorlijk verstand en het komt in zo'n eindexamenklas tóch het meest op een herhaling van het geleerde aan. Dat er daarna nog iets van die dagcursus bij Schoevers kan komen, dat is meteen uitgesloten. Ze zal te-

gen die tijd best iets anders te doen hebben. Een avondcursus of voor een deel schriftelijk zou ik nog kunnen aanvaarden. Maar in eerste instantie zul je een opleiding in een beroep moeten zoeken, dat je in je eigen huis kunt uitoefenen. Pedicure, of correctrice voor een of andere uitgeverij. Ik moet vanzelfsprekend daar mijn gedachten nog beter over laten gaan.
Met moeder heb ik afgesproken dat je in ieder geval tot aan je volwassenheid onder ons dak zult blijven wonen. Je kunt de logeerkamer voorlopig als de jouwe beschouwen. Aan logés, póttekijkers in een ontwricht gezin, heb ik vooreerst absoluut geen behoefte meer... Zo, dat was het dan in grote trekken. Je weet nu alvast, waar je aan toe bent. Moeder heeft zich a priori bereid verklaard mee de zorg voor de baby op zich te nemen...'
Mattie maakt van een gedwongen adempauze in haar vaders betoog nu toch gebruik om datgene te spuien, dat ze nog geen halfuur geleden voor zichzelf had klaargemaakt. 'Als het zover is, dat de geboorte aanstaande is wil ik het kind nog het liefst aan een vrouw afstaan, die wie weet naar het bezit van een baby hunkert.'
Een schamper lachje! Een lachje, dat zeer doet, dat ook Ingrid kwetst. 'Wél een gemakkelijke manier om je van alles af te maken, ja! Daarna het vrolijke leventje van vroeger zeker weer oppakken? Nee Mattie! Jijzelf zult het zijn, die de gevolgen van dit trieste gebeuren moet dragen.'
Nog waagt ze een poging. 'Als ik er toch iemand ánders gelukkig mee kan maken?' Dan haar hoogste troef uitspelend: 'Je hebt zelf gezegd dat je Sven een schoft vindt. Een kind van hem zou dus ook best zo...'
Een vuist, die met een slag op het tafelblad terechtkomt, die de leeggedronken kopjes van hun schoteltjes doet opspringen. 'Ik zou nu verder mijn mond maar houden. Je daast als een kind. Je zult nog heel wat moeten leren eer je het zover hebt gebracht, dat je straks je eigen vlees en bloed een behoorlijke opvoeding kunt geven.'
Ineens durft Mattie niet verder, durft ze datgene er niet uit te

gooien, dat haar vaders laatste woorden haar ingeven. Dat hij de hare daarmee in feite bevestigt. Dat het in verband daarmee dus beter zou zijn, als ze die opvoeding aan een ander, een meer volwassen vrouw in handen kon geven. Maar ze hoeft maar naar moeders vreemd vertrokken gezicht te kijken om te beseffen dat ze dat maar beter kan inslikken. Vader is zichzelf niet meer. Er zouden wie weet dingen gebeuren, uitspraken gedaan worden, die onherstelbaar bleken.
'Je weet voorlopig dus waar je aan toe bent,' bijt Jan Oosterveen zijn dochter nog toe. Dan schuift hij niet bepaald met een subtiel gebaar, zijn stoel achteruit, beent met forse stappen de kamer uit.
Even later horen Ingrid en Mattie de auto onnodig hard over het schelpenpad rijden. Met welk doel? Toch nog naar het bedrijf na twee dagen afwezig zijn? Of is dit voor Jan Oosterveen op dit ogenblik nog de enige manier om zijn teleurstelling, zijn gegriefdheid af te reageren?
'God sta hem bij,' zegt Ingrid in zichzelf. 'Ikzelf schiet helaas te kort om hem tot bedaren te brengen.'

De manier, waarop haar vader binnen enkele tellen het huis zopas heeft verlaten, heeft Mattie ogenschijnlijk ook het nodige aangedaan. Totaal ontdaan kijkt ze haar moeder aan, vraagt dan: 'Vader is razend op me, niet? Ik kan ineens geen goed meer bij hem doen.'
Ingrid schudt haar hoofd. 'Vader is alleen maar diep teleurgesteld door wat zijn dochter, op wie hij altijd zo trots is geweest, hem opeens heeft aangedaan. Een man verwerkt zoiets nu eenmaal op een heel andere manier als wij vrouwen het doen. Vader, die in alles zo integer is. Die in zijn bedrijf nooit iets van sabotage, van achterklap heeft geduld. Nu dan door zijn eigen vlees en bloed voor zijn gevoel te schande gezet. Zoiets komt aan, Mattie.'
Ze haalt haar schouders op. 'Jij bent toch ook niet op een dergelijke manier tegen me uitgevallen, toen ik je alles opbiechtte?'

'De een is de ander nu eenmaal niet, kind. Eén ding weet ik dan wel heel zeker. Ook vader zal zijn dochter ondanks dit grote verdriet nooit in de steek laten. Zo helemaal geen man, die er telkens op terug zal komen. Toe! Ga je wat opknappen en probeer dan verder aan je huiswerk te gaan. Dat vader zo uitdrukkelijk naar voren bracht, dat je in eerste instantie moest zorgen je einddiploma te halen, daar moeten we voorlopig in ieder geval maar naar toe leven.'

Ze weten het nu allemaal, dat Mattie in het voorjaar moeder zal worden. Steven aanvaardt het in zoverre, dat hij met zijn bijna dertien jaar eindelijk eens niet de jongste in huis zal zijn. Nu hij dan in de brugklas van de middelbare school zit, daarenboven erkend jeugdlid van de hockeyclub is geworden, moeten moeder en Mattie het verder samen maar uitzoeken. Wie zal zeggen of er in de naaste toekomst nog het voordeel in zit, dat zijn ouders dan heel wat minder op hem zullen letten, hij de zo fel begeerde vrijheid een flinke stap nader zal komen.
Voor Johan komt het bericht regelrecht als een klap in zijn gezicht aan. Had moeder hem weliswaar in bedekte termen de zorg voor het zoveel jongere zusje tijdens het vakantiekamp niet opgelegd? Had hij zich er ook maar één keer echt aan gehouden? Nee! Hij mocht als excuus beslist niet aanvoeren dat hij direct in een clubje lui was opgenomen, wier interesse dezelfde kant opging. Nog minder dat zijn belangstelling al heel gauw naar een zekere Anja de Ruiter was uitgegaan.
Het was ook allerminst aan hem voorbijgegaan, dat die Sven Olsen zich toen over zijn zusje ontfermde. Hij gunde haar de voor haar gevoel wilde bof, dat ze met de ander over zijn moeders geboorteland kon bomen. Nu de kans er dan inzat, dat ze in de krokusvakantie naar oma in Lillehammer zou trekken, was ze helemaal Noorwegenziek. Dat ze als bij toeval met nog een ouder meisje een slaapkamer in het hoofdgebouw had toegewezen gekregen had hem daarenboven de zekerheid verschaft, dat Mattie in het studentenkamp van niets en nie-

mand iets te duchten hoefde te hebben. Nu moeder hem dan over het gebeurde ingelicht heeft staat het schuldgevoel opeens hoog in hem.

Johan heeft zo helemaal de aard van zijn vader. Zijn studie in Delft neemt hij uiterst serieus op. Zijn vrienden daar heeft hij met zorg geselecteerd. In zijn opvattingen denkt hij nog wel eens te veel zwart-wit, maar hij is ook niet te beroerd om, als hij er een keer naast is, gul zijn ongelijk te bekennen.

'Ik zou me in de toekomst geen betrouwbaarder compagnon kunnen denken,' kon zijn vader met een zekere trots zeggen. 'Zolang het mij vergund is wil ik zelf het bedrijf in Vlissingen blijven runnen. Ik voel me er met iedere vezel van mijn body mee vergroeid. Bovendien is voor mij Vlissingen nog altijd de meest interessante stad van heel Nederland.'

Johan kan – iets dat een zoveel jongere Steven al heel gemakkelijk afgaat – datgene wat zijn moeder hem heeft toevertrouwd, niet zo gemakkelijk uit zijn gedachten bannen. Bij stukjes en beetjes probeert hij zich in de veertien dagen kampleven terug te verplaatsen.

Sven Olsen had toen op hem beslist geen onprettige indruk gemaakt. Een open gezicht! Een paar helderblauwe ogen, die je blik geen enkel ogenblik ontweken. Ook zo helemaal geen loltrapper, die het 's avonds na afloop van het samenzijn blijkbaar niet kon stellen zonder nog ergens op het overvolle eiland de bloemetjes buiten te gaan zetten. Zoals bijvoorbeeld dat Engelse stel dat bij herhaling had ondernomen. Eén keer hadden ze het zelfs zo bar gemaakt, hadden met hun lawaai het kamp compleet op stelten gezet, dat de anderen hun dan toch te verstaan gegeven hadden dat ze daar absoluut niet van gediend waren.

Ergens kon hij begrijpen dat zijn vader het Mattie ten strengste had verboden ook maar de geringste poging te ondernemen, alsnog achter Svens adres te komen. Ja, was Mattie zelf er wel zo op gebrand het contact met de man, die haar goede naam te grabbel had gegooid, nog weer op te vatten?

Als eerste plicht voelde Johan het voor zichzelf aan dat hij er haar, zo gauw de gelegenheid zich voordeed, over moest polsen. Misschien nog beter om er even mee te wachten totdat alle betrokkenen de gelegenheid hadden gekregen wat van hun emoties te bekomen. Alleen één ding weet hij wat hemzelf betreft heel zeker: er is voor zijn zuster nooit de juiste oplossing mogelijk, als ook Sven Olsen niet zijn eerlijke kans heeft gekregen een verklaring voor zijn zonderling gedrag te geven. Het zal bepaald niet gemakkelijk zijn, zijn huidige adres alsnog te achterhalen. De kampleiding had zich in dat opzicht ook best wat meer attent kunnen opstellen, niet zomaar, omdat er nu toevallig een deelnemer afviel, de ander maar lukraak aanvaarden. Nota bene iemand, van wie gebleken was, dat ze geen enkel gegeven omtrent zijn levensloop hadden.
Enfin! Zijn schuld in ieder geval niet. Het zou hem stellig een massa tijd en moeite besparen. Maar het moest vandaag de dag toch altijd mogelijk zijn, iemands verblijfplaats aan het licht te brengen. Hoe hij het, als dat eenmaal gelukt zou zijn, verder in het vat zou gieten, dat zou in de eerste plaats voor een belangrijk deel van de reacties van zijn zuster op wat hij wilde ondernemen afhangen.

De huisdokter is alleszins tevreden over zijn jeugdige patiënte. Hij kijkt dan ook niet weinig verbaasd op, als hij nog geen week later haar moeder zijn spreekkamer ziet binnenstappen.
Hij heeft zich meteen weer hersteld. Het is wel echt iets voor een bezorgde moeder Oosterveen om zich er zelf van te overtuigen dat alles met haar kroost in orde is.
'Gaat u zitten,' zegt hij plichtmatig. 'Uw dochter was er zeker wel goed over te spreken dat ik haar pas over twee maanden terug hoef te zien?'
Even moet Ingrid naar een antwoord zoeken. Daarvoor is ze op dit moment veel te veel met het andere bezig. De ander, zijzelf dan in de gedaante van de moeder van al drie grote kinderen. Ze moet even op haar lip bijten, dan kijkt ze, haar gezicht weer

in bedwang, naar hem op. 'Ze heeft er thuis niet al te veel over verteld. Het ligt allemaal nog knap moeilijk voor haar. Vanzelfsprekend ben ik er dankbaar voor, dat u tevreden bent.' Dan onwillekeurig haar rug rechtend: 'Maar mag ik nu met het andere voor de dag komen? Met datgene wat de eigenlijke reden van mijn gang naar uw spreekkamer is?'
'Vanzelfsprekend! Toch niet iets met u zelf, dat niet functioneert zoals het behoort? U heeft er volgens mij wel eens beter uitgezien.'
Er komt wat meer kleur op haar wangen. 'Ik heb uw raad nodig. Al een poos voel ik me niet bepaald happy. Ik heb mezelf eerst proberen wijs te maken dat de zenuwen me de baas wilden worden. Maar nu weet ik haast wel zeker dat het de overgang is, die me parten speelt. Of – en daarom vraag ik uw raad – dat er sprake van een vleesboom is. Mijn moeder is er destijds ook aan geopereerd. Bepaald ziek mag ik mezelf niet noemen, maar ik ben er nu eenmaal niet helemaal gerust op. Daar komt bij dat ik er alles aan moet doen om in de naaste toekomst zo fit mogelijk te zijn. Als bij Mattie alles langs de normale weg blijft verlopen staat mijn man erop, dat de geboorte bij ons thuis zal plaatsvinden. Ik begrijp het van hem. Hij wil aan dit gebeuren liefst zo weinig mogelijk ruchtbaarheid geven.'
Als het voorlopig onderzoek heeft plaatsgehad overvalt dokter Van Manen haar niet weinig met de vraag hoe of Mattie op dit moment tegenover de geboorte van haar baby staat. Of ze nog altijd het stellige plan koestert het kind direct aan een andere moeder af te staan.
Ingrid haalt haar schouders op. 'Ik krijg niet veel uit haar. Eerlijk gezegd geloof ik dat ze bij een periode van twijfel beland is. Of? Misschien moet ik zeggen van een soort nieuwsgierigheid. Toch straks even willen weten hoe de baby eruit zal zien.'
'U zou het op díe manier nog het liefst willen?'
Ze knikt zó overtuigend, dat de ander het wel geloven moet. 'Mattie houdt van alles wat jong en hulpeloos is. Onze jongste heeft datzelfde. Die heeft het er nu al over, dat hij later dieren-

arts wil worden. O, ik weet haast zeker dat als Mattie haar eigen baby eenmaal gezien zou hebben...'
'Ze blijft voorlopig nog bij u inwonen?'
'Dat is de bedoeling, ja. Op die manier hopen we dat ze haar school nog kan afmaken om daarna nog voor een ander diploma aan het werk te gaan, waarmee ze later in haar onderhoud zal kunnen voorzien.'
'Het zou nog mooier zijn, als haar kind met een speelkameraadje kon opgroeien...
Ingrid is al van haar stoel opgesprongen. 'U bedoelt? Het zal dan toch een tweeling worden?'
De lachrimpeltjes verschijnen op het gezicht van de hun zo vertrouwde huisdokter. 'Ik mag u niet langer in onzekerheid laten. Toe, nestelt u zich nog even stevig in uw stoel. Van een tweeling is bij Mattie absoluut geen sprake. Wel heeft het urine-onderzoek zopas me welhaast de zekerheid gegeven, dat uzelf opnieuw in verwachting bent.' En met zijn zin voor humor: 'Altijd beter dan een vleesboom, niet?' Dan weer in zijn oude toon vervallend: 'Ook ú moet zich maar zo gauw mogelijk met het lab in verbinding stellen.'
'Dokter? U meent het? Ik zou op mijn leeftijd nog weer zwanger zijn? Net nu mijn dochter me tegen die tijd zo hard nodig zal hebben? Nog weer een tegenvaller voor mijn man. Trouwens... onze jongens zullen er ook niet zo gelukkig mee zijn.'
Opnieuw een glimlach, die haar woorden probeert te ontzenuwen. 'Uw man zal zijn eigen vlees en bloed stellig niet verloochenen. Daar ken ik hem wel te goed voor. Uw jongens? Of er nu straks één of twee baby's in hun wiegjes liggen, ik denk dat het voor hen niet zoveel verschil zal maken.' En haar zijn hand ten afscheid reikend: 'Er niet onnodig over gaan tobben, hoor! Ik weet bijna zeker dat het noch bij uw man noch bij uzelf ooit is opgekomen, niet blij met een gezonde baby te zijn. En wat voor mij ook zeker is? Dat u, door wat voor ú nu ook in de toekomst staat te gebeuren, daarmee een extra steuntje voor uw dochter zult blijken.'

Kerstmis is dit keer wel een heel ander gebeuren in het gezin Oosterveen dan tot nog toe het geval is geweest. Johan brengt het grootste deel van zijn vakantie in Engeland door. Anja heeft daar een van haar beste vriendinnen wonen. Sinds kort getrouwd en in hun bescheiden onderdak voorlopig nog net voldoende logeergelegenheid om hun oude vrienden te herbergen. Mattie brengt het de laatste weken niet vaak meer op zich zo'n hele avond beneden te vertonen. Ze wordt al behoorlijk zwaar. Alleen haar nog altijd kinderlijk gezicht past zo helemaal niet bij de rest van haar lichaam. Nu ze dan na de kerstvakantie de lessen op school niet meer zal volgen, met de nodige hulp zich thuis voor het eindexamen moet voorbereiden, heeft ze er zo helemaal geen behoefte meer aan zich onnodig aan anderen te vertonen.

Vreemd! Nu ze opeens iets van leven heeft gevoeld, nu haar kind zich dan op zijn manier laat gelden, is er ook een zekere drang in haar de nachtdienst, waarin de geboorte van de kleine Jezus herdacht wordt, bij te wonen. Ingrid knikt haar dochter met een warme blik toe. Ja, het is heel even ook net of vaders gezicht iets van het strakke, dat het tegenwoordig maar al te vaak kenmerkt, verloren heeft.

De verhouding tussen moeder en dochter heeft zich, nu Ingrid dan ook in dezelfde omstandigheden verkeert, nog verdiept. Ze voelen elkaar soms als twee vriendinnen aan, die bij elkaar hun troost zoeken, als de zorgen voor de naaste toekomst toch weer de kop opsteken, of als Jan Oosterveen het er bij tijden nog altijd moeilijk mee heeft, datgene wat zijn enige dochter hem heeft aangedaan, te aanvaarden.

Hij is het ook, die erop gestaan heeft, dat Freek Cramer zijn dochter met haar schoolwerk is blijven helpen. Freek had het uit zichzelf al aangeboden, er na de kerstvakantie voor te zorgen, dat Mattie trouw het opgegeven werk kreeg toebedeeld. Jan Oosterveen heeft, nu de avonden steeds langer worden, het zo weten te schikken, dat Mattie en Freek geregeld van zijn kantoortje thuis gebruik kunnen maken.

Als het bij haar man om veranderingen in het bedrijf gaat zal ze er zich zelden of nooit mee bemoeien. 'Ik de zaak en jij het huishouden en de opvoeding van ons kroost,' had Jan al kort na de geboorte van hun eerste zo kernachtig gezegd. Nu het dan zo helemaal om het heil van hun dochter ging had Ingrid op een moment toch niet kunnen zwijgen. 'Jan? Zeg eens eerlijk! Heb je er een of andere bedoeling mee, dat je het zo animeert, dat Freek ons kind met haar schoolwerk blijft helpen? Ik vraag me wel eens af of Freek zelf het onder de huidige omstandigheden nog rondom prettig vindt.'
Een schamper lachje! 'Ik heb er heus mijn gedachten over gehad, alvorens ik dit heb laten doorgaan. In de eerste plaats zorgen zijn vader en ik er op die manier voor, dat hij zijn orgelles kan blijven aanhouden. Alles kan op die manier dan met gesloten beurzen gaan. Daarnaast – en dat acht ik nog belangrijker – hebben die twee ruimschoots de gelegenheid elkaar wat beter te leren kennen. Ik mag die Freek wel. Zo helemaal geen meisjesgek. Zelfs nu hij dan ook weet dat Mattie in verwachting is van een kind van een vent, die het slechts om een avondje seks te doen was, peinst hij er niet over haar in de steek te laten.'
'Ik hoop alleen niet dat er van de éne of andere kant van enige dwang sprake is, Jan.'
'Geen dwang! Allicht niet! Wél voor Mattie het feit, dat ze het wel zal moeten ervaren hoe die jongen op haar gesteld is. Hoe hij haar ondanks haar misstap toch de hand boven het hoofd wil houden. Wel heel iets anders dan wat die avonturier met haar heeft uitgehaald. Die mag dan een landgenoot van je zijn, je zult, hoop ik, toch niet zo mal zijn, hem op een of andere manier in bescherming te nemen.' En als ze iets zeggen wil, zijn hand bezwerend opstekend: 'Ik zal dan wat blij zijn, als ik zou merken dat onze Mattie Freek gaat waarderen, zijn genegenheid en trouw zal weten te honoreren. Mét inderdaad de voorlopige overweging, dat ze in de toekomst in Freek Cramer een toegewijd vader voor haar kind zal erkennen. Ze mag, zo zie ik het,

bei haar handen toeknijpen, als het op die manier zou gaan.'
Verdrietig schudt Ingrid haar hoofd. 'Zo zie ik het juist helemaal niet, Jan. Je praat nu net of je het over het wel en wee van het bedrijf hebt. Laat Mattie alsjeblieft de tijd tot ze volwassen zal zijn; zelf in staat geacht mag worden, haar toekomst te bepalen. Met of zonder echtgenoot! Aan haar, daarin haar eigen inzichten te volgen.'

8

Het eerste gedeelte van haar eindexamen heeft Mattie nog net kunnen volbrengen. Ze weet wel zeker dat ze het er naar behoren heeft afgebracht ook. Ze is de leiding van de overigens nogal strenge school oprecht dankbaar, dat ze haar zoveel faciliteiten willen toestaan.
Maar diep in haar hart is ze er nog dankbaarder voor, dat er dan eindelijk een punt gezet kan worden achter het samenwerken met Freek Cramer. Freek, die weliswaar nooit enig ongeduld heeft getoond, als ze er met haar gedachten eens niet bij was. Die zich in niets aan haar opdrong, er wél altijd wás, als bleek dat ze de school niet in alle vakken kon bijbenen. Freek, die ze als een oudere broer best zou kunnen aanvaarden. Alleen nooit als een vriend, met wie ze later haar leven zou moeten delen. Misschien?
Als hij maar niet alles van haar had geslikt. Als hij maar eens terdege had laten merken dat ze met zijn wensen tenslotte ook rekening had te houden. Of dan nog niet? Ze voelde haar verhouding tot hem als geen vis en geen vlees. Beter vertaald: noch als liefde, noch als verliefdheid.
Het was evenmin zo, dat ze hem opzettelijk zou beledigen of kleineren. Diep in haar hart kon ze niet anders dan waardering voor hem opbrengen. Voor zijn goede eigenschappen en vooral voor zijn volhardendheid, haar bij haar studie telkens opnieuw te paard te helpen. Alleen... het zou haar een lief ding zijn, als ze vandaag of morgen te horen kreeg dat hij in de armen van een ander meisje – een meisje van onbesproken gedrag dan – zijn troost had gevonden.

De paasdagen behoren nog maar net tot het verleden, als een nerveuze Mattie haar tijd gekomen voelt. De huisdokter heeft geen enkele reden gevonden, de bevalling toch maar liever in het ziekenhuis of de kraamkliniek af te wachten. Het huis beschikt over de nodige ruimte. En nog nooit heeft Jan Oosterveen zich zo uitgesloofd om een goede hulp te veroveren als nu zijn vrouw dan voor de tweede verrassing in zijn gezin heeft gezorgd. Een, die hemzelf opnieuw vader zal maken. Als hij met dit alles zal kunnen verhoeden dat zijn dochter daarmee zoveel mogelijk in de openbaarheid zal treden, is dat hem volop waard. Daarenboven kent hij zijn vrouw veel te goed om niet zeker te weten dat die zich toch weer voor haar dochter zal uitsloven, zich op die manier en in haar toestand zich niet genoeg zal ontzien.

Al klaagt Ingrid dan nergens over, dokter Van Manen heeft haar dit keer toch ten sterkste aangeraden, zich met een gynaecoloog in verbinding te stellen en de bevalling zeker in het ziekenhuis te laten plaatsvinden. Ze heeft ook een zo goed als zoutloos dieet voorgeschreven gekregen. Ze is in tegenstelling tot haar dochter ook ongewoon zwaar. Maar ze draagt haar pakje met een stille overgave. Alleen... Jan mist de laatste tijd de gulle lach op haar gezicht, de gezonde blos op haar wangen. In tegenstelling tot haar lichaam zijn die opvallend ingevallen en als ze loopt wekt ze bij hem zo sterk de indruk, dat haar dunne benen het naar evenredigheid zware bovenstuk nog amper kunnen dragen.

Uit zichzelf heeft hij zonder het zijn vrouw te vragen een onderhoud met de gynaecoloog voor elkaar gekregen. Een gemoedelijke, al wat oudere man, die hem op de hem eigen manier gerust tracht te stellen.

'Vergelijkt u deze zwangerschap van uw vrouw maar met de bevruchting van een fruitboom, die over zijn overmoedige jaren al een eind heen is. Als die dan tóch weer draagt zorgt hij vaak voor de grootste, de best afgewerkte vruchten, die je je maar indenken kunt.' En met een lachje, dat al wat rimpeltjes in zijn ooghoeken legt: 'Zo of die boom ineens het gevoel krijgt, dat hij zich nog één keer moet bewijzen.'

Bij Jan Oosterveen kan er nog net een glimlach af. 'U bedoelt

dat ik die vergelijking nog verder moet doortrekken? Dat het daarna snel afgelopen zou zijn?'
'Hoe komt u erbij? Hoogstens dat een mens er genoegen mee moet nemen, dat er een periode in zijn leven is gekomen, waarna zijn leven een andere bestemming tegemoetgaat.' En opnieuw met zijn prettige lach: 'Ent u wat ik zopas heb beweerd alstublieft niet op uw vrouw over. Het enige wat u bij haar nog wel eens benadrukken mag, is dat ze zich zoveel mogelijk wat eten betreft matigt. Nog een goede twee maanden! Het belooft nu al een vrolijke baby te worden. Over twee weken zie ik haar dan weer bij me.'
'Dokter? Nog één vraag graag! Mijn vrouw zal u stellig van het feit op de hoogte hebben gebracht, dat onze dochter óók binnenkort een baby op de wereld zal zetten. De huisdokter heeft er niet het minste bezwaar tegen, dat ze de bevalling thuis afwerkt. U weet allicht ook dat er geen vader is, op wie ze in die momenten een beroep zal kunnen doen. Ze is nog heel jong. Amper negentien! Er is van weerskanten misschien wel door het komend gebeuren bij beiden een ongewoon sterke moederbinding.'
De ander valt Jan al in de rede. 'U bedoelt ermee dat ik u op het hart zal drukken, uw vrouw zo min mogelijk in dat gebeuren te betrekken? U bent bang, dat het haar, zo kort vooraleer haar hetzelfde te wachten staat, onnodig zal aangrijpen? Dat het haar een zekere angst zal bezorgen, wat haar eigen bevalling betreft?'
'U raadt het precies.'
Een geruststellend lachje! 'Gelukkig ken ik uw vrouw al wel zo'n beetje.'
Dan in zijn stem ineens een diepe ondertoon van ernst: 'Legt u uw vrouw een dergelijk verbod alstublieft niet op. U zou er meer kwaad dan goed mee doen. Een dochter van nauwelijks negentien, die bij de geboorte van haar eersteling ook nog niet op de steun van haar moeder mag rekenen! Ik kan niet geloven dat u een kind van u iets dergelijks zoudt willen aandoen.'

Heeft de gynaecoloog dan toch beter kijk op Ingrid dan het bij hemzelf het geval is? Nu bij Mattie de weeën dan beginnen door te zetten, haar nauwelijks nog tijd gunnen om even op adem te komen, is er ineens zó fel het verlangen naar degene, die nu als vader van haar kind aan haar bed had kunnen staan, dat ze haar tranen niet langer kan bedwingen.

Niets kan het ogenblik meer tegenhouden, waarop een kind, dat in zijn naaste omgeving beslist niet gewenst is, het levenslicht zal zien. In de eerste plaats niet door een vader, die het stellig ook niet vermoedt dat hem een kind geboren zal worden.

Ingrid veegt haar dochter het klamme zweet van haar voorhoofd. 'Ben je ook zo nieuwsgierig of het een zoon of een dochter zal worden?' vraagt ze.

Tussen twee weeën door ontspant zich het gezicht van Mattie slechts een ogenblik. 'Ik ben zo blij dat je het met de naamgeving eens bent, moeder. Een Ingrid of een Sven. De naam van Sven en ook van jouw vader, over wie je ons zoveel hebt verteld. Oma zal er vast ook blij mee zijn.'

Ingrid knikt. 'Vader en ik zullen proberen goede grootouders van je kind te worden, Mattie.'

Mattie kan nog net even knikken, dan belet de pijn haar elk verder praten. De zuster verwijst moeder Ingrid naar een andere stoel, wat verder de kamer in.

Geen tien minuten later is Matties kindje geboren. Een jongen! Een tenger, maar opvallend lang kind, dat als Mattie hem een ogenblik in haar arm mag houden, een nieuwe huilbui bij de jonge moeder teweegbrengt. Maar dit keer toch anders. Geen tranen, die vanwege de pijn over haar wangen rollen. Eerder een mengeling van vreugde en verdriet, waarmee de kersverse moeder nog niet goed raad weet.

Heel even legt Ingrid haar hand op het nog vochtige voorhoofd van haar eerste kleinzoon, dan zegt ze, van haar stoel opstaand: 'Gauw aan vader gaan vertellen! Jullie kunnen me nu missen als kiespijn, denk ik zo. Ik vermoed dat vader me op dit moment ook wel een beetje nodig zal hebben.'

Mattie knapt lichamelijk wondervlug op. Met het moeder zijn van een baby, die in alles nog helemaal afhankelijk van haar is, heeft ze meer moeite. Maar als de zuster haar het kind voor de eerste keer aan de borst legt, het kleine mondje als bij instinct de moedermelk inzuigt, is het of er iets in haar hoofd knapt, waardoor haar hart vol liefde stroomt voor dit kleine stukje mens, dat in haar de moeder voelt, bij wie het veilig zal zijn.
Toch schreit haar hart ook nu om de ander, om Sven. O, als hij zelfs maar zou vermoeden dat hij vader was geworden? Nee! Op die manier mág ze niet denken. Wie zegt haar of hij nu of binnenkort al niet vader van een ander kind is geworden? In zijn afscheidsbrief had hij het in vage termen over een verloving gehad, over een mogelijk huwelijk. Zelfs al zou het haar lukken zijn adres alsnog te achterhalen, dan nog zou ze hem dit kind niet mogen opdringen. Nog minder van hem eisen dat hij de vrouw, met wie hij wie weet allang getrouwd zou zijn, ook in de ellende zou storten.
Het is voor Mattie maar goed, dat straks het tweede, beslissende gedeelte van haar eindexamen voor de deur staat. Vader Oosterveen heeft het in overleg met de directeur voor alle partijen beter geacht, dat ze de lessen in de klas niet langer zal bijwonen. Het gaat tenslotte nog maar om enkele weken. Een van haar klasgenoten zal best bereid zijn haar op de hoogte te houden, mogelijke dictaten in bruikleen af te staan.
Volgens hen, die het beoordelen kunnen, staat Mattie er lang niet slecht voor, moet het al heel vreemd gaan, als ze het nu nog zou verprutsen. Trouwens! Jan heeft naast het runnen van een bedrijf, waar in bepaalde onderdelen de recessie ook al aan de deur klopt, heus wel wat anders aan zijn kop. En morgen zal Ingrid haar veertiendaags bezoek weer aan de gynaecoloog brengen; zal ze opnieuw de uitslag van het laboratoriumonderzoek te horen krijgen. Mét de dreiging, waaraan mét zijn bedrijf ook zoveel anderen blootstaan; inderdaad heus wel genoeg om te verwerken.

Amper twee weken, nadat Mattie weer gewoon in de running is, heeft de gynaecoloog, die haar moeder onder zijn hoede heeft, Ingrid verteld dat hij liefst nog vandaag een bed voor haar in het ziekenhuis zou willen beleggen. De baby is nu aan het eind van de zevende maand. Het laatste onderzoek heeft duidelijk uitgewezen dat het om een rondom volgroeid kind gaat. Een zwaar kind met een hoofdje, dat er zijn mag. Geen gemakkelijke opgave voor een aanstaande moeder, van wie bloed- en urine-onderzoek bovendien hebben uitgewezen dat ook hierin allerminst van enige verbetering sprake is.
'Ik durf de verantwoording niet aan, u nog zo'n twee maanden door te laten tobben,' bekent hij eerlijk. 'Zo u of uw echtgenoot het raadzaam acht alsnog een andere specialist in te schakelen, ik wil u daarbij gaarne ten dienste staan.'
Ingrids klare ogen houden de ernstige blik uit die van de ander vast. 'Mijn man en ik hebben u ons vertrouwen gegeven. Voor het overige moeten we wat komen gaat aan God overlaten. Zodra ik een oproep krijg zal ik me bij het ziekenhuis melden. Onze dochter is gelukkig alweer zo flink, dat ze thuis, samen met onze hulp, de zaak best zal kunnen runnen.'

Opnieuw een zoon voor vader en moeder Oosterveen. Inderdaad een wolk van een jongen, die bij zijn geboorte al beduidend zwaarder weegt dan de nog altijd superslanke baby van Mattie.
Dit keer is de aloude familienaam Jan of Johan eens niet aan bod gekomen. Jan Oosterveen had er om een voor zijn vrouw niet helemaal duidelijke reden op gestaan, dat de baby, áls het opnieuw een jongen mocht worden, Michiel genoemd zou worden.
Een stille hulde aan de destijds beroemde inwoner van zijn geboortestad? Of? Voor haar man, als hij later nog eens uit Vlissingen zou wegtrekken, tenminste een naam, die hem dan altijd aan de stad, die zijn hart had gestolen, zou herinneren?
Ingrid heeft, nu ze haar dagen in het ziekenhuis moet uitliggen,

ineens volop tijd om haar gedachten de vrije loop te laten. Over haar eigen toestand hoeft ze zich gelukkig geen zorgen meer te maken. Alles gaat volgens de heren doktoren geheel naar wens. Alleen het moet dit keer wel even de tijd hebben.
Dat ze de baby dit keer niet zelf kan voeden, het nijpt wel even. Maar Michiel is door- en doorgezond, is met zijn flesje blijkbaar ook best tevreden.
Gek! Ze moet er nog zo helemaal aan wennen, dat ze op haar leeftijd opnieuw moeder is geworden.
Maar nog moeilijker is het voor haar, uit haar eigen man wijs te worden. Als hij bij haar op bezoek is toont hij zich enthousiast over het feit, dat hij nog weer vader van zo'n prachtzoon is geworden. Ja, hij heeft streng tegen de ziekenhuisregels in zijn jongste al een paar keer uit zijn wiegje getild, is met zijn kind in zijn arm naar het raam gelopen.
'Zo helemaal een Oosterveen, Ingrid! Nu al precies zijn grootvader. Wat mij betreft mag hij ook best tot zo'n stoere kerel uitgroeien.'
Ingrid kan het niet nalaten aan de laatste opmerking van haar man terug te denken. Vanzelfsprekend! Ze mag alleen maar dankbaar zijn, dat Jan oprecht blij met dit nakomertje is. Maar waarom slechts zelden een blik aan de andere baby in hun huis gewijd? Sven mag dan nog altijd een tenger manneke zijn, hij is toch alweer bijna een kilo boven zijn geboortegewicht. Daarenboven is hij Jans eerste kleinzoon. Een kleinzoon, die hij net zo vaak in zijn armen zou kunnen nemen als hij maar wilde, maar waaraan hij zich volgens Mattie nog niet één keer bezondigd had.
Jan tobt over iets, weet ze haast zeker. Zou het op het bedrijf dan toch minder goed gaan dan hij had gehoopt? Alleen? Het zou wél de eerste keer zijn, dat hij er in de huiselijke kring ook maar iets over zou loslaten. Maar goed, dat ze, als ze zo vooruit blijft gaan, begin volgende week weer in haar eigen gedoetje mag terugkeren. Wie weet of de komst van nog een baby onder hun dak, die althans voorlopig een kamer samen met de ander

zal delen, niet een stimulans voor haar man zal betekenen om zijn gunsten eerlijk over twee baby's te verdelen? Mattie heeft het op haar manier waarachtig al moeilijk genoeg. Ja, ze móet het haast wel aanvoelen dat haar vader zo overduidelijk de voorkeur voor zijn eigen kind laat merken.

9

Mattie heeft haar einddiploma havo veroverd. Weliswaar voor wiskunde nog een dikke vier, maar de hoge cijfers voor de talen hebben dat gelukkig kunnen goedmaken. Het heeft haar een overwinning op zichzelf gekost, 's ochtends de uitreiking van de diploma's bij te wonen. Maar nu haar vroegere klasgenoten heel gewoon tegen haar doen, met elkaar beraden waar en hoe ze de komende avond hun afscheidsfeestje zullen bouwen, zou ze er zó wel willen uitgooien dat ze dolgraag van de partij zou zijn.
Het volgende moment is de ontnuchtering al een feit. 'Jij komt vanzelfsprekend niet opdagen?'
De vraag, die al een weigering inhoudt, van een van haar vroegere klasgenoten. Nog wel van een, met wie ze altijd prima overweg heeft gekund. Ineens voelt ze zich zó opzettelijk buitengesloten, zó sterk de outcast, die in deze kring allang niet meer thuishoort, dat alle kleur uit haar gezicht wegtrekt. Haar stem al niet meer helemaal vast, kan ze nog net zeggen: 'Ik ben morgenavond inderdaad toevallig verhinderd. Anders graag natuurlijk!' Dan draait ze zich om, zet er meteen de pas in naar de fietsenstalling om het volgende ogenblik in een behoorlijk tempo de weg naar huis in te slaan.
In de volgende straat springt het stoplicht net op rood, als ze aangereden komt. Toch maar doorrijden? overweegt ze één ogenblik. 'Wat kan mij zo'n bon nog schelen? Als ik er maar veilig mee bij al die anderen vandaan ben.' Tot voor kort nog haar trouwe klasgenoten, waaronder ze zich niet één vijand had geweten. Nu dan blijkbaar door hen uitgespuugd als een aangestoken appel? Ze kan het op dit moment moeilijk verwerken.
Een knarsend remmen van een andere fiets! Een stevige hand op haar schouder. 'Stop alsjeblieft! Of heb je die vrachtwagen niet gezien soms?'

Mattie heeft de stem onmiddellijk herkend. Die van Freek Cramer, die in zijn intonatie zijn bezorgdheid voldoende manifesteert. 'Waarom in vredesnaam zo'n haast? Zó blij, dat het er op school nu dan opzit?' kan hij niet nalaten te vragen.
Haar gezicht, dat de spanning nog verraadt, naar hem toekerend zegt ze kort: 'Och, zeur niet! Ik hoor er immers al niet meer bij. Of ik dat niet in voldoende mate voelde, toen ze het over hun afscheidsfuif hadden?'
'Deden ze rot tegen je? Wilden ze je er opzettelijk buitenhouden dan?'
Ze haalt wat nukkig haar schouders op. 'Ik kan er immers toch niet heen. Ze zullen hun feestje ook best zonder mij kunnen bouwen.' En om de ander te beletten nog verder te informeren vraagt ze, in haar toon opzettelijk iets dringends: 'Heb je nu al werk van je verdere studie gemaakt? Wordt het nog altijd de universiteit?'
'Uitgeloot!'
'Jij uitgeloot? En dat met je hoge cijfers voor de wiskundevakken?'
'Iedereen loopt vandaag de dag immers de kans ernaast te grijpen. Och, ik heb me er al overheen gezet. Op de H.T.S. kan ik allicht wél terecht. De tendens in veel grote bedrijven gaat nu al de kant uit, het liever met een afgestudeerde H.T.S.-er te doen dan met een vent die 'Ir.' voor zijn naam heeft staan.'
Ze haalt haar schouders op. 'Heb ik me tot nog toe nog nooit in verdiept! Johan heeft het over een dergelijk verschijnsel ook nog nooit gehad.'
Hij rijdt met haar op. Het kan nog net in het nu minder drukke stadsgedeelte.
'Wordt het bij jou nog Schoevers, Mattie?'
'Nog wel, ja! Alleen wel op een andere manier dan ik me die gedacht had natuurlijk. Maar ik fiks het wel, hoop ik. Daarnaast dan nog een opleiding voor pedicure. Die me dan liefst zo vlug mogelijk in staat zal stellen ze thuis een vergoeding voor kost en inwoning te geven.'

Hij valt haar in de rede. 'Mattie? Je meent het toch niet? Bah! Nogal een leuke baan om straks aan andermans voeten te wriemelen. Ingegroeide nagels lospeuteren. Eksterogen eruit pulken!'
Ze draait één ogenblik haar hoofd zijn kant uit. 'Maak het me alsjeblieft niet nog méér tegen. Ik móet immers wel?'
'Je moet níet! Je maakt mij niet wijs dat je met dat diploma Schoevers in je zak straks geen plaats op je vaders kantoor kunt veroveren.'
'Dat kan ik níet, nee! Beter gezegd: dat wíl ik niet.'
'Als ik ook maar íets van je snap!'
Een wat medelijdend lachje! 'Dacht je nu dat ik me daar happy zou voelen? Ook daar elke dag opnieuw mogen voelen dat je slechts geduld wordt? Bovendien! Ik zou het mijn moeder nu absoluut niet willen aandoen, ook nog de zorg voor twee baby's op zich te nemen. Ik zie me op kantoor al aankomen, de reiswieg onder mijn arm.'
Even blijft het stil. Freek zoekt klaarblijkelijk naar een nieuwe oplossing. Dan klaart zijn gezicht ook weer óp. 'Je vader zou het ook zó kunnen schikken, dat je de administratie van de zaak of wát ook voor het grootste gedeelte thuis zou kunnen doen.'
'Schei er nu maar over uit alsjeblieft! Vader zou het gewoonweg als een schandvlek op zijn bedrijf aanvoelen, als ik daar tot het personeel ging behoren.' En in een plotselinge behoefte iets van haar al zo lang opgekropte bitterheid te spuien gooit ze eruit: 'Je zult het maar dagelijks meemaken, dat je kind in feite door hem weggekeken wordt. Moeder is zo heel anders. Ze had de grote logeerkamer voor haar en mijn baby bestemd. Twee zowat even oude baby's, die lief en leed met elkaar zouden kunnen hebben delen. Ze hééft het er tenslotte bij vader doorgekregen. Maar alleen ook, omdat ze met het motief kwam aandragen, dat het haar heel wat minder werk zou bezorgen, als ze één kamer deelden. De wat kleinere logeerkamer, die aan de voorzijde ligt, bleef op die manier dan ook beschikbaar. Het schijnt erin te zitten, dat mijn grootmoeder uit Lillehammer deze zo-

mer een poos bij ons komt logeren.' Dan plotseling realiserend dat ze Freek Cramer een veel te intieme blik in haar privé-moeilijkheden heeft gegund: 'Ik red me er wel uit, hoor! Kom er alsjeblieft niet meer op terug. Als je me met íets plezier kunt doen is het daarmee wel.'

Hij legt zijn hand op het stuur van haar fiets. 'Nog even een heel andere vraag dan. Op de volleybalclub snakken ze dan wél naar de terugkomst van een zekere Mattie Oosterveen. Voorlopig nog geen competitie, geloof ik. Wel wilden ze er met een vast team nu al naar toewerken. Mattie? Mag ik hun vast vertellen dat ze binnenkort op je kunnen rekenen? Je zult er hen echt blij mee maken.'

De woorden 'blij maken' dóen haar blijkbaar iets. Opeens na lange tijd heeft zij zelf één moment het blije gevoel, dat er ergens nog mensen zijn, die haar kunnen waarderen en voor wie ze tenminste nog gewoon meetelt.

Het zou net van mijn zakgeld kunnen, berekent ze gauw. 'Oké!' zegt ze dan. 'Zeg nu verder maar niets. Maar als moeder genegen is, één avond per week op Sven te passen, dan zit het er inderdaad in.'

'Ingrid? Kun je nu eindelijk eens rustig gaan zitten? Je blijft maar aan het heen- en weerdraven. Ik loop al dagen met het plan rond, je iets te vertellen. Nu ik er dan vanavond speciaal voor ben thuisgebleven lijkt het er haast op of je me moedwillig wilt ontlopen.'

Haar gezicht een en al verbazing blijft Ingrid als aan de grond genageld in de open kamerdeur staan. 'Wat heb jij ineens?' ontsnapt het onwillekeurig aan haar mond. 'Vanzelfsprekend kan ik de vrieskast net zo goed op een andere avond onderhanden nemen. Alleen... had dan direct gezegd dat iets je hoog zat, waarover je mijn raad blijkbaar wilt inwinnen. Dat er op het bedrijf wat aan de hand zou zijn, dat kan ik niet aannemen.' En om toch even te laten merken dat ze Jans kribbige uitval op zijn minst ongerijmd vindt, voegt ze er nog aan toe: 'Het zou

de eerste keer zijn, dat je me in de zaken daar kende. Wat ik er nog van weet, dat heeft Johan zich af en toe laten ontvallen.'
'Koest nu maar!' zegt hij, alweer vergoelijkend. 'Jij zult het wie weet als een verandering ten goede aanvoelen, ik heb het er dan knap moeilijk mee gehad.'
'Een besluit, dat in feite al genomen is dan?'
'Op die manier natuurlijk niet. Anders had ik je niet verzocht er óók je oordeel over te geven.'
Ergens voelt Ingrid zich niet op haar gemak. Het moet wel iets ingrijpends zijn, dat haar man al heel wat kopzorgen heeft opgeleverd. Het zal toch niet zo zijn, dat hij Mattie opnieuw in een andere richting wil dwingen, dat toch niet helemaal achter haar rug om wil ondernemen?
'Het heeft wél en níet met het bedrijf te maken,' haalt hij haar uit haar gedachten. 'Dat wil zeggen: de gang van zaken hier en in Bolnes zal op dezelfde leest geschoeid blijven. Alleen... beiden zullen onder een andere directie komen te staan.'
Ingrid begint iets te vermoeden, moet even slikken om weer gewoon adem te kunnen halen. 'Je wilt er zelf toch niet mee ophouden, Jan? Dat kun je niet menen.'
'Stil! Laat me alsjeblieft eerst uitvertellen. Ik mag het niet langer voor me houden.'
Ze legt haar hand bezwerend over de forse vuist van haar man; een vuist, die nog steeds stevig gebald is. Voor haar gevoel de verwezenlijking van een onverwachte dreiging, die niet meer tegen te houden zal zijn.
'Toe dan maar!' zegt ze, haar stem zoveel mogelijk ingehouden.
'Ik zal niet weer op de zaken vooruitlopen.'
Even moet hij blijkbaar nog naar een passend begin zoeken. Dan zijn de woorden ineens niet meer tegen te houden. 'Zo gauw mogelijk wil ik alles in kannen en kruiken hebben. Ik bedoel er onze verhuizing naar Bolnes mee. Jij krijgt er in feite een heel wat gerieflijker, moderner huis. Het uitzicht mag dan wel niet halen met wat we hier hebben, alles is veel comfortabeler in gedeeld. We moeten er samen maar zo gauw mogelijk heen. Als

je er soms nog wat aan verbouwd zou willen hebben, je zegt het maar. De bedrijfsleider in Bolnes kan mijn functie voorlopig overnemen. Het spreekt vanzelf, dat ik de leiding houd en ook dat ik wat vaker van huis weg zal zijn...'
'Jan? Je meent het? Je bedoelt ermee dat je de stad, die je zo na aan het hart ligt, voorgoed de rug wilt toekeren? De werf! Ja, met alles wat je grootvader ervan gemaakt heeft. Die vooral door jouw beleid zo uitgegroeid is aan een ander overlaten? Weg ook uit je vele functies, weg van zoveel mensen, die je hoogachten...'
Een gebaar van zijn hand doet haar inhouden. 'Zo is het! Ik heb inmiddels al voor mijn lidmaatschap van de kerkeraad bedankt. Binnenkort de doop van onze jongste. Maar daarnaast van het kind van onze dochter. Op die dag wil ik niet meer in mijn functie van diaken daar aanwezig zijn. Ik kan en ik mag het niet.'
'Maar dan toch wel als vader, als grootvader van je eerste kleinkind. Daar kan ik toch op rekenen, niet?'
'Dat kun je, ja! Maar na die datum moet onze verhuizing naar ginds zo vlug mogelijk een feit worden.'
Ze valt hem in de rede. 'Wees eens heel eerlijk, Jan. Is dit allemaal opgezet om in dat Bolnes zogenaamd met een schone lei te beginnen?'
'Allicht!'
'En jij denkt dat, als wij eenmaal in dat Bolnes wonen, daar niets van het gebeurde zou uitlekken?'
'Dat denk ik niet, nee! Wél zal het daar heel wat sneller vergeten zijn dan hier in Vlissingen, waar de naam Oosterveen langzamerhand een begrip is geworden. Mensen, die ons voor het merendeel slechts oppervlakkig kennen. Die zo dicht in de buurt van een stad als Rotterdam binnen de kortste keren opnieuw een brok roddel en sensatie krijgen toegeworpen. Ik zal me daar ook direct heel anders opstellen; ben van plan welke me aangeboden functie in het kerkelijk of maatschappelijk leven ook, pertinent van de hand te wijzen.'

Ingrid staat van haar stoel op, posteert zich voor die van haar man. 'In het begin van je betoog heb je beweerd dat je ook mijn raad wilde inwinnen. Die zul je nu dan ook hebben. Niet alleen terwille van onze kinderen, misschien meer nog terwille van het welzijn van mijn echtgenoot. Een echtgenoot, die ik zo goed als nooit in de wielen heb gereden; die ik dat nu dan wél zal doen. Ik heb nooit kunnen vermoeden dat in een man, die in zijn woonplaats algemeen geacht is, die eventuele moeilijkheden nooit of te nimmer uit de weg is gegaan, toch ook een portie lafheid schuilging. Die het voor het moment alleen maar zó wil zien, dat hij om zijn zelfrespect weer op te vijzelen als enige oplossing daarvoor een vertrek naar elders weet te bedenken...'
'Ingrid! Hou op alsjeblieft! Ik heb het er al weken aan één stuk zo verschrikkelijk moeilijk mee gehad.'
'Dat aanvaard ik onmiddellijk. Alleen? Dacht je dat je met een dergelijke vlucht een deur kon dichtgooien, die nu eenmaal wijd openstaat? Dacht je dat je jezelf weer gelukkig zou voelen, als je de stad, die je zo lief is, voorgoed de rug zou toekeren? Ik zie het juist andersom. Juist door rustig hier te blijven, door je vooral niet uit het kerkelijk en maatschappelijk leven terug te trekken, zul je de achting van je stadgenoten weten te behouden. En dan, Jan! Het laatste oordeel is nog altijd aan God. Of je nu in Vlissingen woont of je in dat Bolnes wilt verschuilen, voor Hem zal het geen enkel verschil maken.
Je vroeg zopas naar mijn raad. Misschien bedoelde je daar toch meer mee naar hoe ik tegenover een dergelijke verhuizing stond. Hier is dan mijn antwoord. Een antwoord, dat voor mij altijd doorslaggevend zal blijven. Liever een man, die in zijn geboortestad het geluk nog altijd heeft kunnen vinden, dan een echtgenoot, die zou proberen in een ander oord als vergeten burger zijn dagen te slijten. Maar van wie ik haast zeker weet dat hij er op de lange duur aan ten onder zou gaan. De vader van een zoon, die hij bewust de naam Michiel heeft toegedacht, maar die het dit kind van hem niet eens gunt dat hij in de woonplaats van zijn beroemde voorganger zal mogen opgroeien.'

Alle kleur is uit Jans gezicht weggetrokken. 'Je wilt met dit alles zeggen dat je me, als ik naar Bolnes zou verhuizen, in de steek wilt laten?' Ze schudt haar hoofd. 'Dat nooit en te nimmer! Ik heb voor God en de mensen niet voor niets beloofd je vrouw te blijven tot de dood ons scheidt. "For better and for worse." Zoals destijds de dominee, die ons trouwde, terwille van mij nog eens in het Engels herhaalde.' En haar ogen ineens weer met de warme glans erin, die hem in zijn huwelijk zo vaak tot steun was geweest, op hem gericht: 'Leg als dat zou helpen de roddel van bepaalde figuren uit je omgeving eens op de weegschaal. Maar dan wel tegenover al het andere. Zoals bijvoorbeeld het feit, dat je gezin nog lang van een toegewijde vader zal mogen genieten. Meer zeg ik niet. Aan jou het eindoordeel!'

10

'Ik heb mijn ontslagaanvrage als diaken voorlopig opgeschort, Ingrid. Over een jaar zou ik toch aan de beurt van aftreden zijn.' Jans stem klinkt niet bepaald overtuigend, maar voor de vrouw, die haar echtgenoot langzamerhand door en door kent, beluistert ze er direct het andere in. Dat hij dan toch op zijn onbezonnen besluit, zijn geboortestad voorgoed de rug toe te keren, is teruggekomen. Alleen... nu niet ineens al te uitbundig laten merken hoe gelukkig deze haast zakelijke mededeling haar maakt. Maar Ingrid zou Ingrid niet zijn, als ze haar man niet op de haar eigen manier liet merken hoe dankbaar ze was dat hij deze overwinning op zichzelf toch had behaald.
Ze trekt zijn hoofd in een spontaan gebaar naar zich toe. Hij voelt haar nog altijd slanke armen om zijn hals, haar welgemeende kus op zijn voorhoofd. Alleen haar stem verraadt in niets haar opwinding, als ze heel gewoon opmerkt: 'Als je je een dezer dagen een uurtje vrij zou kunnen maken? Nog ruim drie weken, dan hebben we de doop van onze baby's al. Vóór die tijd wil ik de nieuwe vloerbedekking wel graag hebben gelegd. Op die dag komen er vanzelfsprekend zoveel mensen in ons huis, die het straks ook nog eens zouden kunnen ronddragen dat het bij een zekere Jan Oosterveen langzamerhand maar een kale bedoening wordt. Dat er dan stellig wel een grond van waarheid in schuilt, dat het met het bedrijf bergafwaarts gaat.'
O, Jan voelt de bedoeling van wat ze met zo'n effen gezicht zegt, drommels goed. Hij trekt haar op zijn knie, drukt haar hoofd tegen het zijne. 'Sorry, vrouw van me! Je had helemaal gelijk, toen je beweerde dat het er in het leven alleen op aan kwam, of God Zijn sanctie aan je doen en laten wil geven.' En in zijn stem ineens iets van opluchting: "Dan brengen we meteen een bezoek aan de juwelier. Een moeder van zowat half veertig, die me nog zo'n door- en doorgezonde zoon schenkt, mag ter ere van

de plechtigheid wel een uitzonderlijk mooi sieraad dragen.'
Dit keer spreekt Ingrid haar man maar niet tegen. Nog tijd genoeg, als ze in de zaak zelf haar keus zal mogen doen.

Diep in hun hart zien ze, behalve Steven dan, stuk voor stuk tegen de voor de deur staande doopplechtigheid huizenhoog op. De pil wordt dan nog wel wat verguld door de totaal onverwachte aankondiging van Ingrids moeder, dat ze, nu ze er zich nog goed toe in staat voelt, graag van de partij wil zijn. Als Jan of Ingrid zelf haar van Schiphol zou kunnen halen zou het helemáál mooi zijn. Alleen als het toevallig slecht uitkomt kan ze nog altijd de doorgaande trein nemen.
Ingrid heeft haar moeder er al direct toe gekregen, dat ze op zijn minst drie weken zal blijven. Het zit er zelfs in, dat Jan, voor wie het langzamerhand hoog tijd wordt, zijn houtvoorraad aan te vullen, op die manier met haar samen de terugreis zal kunnen ondernemen. Het zou voor moeder meteen heel wat gezelliger worden.
Ze voelen het stuk voor stuk al heel gauw. Het in hun midden hebben van een zeldzaam evenwichtige vrouw als oma Jensen nog altijd is werkt beslist kalmerend op alle spanningen, komt de sfeer in huis merkbaar ten goede.
Op de middag van de derde dag na haar aankomst zit ze, samen met haar dochter en kleindochter al druk te overleggen wat er ter gelegenheid van de doopplechtigheid zo allemaal ingekocht moet worden. Er komt heel wat kijken om de mensen, die na afloop ervan hun huis zullen bevolken, naar behoren te ontvangen.
Het loopt allemaal nogal vlot. Tot ze dan aan het voor Mattie toch wel moeilijkste punt komen: in welke kleertjes gehuld zal zij haar kind ten doop houden? Wat Michiel betreft, waarin zou die anders gehuld kunnen zijn dan in de doopjurk, waarin nu dan al een loot van het derde geslacht de kerk zal worden binnengedragen. Waarin, zo denkt Ingrid bij het openmaken van het blauwe papier, als het niet weer om een kind van Jan en

haar ging, nu dan wie weet hun eerste kleinkind gekleed zou zijn. O, ze weet wel heel zeker dat het opnieuw knokken zou zijn geworden om Jan zover te krijgen, dat hij er volledig mee instemde. Een kind, voor wie de vader nog steeds de grote onbekende was gebleven en dan gehuld in het familiestuk, waarop nog door niemand een smet was geworpen. Voor een man als Jan Oosterveen wel heel moeilijk te verteren.
Het is oma Jensen, die op haar rustige manier de knoop doorhakt. 'Mattie gaat voor haar baby een gezellig truitje kopen. Svens appelwangetjes en zijn helderblauwe ogen leveren de kleurtjes, die er wonderwel bij passen.' En als de twijfel nog geenszins van Ingrids gezicht is geweken voegt ze er vlug aan toe: 'Jullie lopen in je geboorteplaats beslist een stuk achter. De meeste jonge moeders moeten niets meer van een doopjurk voor een zoon weten.'
'Ik zou het Jan niet durven aandoen, dat zijn vierde kind niet in dit familiestuk gekleed zou zijn.'
'Vanzelfsprekend niet! Als mijn kleindochter zelf toch nog prijs stelt op een echte doopjurk krijgt mijn eerste kleinkind die van mij.' En zich tot Mattie wendend: 'Kun je je morgenmiddag een paar uur vrijmaken?' En op een vlugge knik van haar kleinkind: 'Afgesproken dan! Ik verheug me echt op een middagje op z'n Hollands winkelen.'

Zo'n verbeten trek tekent het gezicht van de in zijn geboorteplaats alom bekende scheepsbouwer Jan Oosterveen, dat Ingrid voor de eerste keer in haar leven een onbestemde angst voelt opkomen, als hij achter het stuur plaats wil nemen.
'Zal ík soms rijden?' kan ze niet nalaten te vragen, haar stem opzettelijk dempend, opdat de anderen niets van haar vraag zullen opvangen.
'Nee!' Slechts dat éne woord, maar voor een vrouw, die er al een behoorlijk stuk huwelijksleven met haar man heeft opzitten, ruim voldoende om te beseffen dat ze hem liever met niets in de wielen moet rijden.

Zijn rug recht zich nog meer, als hij het achterportier voor zijn schoonmoeder openmaakt. Oma Jensen, die het recht toekomt, tijdens de korte rit naar de kerk de zorg voor haar jongste kleinkind op zich te nemen. In de ruime wagen was er naast haar nog voldoende plaats overgebleven om Mattie met haar baby te herbergen. Maar nee! Dat heeft een tot het uiterste gespannen Jan Oosterveen nu net niet kunnen opbrengen. Mattie met haar kind zal met een plaats in haar moeders wagentje naast Steven genoegen moeten nemen. Johan zal het zijn, die dat gedeelte van de familie Oosterveen naar de kerk rijdt.

Een kerk, die opvallend voller is dan op andere zondagen, waarop er van een doopplechtigheid sprake is. Met het zonnige weer staan er naar goedzeeuwse gewoonte ook nog heel wat mensen buiten aan weerskanten van de ingang. Om te genieten van deze uitzonderlijk mooie zomerdag? Of om getuige te zijn van het zo samen naarbinnen gaan van de hele familie Oosterveen?

Als Ingrid haar vrije arm op die van haar man legt is het net of er iets van de gespannenheid, die hem in zijn greep gevangen houdt, op haar overslaat. Het lachje, dat zich één ogenblik om het mondje van haar jongste legt, voelt ze opeens als haar bondgenoot aan. 'Kijk Jan! Je zoon lacht. Hij ziet blijkbaar niet tegen de plechtigheid op. Het goede voorbeeld voor ons beiden.'

Ze krijgt geen antwoord, maar ze is allang blij, dat de kleur op zijn wangen weer terugkeert, al houden zijn ogen hun terughoudende blik ook vol.

Als ze op de hun toegewezen stoelen hebben plaatsgenomen kan Ingrid het niet laten haar dochter een bemoedigend knikje toe te werpen. Mattie! Hoe bloedjong nog zoals ze daar in het sobere, lichtblauwe jurkje op de lege stoel naast die voor haar grootmoeder zit. Maar kaarsrechtop, haar heldere ogen niet versluierd door wie weet hoeveel opgekropte tranen.

Haar hele hart gaat naar dit kind van Jan en haar uit. Thuis heeft Mattie zoveel mogelijk het stilzwijgen bewaard, als het om het komende gebeuren ging. Zoals ze daar nu zit lijkt ze

evenmin van plan voor de ogen van zoveel anderen iets prijs te geven van wat haar innerlijk beroert. Van het vurige verlangen, dat ze straks de vader van haar kind zo graag naast zich zou weten. Maar ook op deze plaats van haar schuldgevoel tegenover God.
Zo maar schiet Ingrid het verhaal van de overspelige vrouw te binnen. De vrouw, die volgens het bijbels verhaal door zovelen werd gemeden, die in haar eenzaamheid dreigde te verkommeren. Tot Jezus haar op zijn pad ontmoette, wél zijn blijk van bemoediging voor haar had.
Ingrid krijgt langzamerhand het gevoel of haar hart zal barsten. Ze houdt van haar man. Ze wil hem in het komende uur zo erg graag tot steun zijn. Maar ze is net zo goed, al is het dan wie weet op een andere manier, ook haar kinderen toegedaan; wil voor allemaal zo graag de moeder zijn, met wie ze vrijuit over hun moeilijkheden kunnen praten. Wat is ze rijk, dat ze zoveel liefde te geven heeft. Liefde aan haar man, die het zichzelf door zijn integriteit, maar misschien nog meer door zijn misplaatst schaamtegevoel zo onnodig moeilijk maakt. Liefde voor hun enige dochter, die met haar houding de wereld wil tarten, daarmee ook zo duidelijk laat merken dat ze een jongere, vrijer denkende generatie vertegenwoordigt. En toch tonen Jan en Mattie in feite daarmee hetzelfde karakter, stelt ze voor zichzelf vast. Trouw aan diegene, met wie je je één voelt. Trouw ook aan wat je met je volle inzet hebt opgebouwd of nog wílt opbouwen.
Als de stem van de dominee de ruimte vult keert Ingrid tot de werkelijkheid terug. Nog wel lang niet de anders meestal evenwichtige moeder van vier kinderen. Maar toch gesterkt door wat ze zopas zo diep heeft mogen beleven, de liefde voor je naaste, zoals God die van ons verlangt. Waarvan haar hart op dit ogenblik zo vol is, dat het haar voorkomt of ze naast die voor man en kinderen er nog zoveel van overhoudt, die ze ook aan anderen mag geven.
Op het moment, waarop haar eigen moeder, in beide armen een baby, door het middenpad naar voren komt, had ze haar wel op

die plek willen vasthouden. Een stralende overgrootmoeder, die, haar hoofd fier rechtop en haar ogen beurtelings op de aan haar zorgen toevertrouwde baby's gericht, naderbij komt. Michiel, de meest forse van de twee, met zijn bijna altijd ernstigstaand gezichtje in de doopjurk, die oma zelf weer tot in de puntjes verzorgd heeft. Het veel tengere manneke, Sven, in zijn ogen iets blijs boven het eenvoudige, witte truitje, waaronder een paar trappelende voetjes een zekere nieuwsgierigheid lijken te verraden voor wat hem te wachten staat. Of is een ander verlangen er de reden van? Het verlangen naar de jonge moeder, die hij tot nog toe bijna altijd om zich heen heeft geweten? Ingrid krijgt al niet meer de gelegenheid zich er langer in te verdiepen. Zijzelf is immers het eerst aan de beurt om haar kind in haar armen te nemen, ermee op het doopvont toe te lopen? Jan en zij zijn eveneens de eersten, tot wie dominee zich richt. Ze kan haar man nog net een bemoedigend knikje geven vóór de pastor zich over hun kind buigt.

Tot nog toe heeft Michiel zich muisstil gehouden. Ja, zijn gezichtje maakt de indruk of het hele gebeuren buiten hem omgaat. Maar de onverwachte waterdruppels, die hem uit zijn serene rust halen, vallen blijkbaar bij hem niet in goede aarde. Wild zwaaien zijn armpjes als in afweer door de lucht en Ingrid heeft de grootste moeite, zijn nijdig krijsen wat te doen bedaren. Dominee lacht haar maar eens toe. 'Een echt kind van zijn vader! O wee, als ze hem te na komen!'

Ze kan alleen maar knikken, is oprecht blij, dat Michiel zijn hoofdje weer rustig in haar armen vlijt; het er in alles van weg heeft of hij wát graag weer wil slapen.

Als Mattie kort daarop dominee haar baby voorhoudt is het onwerkelijk stil in de kerk. Matties wangen gloeien, maar ze draait haar ogen niet van de haar nu aankijkende af. Of is het dat de heldere kijkers van haar kind haar steun geven om dit vol te houden? Als bij Sven de koude druppeltjes zijn voorhoofd raken lijkt het er veel op of hij er in een onbewust gebaar naar wil grijpen om ermee te spelen. Zijn helderblauwe

kijkers hebben slechts even geknipperd. Om zijn mondje legt zich een lachje van verstandhouding.
Mattie kán het niet nalaten. Of ontgaat het haar in dit plechtige ogenblik dat ze in een kerk vol mensen staat? Dat ze ongewild in heel wat gezinnen het onderwerp van gesprek is geweest? Dat ze dat straks opnieuw zal vormen, als de koffiekopjes na de kerkdienst volgeschonken worden? Ze buigt zich over haar kindje; ze houdt haar wang één ogenblik tegen dat van haar zoon. 'Je bent mijn Sven, hè? Nooit zal ik jou in de steek laten.' Ze praat met gedempte stem, maar een deel van haar woorden ontgaat de omstanders toch niet, die leveren straks thuis hun stof tot commentaar.
Als oma Jensen kort daarop de twee baby's terug naar de consistorie heeft gebracht, hen daar in veilige handen heeft achtergelaten, lijkt alles weer zijn gewone gang te gaan. Het gezicht van Jan Oosterveen maakt haast weer zijn gewone, ontspannen indruk en Mattie zit opnieuw rechtop op haar stoel. Verreweg de meest prille van alle moeders, die zopas hun kind ten doop hebben gehouden. Maar volop bereid om als het nodig mocht zijn voor dit kind van Sven en haar te vechten, hem zijn eerlijke kans te geven om ook zíjn plaats in de maatschappij in te nemen.

11

'Ik heb je nog steeds niet op onze volleybalclub zien verschijnen. Er bij nader inzien toch maar weer van afgezien?' Freek Cramer kan Mattie nog net tegenhouden, als ze zowat klaar is, haar boodschappen in haar fietstas over te laden. Ze draait zich naar hem om, al moet ze het eerste ogenblik de neiging overwinnen net te doen of ze de hele Freek Cramer niet heeft gezien.
Nee! Dat laatste heeft hij nu helemaal niet aan haar verdiend. Trouwens... de tijd is voorbij, dat ze zich zo kinderachtig kan gedragen, hem eenvoudigweg en dat nog zonder er een plausibele reden voor te hebben, totaal wil negeren.
'Hallo!' zegt ze, haar stem vlak. 'Je wou weten waarom ik me op de clubavonden nog niet heb vertoond.' En haar schouders ophalend: 'Ik wou de kans niet lopen er thuis opnieuw bonje door te krijgen.'
'Hoezo dan? Je bént toch nog altijd lid. Als penningmeester van de club weet ik toevallig dat je je contributie over het lopende jaar keurig betaald hebt. Ook zo helemaal niets voor jou om met zoiets te sloffen.'
Er kan maar net een grijnslachje bij Mattie af. 'Bedankt voor het compliment! Maar daaraan ligt het ook niet.' Dan in een plotselinge behoefte tenminste iemand, die van haar huiselijke omstandigheden op de hoogte is, die wat ze zegt beslist niet verder zal dragen, deelgenoot van haar moeilijkheden te maken, zegt ze: 'Als ik dat gaan naar de clubavonden met alle geweld zou doorzetten zou ik er thuis opnieuw een hoop deining mee veroorzaken. Ook al kost het mijn vader geen cent. Ik héb inderdaad mijn contributie betaald.'
'Is hij soms bang, dat je onder de gegeven omstandigheden iets zou overkomen? Iets, dat je zou beletten je cursussen trouw te volgen?'

'Wás het dat maar! Nee Freek! Het gaat dit keer om heel wat anders. Vader huldigt na mijn "zondeval" nog altijd het standpunt, dat ik geen recht meer heb op welke vorm van ontspanning ook, alvorens ikzelf in staat zal zijn, het geld ervoor uit mijn eigen zak te fourneren. Elk uurtje, dat ik aan een of andere sport besteed, ja, vast ook wel, als ik het zou wagen bij de een of ander zo maar een uurtje weg te kletsen, beschouwt hij in mijn geval als verloren tijd. Moeder is zo heel anders. Die zou het me best gunnen. Ze is ook niet te beroerd om de zorg voor de baby van me over te nemen. Alleen... ze zou er op haar beurt van mijn vader de wind mee van voren krijgen. Iets, dat ze zo helemaal niet verdient. Waaraan ik ook geen schuld wil hebben dus.' En haar stem ineens bitter: 'Ik krijg zo langzamerhand het gevoel, of ik thuis degene ben geworden, die kans heeft gezien daar de goede sfeer voorgoed naar de andere wereld te helpen.'
'Zal ik bij je vader eens een goed woordje voor je doen? Of? Wie weet nog beter? Ik krijg de mijne best zover, dat hij de jouwe zo stiekemweg onder het oog brengt dat hij je niet zo moet blijven betuttelen.'
'Alsjeblieft niet, Freek! Houd je er absoluut buiten. Het enige, waarmee je me nog een plezier kunt doen. Ik moet immers zelf mijn boontjes doppen.'
Freeks gezicht krijgt een zorgelijke trek. 'Ik wil je zo erg graag wat uit de puree helpen, Mattie. Begrijp het dan toch!'
Ineens heeft ze geen zin meer nog verder met Freek over haar problemen te praten. O, hij bedoelt het stellig goed. Maar juist zijn medelijden is wel het laatste wat ze kan verdragen. 'Haar eigen boontjes doppen!' Dat was het en dat moest het voorlopig blijven.
Toch is ze nog niet van hem af. 'Hoe sta je met die opleiding voor pedicure? Met dat beetje theorie zul je wel geen moeite hebben. Maar de praktijk? Ligt díe je?'
Ze steekt in een haast kinderlijk gebaar haar tong uit. 'Zoals ik nu nog steeds naar de haast volmaakte voetjes van mijn kind

kan kijken, zo griezel ik van die van anderen. Overigens nog steeds het voorspel van wat me straks wie weet dagelijks te wachten zal staan.'
'Nu overdrijf je toch!' De mijne zijn bijvoorbeeld nog zo gaaf als wat,' zegt hij goed bedoelend.
Er kan bij Mattie geen lachje af. 'Zo lopen er gelukkig nog wel meer rond. Alleen, die krijg je in dit snertberoep ook niet als klant. Wel de kneusjes natuurlijk. En dan nog het nodige geduld opbrengen ook.'
Nu moet hij toch echt lachen. 'Allicht! Mijn oudste zuster is met het laatste jaar van haar opleiding voor verpleegkundige bezig. Die maakt heus nog wel wat anders mee.' Dan zichzelf in de rede vallend: 'Ik wil je zo erg graag weer wat meer lol in je leven verschaffen, Mat. Heus, ik meen het. Reken er maar vast op dat ik wat de volleybalclub betreft nog wel een oplossing vind. Ze hebben jou daar veel te hard nodig.'
Ze heeft haar voet alweer op de trapper. 'Ik moet er vandoor, Freek. Vergeet maar wat ik eruit heb gegooid. Er zijn nog altijd erger dingen in de wereld.'

In de komende maanden wordt het verschil in karakter tussen de twee baby's steeds meer merkbaar. Michiel is in gewicht de andere nog steeds de baas. Een beslist grofgebouwd kind, dat als een niet te verzadigen koekoeksjong een flinke keel opzet, als zijn moeder pertinent weigert nog wat aan zijn portie toe te voegen.
Ingrid gaat niet zomaar te werk. Bij haar geregelde bezoeken aan het consultatiebureau krijgt ze keer op keer de uitdrukkelijke raad mee, zich strikt aan de voorgeschreven hoeveelheid voedsel te houden. Michiel vertoont gelukkig geen enkele lichamelijke afwijking. 'Hij is doodgewoon lui,' stelt de aanwezige arts haar gerust. 'Als hij maar eenmaal zover is, dat hij in de box kan liggen, daardoor wat meer beweging zal krijgen, zullen de overtollige pondjes er vast en zeker afgaan.'
Hoe heel anders is Matties baby! Voor zijn leeftijd nog altijd

een lang uitgegroeid kind. Wel mager en misschien juist daardoor al erg lenig. Mattie moet het maar niet in haar hoofd halen, het kind, als het op de aankleedtafel ligt, ook maar een moment uit het oog te verliezen. Alles wat onder het bereik van zijn grijpgrage handjes komt, weet hij te achterhalen, geeft het niet gauw weer prijs ook.
Waarvan bij Michiel nog helemaal geen sprake is, daar heeft Mattie die maatregel allang moeten toepassen. Tijdens zijn middagslaapje en ook 's nachts worden de hekken van zijn ledikantje stevig omhoog geklapt, zodat van proberen erover te klimmen geen sprake is.
Ingrid mag op de avonden, waarop haar dochter 's avonds naar cursus is zo graag wat langer op de kinderkamer blijven toeven. Ja, en hoe zal het dan anders kunnen dan dat ze een vergelijking gaat maken tussen haar eigen stevige jongste en het hoogblonde manneke, dat in het andere bedje ligt...
O, niet dat die ten nadele van Michiel uitvalt. Je laat als moeder je eigen vlees en bloed niet zomaar vallen. Maar diep in haar hart is er toch wel de hoop, dat haar jongste op de lange duur meer gelijke tred met zijn neefje zal gaan houden. Ja, dat hij ook diens zonnige aard zal krijgen. Want zonnig, dat woord mag je voor een vaak zelfs overmoedige woelwater best gebruiken. Een kind, dat je volle waakzaamheid opeist en dat tot nog toe met eventuele gevaren totaal geen rekening houdt.
Mattie heeft bij haar laatste bezoek aan het consultatiebureau te horen gekregen dat ze voorlopig niet terug hoeft te komen. 'U moet uw vitale zoon maar zo gauw mogelijk zijn plaatsje in de box gunnen. Het kind vraagt er gewoonweg om, zijn wereldje wat verruimd te zien,' raden ze haar aan.
Mattie is met de pas verworven raad blij en niet blij. Moeder heeft het er bij haar vader doorgedrukt, dat hij voor een extra ruime box zal zorgen. Pas toen ze de opmerking aan haar betoog had toegevoegd, dat het voor hun eigen kind alleen maar goed zou zijn, als Matties baby hem dan in zijn spelen kon betrekken, had hij er zijn fiat aan gegeven.

Nu zou zij, Mattie, dan bij haar vader met het verzoek moeten komen, de nieuwe aanwinst terwille van een kind van Sven en haar nu al in te wijden. Nou ja! Voorlopig dan desnoods ook op de ruime bovenkamer, die de twee baby's nog trouw deelden. Bah! Dat je langzamerhand nooit meer eens echt blij kon zijn, als het om iets ging, dat met je kind in verband stond! Dat je bij voortduring, wie weet wel tot je echt volwassen zou zijn, rekening had te houden met een vader, die je zo lekker kon laten voelen hoe jouw gedrag ook op zijn leven zijn stempel had gedrukt.
Zag ze maar vast een mogelijkheid om zelf al wat geld te verdienen. Maar voor de baantjes, die trouwens allang niet meer voor het opscheppen lagen en die ze in haar omstandigheden nog zou kúnnen aanvaarden, is er ineens zo'n toeloop van gegadigden, dat ze haar eigen kansen wel tot nul kan reduceren. Nou ja! In de naaste toekomst dan één lichtpuntje. Als je het tenminste als zodanig wilt zien. Volgend jaar hoopt ze haar diploma veroverd te hebben, waarmee ze een gedeelte van haar stadsgenoten het lopen alleen maar zal kunnen veraangenamen.
Het is opnieuw moeder Ingrid, die het er bij haar vader heeft doorgedrukt, dat ze de kleine zijkamer op de eerste etage ervoor zal mogen benutten. Zolang de box van Michiel en Sven nog zijn plaats op de ruime kinderkamer heeft kan ze dan tussen haar afspraken door nog gauw even overwippen. Maar moeder heeft het er al over gehad zo gauw mogelijk een plaats in de twee ineenlopende kamers beneden in te ruimen. De kinderarts, die nog altijd over het wel en wee van haar eigen baby waakt, heeft bij haar recente bezoek aan hem de raad gegeven, haar baby nu zo gauw mogelijk wat meer 'onder de mensen' te brengen. Hem daardoor naar hij hoopt wat meer interesse en vooral activiteit te kunnen brengen.
Mattie is ervan overtuigd, dat haar moeder er niet het minste bezwaar tegen zal maken, op die uren, waarop zijzelf dan bezet zou zijn, de zorg voor twee baby's op zich te nemen. Alleen...

meteen zo'n ondernemend kind als Sven zich steeds meer toont, te bewaken is geen geringe opgave. O, ze weet nu al heel zeker dat er niet zo heel veel tijd meer overheen zal gaan of ook dat plekje van twee bij twee zal hem te benauwd worden. En o wee! Als een in zijn ondernemingslust niet te temmen Sven het eenmaal voor elkaar krijgt, zich over de rand van de box op de vloer te laten ploffen, – een paar builen meer of minder zal hem een zorg wezen – zal het hek helemaal van de dam zijn.
Ondanks haar zorgelijke gedachten nestelt zich toch iets van een lachje in haar mondhoeken. Haar kind, in zoveel dingen nu al een afspiegeling van zijn vader! Wat het uiterlijk betrof in zijn alweer dikke bos helblond haar, in zijn helderblauwe kijkers en zijn nu al ongewone lengte. Voorzover je nu al de karakters van vader en zoon kon vergelijken, waren er ook al heel wat punten van overeenkomst. Bij allebei al gauw de gulle lach, het intens beleven van de kleine geneugten, die je vaak onverwachts toegeworpen kreeg. Maar ook in beiden een behoorlijke geldingsdrang om datgene erdoor te drukken, dat voor jezelf eenmaal vaststond. In feite dus, over mij heen, toch ook iets van vader Oosterveen, moet ze denken. Overigens een eigenschap, waarmee het kind het in zijn later leven nog knap moeilijk zou kunnen hebben. Dat merkt ze onder de huidige omstandigheden meer dan anders aan de houding van haar vader tegenover haarzelf. Aan het zich met hand en tand verzetten tegen zijn gevoelens, die er diep in zijn hart ook sluimerden jegens haar kind, zijn eerste kleinkind. Een kleinkind, dat nog niet het besef had hoe het met deze grootvader precies gesteld was. Of zou je eerder moeten zeggen, dat hij er zo jong als hij nog was al lak aan had, rekening met een goed of slecht humeur van de ander te houden?
Mattie komt er voor het moment niet uit. Ze kan alleen maar constateren dat als Sven er op een moment zin in heeft, hij razend vlug naar haar vaders nog dikke haardos kan grijpen. Of daaronder nu een zonnig of een grimmigstaand gezicht schuilgaat, het zal hem een zorg zijn. Ja, het moet haar vader toch wel

opvallen, dat het de eerste keer nog moet worden, dat zijn eigen jongste zo spontaan gereageerd heeft. Dat Michiel nog maar het liefst met rust gelaten wil worden. Hoewel? Toch ook een kind, dat bij voortduring alert is of er iets van eten te voorschijn komt. Dat als een watervlugge Sven hem nog niet net vóór is, diens portie óók nog wel graag zou hebben weggewerkt.

Dit keer gaan de kerstdagen in het gezin Oosterveen wel ongekend rustig voorbij. Jan wordt weer eens door een flinke bronchitisaanval geplaagd. Het gaat alweer de goede kant op, maar de huisdokter heeft hem nog een paar dagen huisarrest opgelegd. Johan is dit keer de gast van de ouders van Anja, zal daar Oud en Nieuw ook overblijven.

Al voelt Jan Oosterveen er dit keer dan al heel weinig voor, Ingrid heeft het er, mede door de steun van Steef, toch doorgekregen, dat een bescheiden kerstboompje de grote kamer een wat feestelijk aanzien zal verlenen. Ingrids gedachten gaan bij het optuigen ervan niet alleen naar haar op één na jongste uit. Daarnaast haast nog sterker naar een paar nog prille wezentjes, die iets dergelijks nog nooit hebben meegemaakt. O, ze hoopt zo dat er bij haar eigen jongste dit keer ook eens een blij lachje af zal kunnen; dat zijn donkere ogen iets van het blije licht van de kerstboomkaarsjes zullen weerspiegelen. Dat haar kleinzoon de kerstboom geen blik waardig zal keuren, daar hoeft ze allerminst bang voor te zijn. Ze zal ervoor waken, dat Mattie hem die avond vooral niet uit de box tilt. Van lopen maakt Sven weliswaar nog weinig of niets. Maar je staat er werkelijk versteld van, in welk tempo hij op zijn bibs gezeten of op handen en voeten de twee kamers weet af te werken. Met een brandende kerstboom in een van de hoeken moet Mattie dit experiment maar helemaal niet zijn kans geven.

Nu Jan Oosterveen nog huisarrest heeft zal hij degene zijn, die tijdens de afwezigheid van de rest van het gezin als babysit mag fungeren. Mattie heeft de beide jongens direct na het avondeten vlug onder de wol gestopt. Als beloning mogen die, als ze van de kerkgang terug zijn en de kaarsjes in de kerstboom voor de eerste keer zullen branden, nog een uurtje in de box van het kleurenspel genieten. Ja, wie weet onbewust ook al iets indrinken van het blijde gebeuren, dat door jong en oud in zoveel landen op deze avond herdacht wordt.

Als de anderen vertrokken zijn is het ineens vreemd stil in huis. Zó zelfs, dat Jan achter de gesloten kamerdeur het tikken van de grote, Friese klok in de gang kan horen. Hij heeft nog wat in de krant gelezen, zit nu omdat hij met deze avond klaarblijkelijk niet goed raad weet, in een weekblad, waarop zijn vrouw is geabonneerd, te bladeren. Het kerstnummer! Buitenop een plaatje van een jong stel, dat elkaar onder de kerstboom innig omstrengeld houdt. Binnenin achtereenvolgens allerlei artikelen, die met het kerstfeest verband houden. Over de juiste kleding voor zo'n avond. Een profusie van uitzinnig dure gerechten, aangevuld met de vele drankjes, die bij elke nieuwe gang als de daarbij passende geschonken moeten worden. Een paar bladzijden verder een lange lijst van de meest aanlokkelijke hotels in binnen- en buitenland, waar het kerstgebeuren zogenaamd op zijn vrolijkst gevierd kan worden. Aanbiedingen van tal van kerstreizen naar verre landen. Het meest haast nog naar diegene, waar je je in bikini gehulde body lekker bruin kunt laten branden; het je op zo'n zonovergoten strand maar al te gemakkelijk wordt gemaakt, het hele gebeuren rondom de kribbe in de stal van Bethlehem volkomen naar de achtergrond van je denken te verwijzen.

Nijdig mikt Jan het blad terug in de krantenbak. 'We leven langzamerhand bijna geheel in een schijnwereld,' zegt hij hardop tegen zichzelf. 'Een wereld, overdekt met klatergoud, maar waaronder de rotte plekken desondanks hun vernietigend werk doen, dat ongestoord kunnen voortzetten.'

Het kerstfeest in zijn eigen huis? Wat is er de laatste jaren van overgebleven? Hij mag zich nog gelukkig prijzen, dat zijn vrouw uit een land stamt, waarvoor Kerstmis ook nog zijn betekenis houdt, al is het dan daar meer het feest van het terugkerend licht, dat voor mens en dier ook zinvol kan zijn. Ineens hoort hij wat. Een ander geluid als dat van de gestaag de tijd wegtikkende Friese klok. Of toch de vóórslag ervan? Nee, dat is het niet. Daarvoor houdt het ook te lang aan. Het volgende ogenblik loopt hij de trap op. Een van de baby's heeft blijkbaar een huilbui. Als hij in de kinderkamer het licht opknipt ziet hij het al. Het is zijn eigen zoon, die nu hij zijn vader ziet, nog ééns zo hard begint te huilen.

In een paar stappen is hij al bij het ledikantje van zijn kind, raapt het speelgoedbeertje op, dat door de spijlen van het ledikant op de vloer is gerold. Geen twee tellen later is het huilen alweer bedaard, draaien Michiels oogjes zich van zijn vaders gezicht weg.

In het andere ledikantje is er van weer rustig inslapen allang geen sprake meer. Svens blonde kuif komt hoe langer hoe verder boven het dek uit. De vingertjes van zijn éne knuistje proberen zich moeizaam tussen de spijlen van het hekwerk door te wroeten, gaan in de richting van de forse mannenhand, die op de rand steunt. En als hem dat uiteindelijk lukt kraait hij van plezier. Als hij zich dan ook nog van zijn trappelzak weet te bevrijden, zijn beentjes de zo fel begeerde vrijheid hebben herwonnen, kan Jan zijn ogen helemaal niet meer van dit tafereeltje afhouden.

In een gewoontegebaar vlug om zich heenkijkend of iemand hem hier zal kunnen betrappen, kijkt hij in de richting van de deur. Dan heeft hij Svens handje ook al gepakt, drukt er impulsief een kus op. Maar daarmee is meteen ook het andere plan in zijn hoofd geboren: zorgen dat de twee baby's nog vóór de anderen hun kerkgang hebben beëindigd, al beneden in de box zullen liggen. Ja, en met wie behoor je dan als vader van een eigen jongste te beginnen? Vanzelfsprekend dus met Michiel. Michiel, die weliswaar alweer ingeslapen is, maar die toch de eerste rechten kan laten gelden.

Vlug tilt hij zijn zoon uit zijn bedje, draagt hem de trap af. Of

Matties kind het al begrijpt, dat hij óók gauw aan de beurt zal komen, zo zit hij nu parmantig op zijn knietjes vol ongeduld te wachten, heeft zijn lachje alweer klaar, als zijn grootvader nu ook op zíjn bedje toeloopt.
Is het toch de nadering van het kerstgebeuren of is dit tengere manneke werkelijk in staat, het pantser, dat Jan min of meer opzettelijk om zijn hart heeft gesmeed, te doorbreken? Jan Oosterveen kan er geen verklaring voor geven. Alleen weet hij dat hij er op dit moment allerverschrikkelijkst dankbaar voor is, dat de rest van zijn gezin nog steeds niet terug is en dat hem daardoor nog even respijt wordt gelaten om zich voor het uiterlijk althans, de man te weten, die erin volhardt, zijn dochter te laten merken dat ze door wat er gebeurd is en wat zo onherstelbaar voor hem lijkt, een heel eind in zijn achting is gedaald.

Steven is gelukkig nog in zoverre kind, dat hij er wát trots op is, dat moeder hem het aansteken van de kerstkaarsjes toevertrouwt. Ingrid kijkt vol spanning in de richting van de box. Als ze haar man zijn koffie reikt legt ze vlug haar hoofd tegen het zijne. 'Lief van je, Jan, dat je ons tweetal al uit bed had gehaald.'
Er komt beweging in de box. Michiel draait zich op zijn rug. Een echt lachje kan er weliswaar nog niet af, maar hij kijkt met intense verwondering naar de boom, die als het ware ineens is gaan leven.
Ingrids hart stroomt vol. Blij knikt ze haar man toe. 'Michiel kijkt nu net zo stil gelukkig als jij het in het begin van ons huwelijk kon doen, als er een nieuwe schuit met succes te water was gelaten. Jij liet ook nooit op een bepaald uitbundige manier merken dat het een pak van je hart betekende. Alleen je was er wel apetrots op.'
'Wees jij het dan nu maar op onze jongste,' zegt hij, zijn stem alweer onder bedwang.
Ze knikt, kijkt opnieuw geboeid naar de box. Zo rustig als Michiel het wonder van het licht klaarblijkelijk indrinkt, zo heel

anders reageert Matties zoon erop. Opnieuw ligt hij op zijn knietjes, drukt zijn lichaampje tegen de spijlen van de box. En zijn vlugge vingertjes reiken grijpgraag als altijd naar de kleurige ballen, zouden de blijde vlammetjes ook wel willen omvatten.
Ze blijft op haar stoel zitten, maar haar ogen ook even op het gezicht van haar dochter gericht zegt ze: 'Wat zijn ze er beiden blij mee, hè? Al ontgaat hun dan toch nog de diepere betekenis van dit alles, het legt bij onze peuters wie weet toch al de grondslag voor de diepe vreugde, die bij de meesten van ons ouderen leeft om het blijde kerstgebeuren.'
Verricht het kerstfeest aan dit gezin nog meer wonderen? Plotseling staat Jan Oosterveen van zijn stoel op, loopt op de box toe en heeft even later op elke knie een baby geplant. Michiel, die de boom nog steeds met zijn ernstige blik omvat en Sven, die nog reikhalzender dan zopas zijn knuistjes naar al dat licht uitstrekt, af en toe kraait van verrukking.
Als Ingrid die avond haar bed opzoekt kan ze de gedachten aan deze kerstavond nog niet direct kwijt. Zou het een gunstig voorteken zijn, dat haar man beide baby's op zijn knie had getrokken? Ze wil er zo graag in geloven. Mattie had er zo vreemd stil bij gezeten, was of ze bang was zich op deze avond te verraden, even later naar de keuken gelopen. Zogenaamd om haar moeder het verdere werk uit handen te nemen. Alleen, Ingrid weet voor zichzelf wel heel zeker, dat haar weggaan een heel andere reden had: dat haar verlangen naar de vader van haar kind nog altijd hoog in haar stond. Voor haar enige dochter wie weet maar goed, dat straks het leven weer met werken gevuld zou zijn. En dat het gezegde: dat de tijd heel wat wonden heelt, nog altijd geldend is. Voor haarzelf, maar stellig ook voor Mattie en daarnaast ook voor haar eigen man.

12

Schaamt Jan Oosterveen zich in het nuchtere licht van het pas begonnen jaar over de gevoelens, die hem op de kerstavond zo plotseling zijn besprongen? Of zijn het de nog steeds dalende cijfers, die hem, als de eindrekening over het afgelopen jaar is opgemaakt, weinig vrolijk stemmen, wat de gang van zaken in zijn bedrijf betreft? Ze voelen er thuis stuk voor stuk de terugslag van. Ingrid is vooral voor Mattie erg blij, dat die zo volop in haar werk gedoken is. Twee nieuwe diploma's heeft ze nu al aan dat van de Havo toegevoegd. Een voor typen en een voor Nederlandse handelscorrespondentie. Nu is het dan zwoegen om nog even het vierde, in de ogen van haar vader verreweg belangrijkste, in de wacht te slepen. Voor haar vader het belangrijkste, ja. Maar voor haarzelf? Ze moet maar proberen dag en nacht de belangen van haar zoon voor ogen te houden. Hoe eerder ze in staat zal zijn, zelf haar kostje op te halen, des te liever is het haar. Bij haar vader elke week opnieuw haar hand ophouden, ze gaat het langzamerhand als een belediging voelen. Maar hoe moet ze anders aan geld komen?

'Ik moet mezelf zien op te jutten, dat ik er oprecht dankbaar voor zal zijn, dat ik straks tenminste over wat eigenverdiend geld kan beschikken,' praat ze zichzelf voor. 'Een dokter, een tandarts zal er in het begin ook best moeite mee hebben gehad.'

Ingrid heeft zo haar vermoedens hoe moeilijk haar dochter het in deze donkere januaridagen heeft. 'Vader gaat ermee akkoord, dat ik de zijkamer nu al wat laat opknappen,' zegt ze bemoedigend. 'Op de trap mag ik ook een nieuwe bekleding laten maken. Je klanten moeten op een zo gemakkelijk mogelijke manier boven kunnen komen.' En in één adem erachter: 'Als dit examen erop zit stap jij weer elke week naar je volleybalavond. Foei! Je hebt geen kleur meer op je wangen.'

Er trekt een nietig lachje over Matties wangen. 'Je bedoelt het allemaal zo goed, moeder. Ik weet ook wel dat ik blij moet zijn, als ik straks echt aan de slag zal kunnen. Maar dat het nu net dit afschuwelijke werk moet zijn...'
'Je moet maar zó denken: Voor ieder mens zijn er in het leven nu eenmaal plichten en rechten. En na elke dag, waarop je je met je plicht hebt beziggehouden, komt onherroepelijk de tijd, waarin je díe dingen kunt doen, waaraan je je plezier beleeft. Neem maar een voorbeeld aan je zoon. Zelfs als hij een behoorlijke duikeling maakt, zich toch wel echt pijn moet hebben gedaan, is er op zijn snuitje even later toch weer de lach.'
Matties gezicht klaart op. 'Ook daarin lijkt hij op zijn vader,' laat ze zich ontvallen. 'Ik wou dat ik al was het ook maar het kleinste kiekje van Sven had. Maar zelfs dát heeft hij me niet gelaten.'
'Je kunt hem nog altijd niet vergeten? Zou het heus niet beter zijn, de gedachten aan hem uit je leven te bannen?'
Ze schudt haar hoofd. 'Nu lijk je vader wel. Ik kán het immers niet. Ik weiger ook te geloven dat hij me opzettelijk op die manier in de steek heeft gelaten.'
'Je zou hem terug willen zien? Hem ter verantwoording willen roepen voor wat hij je heeft aangedaan?'
Een diep rood kleurt van het ene op het andere ogenblik Matties wangen. 'Misschien nog meer om hem zijn kind te laten zien. Om mijn kind als het even kan toch nog een vader te bezorgen. Nu is Sven nog niet zover, dat hij naast mij de ander zal missen. Maar daar komt onherroepelijk een eind aan. Nu al merk ik een enkele keer aan Michiel hoe hij toch anders reageert, als zijn vader zich met hem bemoeit dan wanneer jij je over hem ontfermt.'
Ingrid neemt Matties hoofd tussen haar handen. 'Kind toch! Je bent fout geweest. Maar dat je er zó onder moet lijden... Weet je? Zodra vader wat milder gestemd thuiskomt ga ik er nog eens met hem over praten. Het duurt nog zo lang, eer je éénentwintig zult zijn, zelf de zaak in handen kunt nemen. En nu zijn wij

beiden er nog, zijn ook gelukkig nog fit genoeg om dit op ons te nemen.'
Mattie schudt haar hoofd. 'Je krijgt vader nooit zover, moeder. Hij tegen eigen eer en geweten in handelen? Hij zal er nooit toe in staat zijn.'
'Wacht nu maar af. Als inleiding zal ik er vader van overtuigen, dat hij er zich niet langer tegen verzetten moet, dat je weer lid van je volleybalclub wordt.'
'Ik heb al bedankt. Ik ben nu immers al geen lid meer.'
'Mijn cadeautje dan voor je negentiende verjaardag. Van mijn eigen geld betaald. Gelukkig is vader toch nog niet zó verstard, dat hij mij iets dergelijks zou verbieden. Je moét af en toe eens een verzetje hebben. Iets, waar je elke week naartoe leven kunt. Het zal je studie alleen maar ten goede komen.' En als Mattie totaal niet reageert: 'Alleen al terwille van je vrolijke zoon ben je wel verplicht, zelf niet met een zuur gezicht rond te lopen. Wie weet hoe dat pedicuren je op den duur nog meevalt? Je hebt er in ieder geval wat meer contact met andere mensen mee. Iets, dat mijn dochter alleen maar goed kan doen.'

Eindelijk lijkt dan voor Ingrid het goede ogenblik aangebroken te zijn. Wat Jan zelden doet, gebeurt nu. Als ze in de keuken de voorbereidingen voor het avondeten treft, komt hij achterom binnen. 'Hallo vrouw van me! De zaak kan weer een poosje draaien gelukkig. Laten we die order voor Taiwan nu dan tóch in de wacht hebben gesleept!'
Blij kijkt ze naar hem op. 'Kom hier,' zegt ze spontaan. 'Daar krijg je van je vrouw een dikke zoen voor. Hoef je nu dan toch geen van je mensen te ontslaan?'
'Voorlopig althans niet. O Ingrid! Je weet niet half hoe dankbaar ik daarvoor ben.'
'En ik, omdat het zowat de eerste keer is, dat je me in het wel en wee van wat je levenswerk is, laat delen. Ik wil je zo graag gelukkig zien, jong! Jou en daarnaast ook onze kinderen en ons kleinkind.'

Hij maakt zich uit haar omarming los. 'Ik ben al twee dagen met de krant achter. Ik verlang naar mijn gemakkelijke stoel. Mág ik ook na al die dagen van spanning?'
Ze lacht. 'Of ik het je gun! Ga maar gauw. Nog wat drinken ook?'
'Als jij meedoet wel, ja.'
'Nu echt niet, Jan'. Liever vanavond, als het middageten gedaan is en als de kinderen naar boven zijn getrokken. Nu wil ik zo heel graag extra zorg aan het eten besteden. Stel je voor dat ik je juist vandaag een halfaangebrande maaltijd zou voorschotelen!'
Ingrid is blij, dat Mattie juist die avond minstens twee uur van huis zal blijven. Steven is, wat hij een enkele keer vaker doet, naar zijn vriend getrokken om samen aan zijn eerste scriptie te werken. Steefs onderwerp handelt – hoe zou het anders kunnen? – over dieren, die in gevangenschap moeten leven. Dat van zijn vriend over paarden en hoe je er als ruiter het best mee kunt omgaan. Koerts vader heeft een manege. Koert is eerstdaags zelf ook al aan een volwassen paard toe. 'We gaan er in de grote stal aan zitten werken,' heeft Koert enthousiast verklaard. 'Dan zijn we meteen helemaal in de stemming.'
Vader Oosterveen heeft het zijn zoon van harte gegund, dat hij af en toe eens bij zijn vriend de avond doorbrengt. Steven is bepaald geen hoogvlieger, maar hij maakt er met zijn werk ook echt geen potje van. Dat ook dit kind van hem later een geschikte kracht in zijn bedrijf zal worden, hij kan het wel vergeten. Hij mág het gelukkig ook vergeten, nu het zo helemaal zeker is, dat Johan zijn medewerker en later zijn opvolger zal worden. Johan, die nu al vanuit Delft nogal eens naar het bedrijf in Bolnes overwipt en voor wie het zo goed als zeker vaststaat, dat hij als hij in Delft klaar zal zijn, daar de leiding zal krijgen.
'Onze jongste heeft er vandaag weer een kies bijgekregen, Jan,' begint Ingrid, voor een deel als inleiding bedoeld voor wat haar nu al maanden hoog zit en om een oplossing dringt.

'Dat is mooi! Een kans meer dat Michiel eens wat van zich zal gaan afbijten. Over een poosje zit de ander hem helemaal op de kop.'
Nee! Nu niet happen! houdt ze zich voor. Daar kun je alleen de sfeer maar mee bederven.
Even een lachje! 'Als Mattie of ik het stel 's avonds naar bed brengen zou je bijna zweren dat ze nu al moeite doen om iets te gaan zeggen. Daarin zullen ze in ieder geval niet voor elkaar onderdoen.'
'Dat is Michiel ook maar geraden. Matties kind is hem tóch al in zoveel dingen de baas.'
'Dat zegt nog niets! Michiel is tenslotte een zevenmaands kind. Laten we maar blij zijn, dat ze het tot nog toe samen zo goed kunnen vinden. En ook dat Sven het blijkbaar gemakkelijk accepteert dat zijn moeder niet altijd in de buurt kan zijn.'
'Alleen wel ten koste van jou dan.'
'Nog graag gedaan ook, Jan! Zeg? Is het jou de laatste tijd ook niet opgevallen hoe stil onze Mattie is? Van haar vroeger zo frisrode wangen is ook weinig meer te bespeuren. Het kind gunt zichzelf langzamerhand geen uurtje meer voor eigen plezier. Toevallig ben ik ook te weten gekomen dat ze haar lidmaatschap voor de volleybalclub had opgezegd. Het laatste dat ze nog aan fysieke ontspanning had.'
Zijn gezicht versombert alweer. 'Ze kan bij goed weer met haar kind gaan rijden.'
'Doet ze ook! Alleen... daarmee is ze allerminst uit de sleur van alledag. Straks als het zover is, dat ze met het pedicuren mag beginnen, krijgt ze het nog maar moeilijker.' En de stoute schoenen aantrekkend: 'Van mij krijgt ze in ieder geval voor dit jaar opnieuw haar lidmaatschap van die club. Ik heb het geld ervoor eerlijk op mijn huishoudgeld bespaard.'
'Je zult zo gek toch niet zijn? Als het moet kan ik die contributie voor iets dergelijks óók nog wel fourneren. Daar gaat het in eerste instantie niet om. Wel dat – en dat snapt Mattie zelf ook drommels goed – ze er zo gauw mogelijk voor zorgt, dat ze later

op een meer respectabele manier in haar onderhoud zal kunnen voorzien.'
Het woord 'respectabel' komt bij Ingrid bepaald niet prettig over. Alleen op dit moment wacht ze er zich wel voor er haar man over aan te vallen. 'Ik zal nog moeite genoeg hebben, er Mattie zo'n eerste keer weer heen te krijgen,' zegt ze, haar stem vlak. 'Als dat dan zonodig moet, laat het dan liever aan Freek Cramer over. Die wil haar wát graag trouw komen ophalen.'
'We zien nog wel, Jan. Maar nu een andere vraag! Een vraag, die me na Oud en Nieuw al weken op de lippen brandt.' En even slikkend: 'Stel je je wat Mattie betreft nog altijd zo op, dat je het haar altijd wilt blijven verbieden, alles in het werk te stellen, om Svens adres te achterhalen? Het moet op een of andere manier toch te realiseren zijn. Vandaag de dag ben je niet zomaar voor iedereen onvindbaar.'
Oei! Als Ingrid haar ogen naar haar man opslaat weet ze op hetzelfde moment zijn antwoord al. Driftig duwt hij zijn stoel achteruit, staat dan in al zijn lengte vóór haar. 'Nooit en te nimmer! Dat heb ik al eens meer gezegd, dacht ik zo. Een Oosterveen komt niet gauw op een eens genomen besluit terug. Als Mattie éénentwintig is trek ik mijn handen van haar af. Tot zolang heeft ze zich maar aan wat wij goed voor haar vinden te onderwerpen. Nog twee jaar! Twee jaar, die ze heus hard nodig zal hebben om nog zoveel bij te leren, dat ze vanaf die dag zichzelf helemaal kan bedruipen.'
'Je wilt haar als het zover is, meteen maar de deur wijzen?'
Even moet Jan naar zijn woorden zoeken. Dan zegt hij, zijn stem onzeker: 'Ik hoop van harte dat ik zoiets nooit met wie ook van mijn kinderen zal hoeven te doen. Maar voor alle partijen zal het tegen die tijd verreweg het beste zijn, dát ze hier mét haar kind inderdaad weg is.'
'Je bent jaloers op haar kind? Diep in je hart maak je je zorgen, dat Matties jongen jouw eigen kind voorbij zal streven?'
'Ik denk niets. Ik constateer alleen maar.'

Ze forceert een lachje. 'Sven is ook je kleinkind, Jan. Welke grootvader zou niet gelukkig zijn met zijn eerste kleinzoon? Ook al heeft het kind geen aanwijsbare vader?' En haar hand op zijn arm leggend: 'Toe, ga weer zitten. Ik wou je zo graag aan een voorval herinneren uit de tijd, toen we pas getrouwd waren. Toen we nog niet in de kleine kinderen zaten; ik als je ergens voor de zaak heen moest nogal eens met je meetrok. "Om je nieuwe vaderland beter te leren kennen," kon je dan zo welgemeend zeggen.'
Een snelle blik op zijn horloge. 'Schiet dan maar op! Ik heb zowat nog geen oog in de krant geslagen.'
'Een krant kan wachten. Het behoud van een kind, dat in geestelijke nood verkeert, dat zo dapper vecht zonder er van de kant van haar vader ook maar enige waardering voor te bemerken, is nog altijd van meer vitaal belang.'
'Ga dan in vredesnaam verder. Je houdt me onnodig op.'
'Ik gá al verder. Op een van die reisjes waren we in een zo echt Nederlands oord beland. Vianen heette het. Ik had er nooit van gehoord, maar de naam is mij altijd bijgebleven.'
Opnieuw valt hij haar ongeduldig in de rede. 'Kun je nu ooit iets vertellen zonder in allerlei futiliteiten te vervallen?'
'Als het moet best, ja! Alleen in dit geval gaat het juist om een bijkomstigheid. Een lange straat! Aan weerskanten verschillende prachtige huizen, die zoals jij me vertelde aan de vroegere welstand van je land herinnerden. Tot mijn oog op een kleurig wapen viel. Ik geloof dat het op het stadhuis was. Ik kon wat eronder stond niet ontcijferen. Ik heb in mijn jeugd nooit een woord Latijn geleerd. Toch heb ik de woorden onthouden, omdat ze zo'n levenswijsheid inhielden. "Audi et alteram partem"! "Hoor ook de andere partij", zo vertaalde je het toen voor me. Toen we ergens wat dronken ging jijzelf er verder op in. "In die geest wil ik in mijn bedrijf óók altijd te werk gaan," zei je toen. "Nooit oordelen, noch minder véroordelen alvorens je de zaak door beide partijen belicht hebt gezien." Veel van je werf weet ik nog niet af. Je hebt van het begin af aan een strenge,

115

maar eerlijke scheidingslijn getrokken tussen jouw en mijn deel van alles, wat er in een huwelijk te beleven valt. "Jij het huishouden en later ons kroost". Op die manier had je al direct ons huwelijksleven ingedeeld. Voor jezelf het wel en wee van je bedrijf. Alleen... je voegde er toen ook nog aan toe: "Ik hoop dat we in de toekomst een goed ouderpaar mogen vormen". Ik heb me aan die uitspraak zover ik weet altijd gehouden. Blijkbaar is dat in jullie land de opvatting van een geslaagd huwelijk. Bovendien, wat wist ik van het reilen en zeilen van je bedrijf af? Gelukkig al wel heel wat van het huishouden, van de oplossing voor tal van kinderproblemen...'
Hij valt haar in de rede. 'Wil je met deze tirade zeggen dat ik in de liefde voor onze kinderen te kort ben geschoten?'
Een beetje verdrietig schudt ze haar hoofd. 'Zo'n bijna twee jaar geleden zou het alleen maar een gemene aantijging, die van alle grond ontbloot was, betekend hebben. Och Jan! Ik hoef het toch niet met zoveel woorden te zeggen? Alleen... ik ben zo bang, dat als je nog weer zo'n twee jaar in je verstarde houding wilt volharden, dan in de eerste plaats tegenover onze dochter, er een gerede kans bestaat, dat de goede verstandhouding in ons gezin er ook volledig kapot mee wordt gemaakt...
Om op die spreuk terug te komen? Wat heb jij bijvoorbeeld ondernomen om in de geest ervan te handelen? Je hebt je alleen maar blindgestaard op de éne kant van de medaille. Het feit, dat een telg uit het geslacht Oosterveen, nog wel je bloedeigen dochter, op wie je altijd zo trots was, je dit heeft aangedaan, daardoor alleen nog maar als het zwarte schaap in de familie kan worden beschouwd. Je hebt je in die opvatting compleet vastgebeten. Er niet alleen je kind, ook mij er mateloos verdriet mee bezorgd. Ja, als laatste dan ook nog jezelf half kapot gemaakt. Stuk voor stuk vreet het aan ons allemaal, dat we onze vrolijke, voor ieder van ons klaarstaande vader zo veranderd moeten meemaken.'
'Maar Ingrid? Wat wil je in vredesnaam dán dat ik doe? Moet ik dan tegen eer en geweten in handelen?'

Opnieuw forceert ze een lachje. 'Je zou bijvoorbeeld wel wat water in de wijn kunnen doen, jong. Op zijn minst proberen te zijn en te handelen zoals God het van ons verwacht. God, die wél weet te vergeven. Die zijn handen nooit helemaal van ons mensenkinderen zal aftrekken. In minder woorden gezegd: 'Alleen maar datgene doen wat die Latijnse spreuk ons beiden destijds te vertellen had. Als jijzelf het niet kunt opbrengen, laat aan een van je kinderen dan de kans dit uit te zoeken. Ik weet veel te goed wat het voor jou moet betekenen, het hoofd voor een ander dan voor God te moeten buigen. Ik zal je ook altijd trouw blijven. Alleen, Jan! Maak door je afwijzende houding je enige dochter niet helemaal kapot. Je zult er op den duur niet alleen haar, maar ook je kleinzoon mee verliezen.'

Nog klampt Jan Oosterveen zich aan zijn haast overdreven gevoel voor integriteit vast. 'Jij hebt gemakkelijk praten. Voor jou ligt de zaak blijkbaar heel anders. Och, ik had het kunnen weten. In de Scandinavische landen denkt men nu eenmaal veel gemakkelijker over seks. Ook over de manier, waarop die tussen jonge mensen bedreven wordt. Het is in de eerste instantie niet aan mij, dit alles een halt toe te roepen. Voor mij is het verderfelijke ervan alleen maar, dat deze al te gemakkelijke levenshouding langzaam maar zeker ook op het vasteland van Europa terrein begint te winnen. Dat het zich ook al over Amerika als een gestadig voortwoekerend onkruid voortplant. Ja, dat het nu juist óns kind, onze levenslustige Mattie heeft weten te treffen. Dat ik me ongewild de grootvader mag noemen van een kind der zonde...' Dan, zijn gezicht van de éne op de andere minuut in een krampachtige grijns vertrokken: 'Dat ik nu ook nog moet toezien hoe dat kind onze jongste in zowat alles verre de baas is.' En met een amper ingehouden snikken in zijn stem: 'Dat het me elke volgende dag duidelijker gaat worden dat onze jongste dan wel geen mongool is, maar dat het woord "achterlijk" al wel op hem van toepassing is.'

Ingrid weet één moment niet of ze nu huilen of lachen moet. Huilen, omdat de man, die haar nog altijd lief is, wel zó verstard

in zijn opvattingen is, dat hij zijn eigen vlees en bloed haar misstap nog steeds niet kan vergeven. Aan de andere kant ook vervuld van een ongekend geluksgevoel, omdat ze zomaar opeens de andere reden achterhaald heeft, waardoor haar man het zich onnoemelijk moeilijk heeft gemaakt. Ze loopt op hem toe, nestelt zich op zijn knie en slaat haar arm om zijn hals. 'Malle man van me! Wie heeft je dat wijsgemaakt, zeg? O, als ik dat wist! Ik was in staat hem een pak slaag te verkopen, waar de honden geen brood van lusten. Er is met onze Michiel niets onrustbarends aan de hand. Ik geef toe: hij maakt nog altijd een wat indolente indruk. Sven is nu toevallig nét een stukje kwikzilver. Een kind, dat het leven nu al met bei zijn handjes wil grijpen. Of – dat zouden we stuk voor stuk zo graag weten – ergens de aard van zijn vader. Ook voor een deel wel die van onze dochter, toen ze bewust begon te leven. Zoals Michiel nu al bepaalde karaktertrekken van het jouwe vertoont, die zich steeds duidelijker bij onze jongste aftekenen. Nooit over één nacht ijs gaan! Pas iets ondernemen, als je volop zekerheid hebt, dat het alle kans van slagen zal hebben. Ja, daarnaast toch ook het andere: zich moeilijk voor zijn medemensen openstellen. Wie weet wel door een op de achtergrond altijd aanwezige angst daardoor verkeerd beoordeeld te worden.' Dan één voor één de diepe rimpels uit zijn voorhoofd wegstrijkend: 'Maar te hopen dat Michiel later ook een vrouw als levensgezellin zal kiezen, die zíjn rimpels op tijd weet weg te strijken.'
Even is het stil. Een stilte, waarvan Ingrid voelt dat ze die door geen woord verbreken mag.
Dan voelt ze ook al zijn hand op haar voorhoofd. 'Dat je dat zegt, dat onze jongste zoon toch ook een normaal kind zal worden! Ik heb me over hem zoveel zorgen gemaakt.'
Ze knikt. 'Zorgen over Michiel! Stellig ook zorgen over het wel en wee van het bedrijf in een tijd met een teruglopende economie. En niet in het minst over een dochter, die op zo'n dieptreurige manier haar leven heeft vergooid... Alleen Jan! Aan het

andere heb je zo helemaal niet gedacht. Aan het: "Tel je zegeningen. Tel ze één voor één!" ' En als zijn ogen zich plotseling van haar gezicht afwenden zegt ze haast over haar woorden struikelend: 'In de eerste plaats dat wij er voor onze leeftijd nog best mogen zijn. Dat tot nu toe ook ons viertal nog met geen ernstige klachten te doen heeft gehad. Dat Johan alles op alles zet om nog in het begin van de zomervakantie zijn kandidaats te halen. Dat het zo goed als zeker is, dat Anja haar einddiploma van de kunstacademie in de wacht zal slepen. Dat Steven het op het atheneum ook lang niet gek doet. Dat onze dochter tenslotte het éne diploma na het andere in haar bureautje kan deponeren. En last but not least, dat we zo'n vrolijk kleinkind hebben, dat het met onze Michiel wonderwel kan vinden...'
Hij trekt haar naar zich toe. 'Je vergeet nog één ding, jij. Dat we ieder op zijn beurt trots en gelukkig zijn met een moeder als een zekere Ingrid Oosterveen. Je hebt me wel mijn lesje gegeven. Alleen... mag ik over alles wat je naar voren hebt gebracht nog eens nadenken?'
'Zoveel je wilt! Ik weet nu al zeker dat ons gezinnetje er wel bij zal varen. En ook dat de vader ervan in het vervolg 's nachts weer heel wat beter zal slapen dan dat de laatste tijd het geval is geweest.' En Jans arm door de hare hakend: 'En nu ga ik koffiezetten. We zijn er langzamerhand allebei wel aan toe, niet? Knap je nog maar even op. Geen van onze kinderen hoeft te merken dat hun vader door de schuld van hun moeder wel even op de pijnbank heeft gelegen.'

13

Jan zelf is het, die op de avond, waarop zijn dochter haar diploma voor pedicure in de wacht heeft gesleept, zijn klopje op de deur van haar kamer laat horen. Mét de vraag dan of ze een ogenblik tijd voor hem heeft. Mattie kijkt haast ontdaan op, dat hij haar voor het eerst na lange tijd uit zichzelf opzoekt. Meteen is er ineens het droeve besef hoe diep de kloof is geworden, die zich in de afgelopen maanden tussen vader en dochter heeft gevormd.
'Ik kwam je nog wat brengen, Mattie,' onderbreekt Jan Oosterveen haar overpeinzingen. 'Knap van je, dat je ook dit diploma alweer hebt weten te veroveren.' En haar op de uitbouw tegenover haar kamer wijzend: 'Kom maar mee en trek de doek er maar vlug af. In de naaste toekomst, nu je dan echt aan het werk zult gaan, zul je je rug 's avonds best eens voelen. Van moeder en mij dan twee dingen, die dat zoveel mogelijk zullen ondervangen.'
Als automatisch loopt ze achter haar vader aan. 'Toe maar!' moedigt hij haar aan. 'Wees er nu maar blij mee. Je zou moeder maar onnodig verdriet doen, als je het niet zou accepteren.'
Mattie heeft het met één oogopslag alles overzien. Het sobere, lage stoeltje, maar wel van een uitgekiend model. Op de zitting ervan het lidmaatschap van haar geliefde volleybalclub. Opeens schiet ze vol. Maar daarnaast is er ook het zekere weten, dat ze niet ineens in staat is er haar vader spontaan voor te bedanken.
'Leuk bedacht van jullie, vader,' zegt ze. 'Nu ik dan binnenkort zelf hoop te gaan verdienen wil ik inderdaad wel weer graag lid van onze club worden. Zó kom ik er moeder ook even voor bedanken.' En met een wat schamper lachje voegt ze er nog aan toe: 'Vast één stuk in mijn toekomstige huishouden. Ik moet maar hopen dat ik gauw een stel klanten kan inschrijven. Dat

brengt tenminste geld in het laatje.'
Het bittere in de stem van zijn dochter bezorgt Jan Oosterveen een nare smaak in zijn mond. Waarom maakt juist zij het hem niet wat gemakkelijker? Heeft Ingrid dan ook daarin gelijk? Is het inderdaad zo, dat de kloof, die hen van elkaar scheidt, schier onoverbrugbaar is?
Hij trekt haar mee terug haar kamer in. 'Mattie? Toe, ga nog even zitten.' En haast in één adem erachteraan – of hij anders toch weer spijt zal krijgen, dat hij haar mening wil weten – zegt hij vlug: 'Wees eens eerlijk! Is het nog altijd zo, dat je met de gedachte rondloopt eenmaal in staat gesteld te worden, contact met de vader van je kind op te nemen?'
Alle kleur trekt uit haar gezicht weg. 'Kom je met die vraag, omdat het er nu dan dik inzit, dat ik door mijn baan als pedicure toch niet lang van huis weg zal kunnen?'
Opnieuw slikt Jan Oosterveen de beslist niet bepaald bemoedigende reactie op zijn woorden weg. 'Je bent immers nog veel te jong en te onervaren om zo'n lang niet gemakkelijke klus te ondernemen? Van mijzelf kun je het maar beter niet vergen. Moeder mag ik het helemáál niet aandoen wie weet hoelang van Michiel weg te zijn. Ik heb mijn gedachten al de kant van Johan uit laten gaan. Na het behalen van zijn kandidaats, mét of zonder succes, zoals hij beweert, wil hij met Anja en nog een jong echtpaar drie weken naar Noorwegen trekken. Voor twee ervan heeft oma Jensen hun beiden al een gastvrij onderdak aangeboden. Anja schijnt bijzonder geïnteresseerd te zijn in het Noorse naaldwerk en in de boeiende motieven, die ze erin weten te leggen. Johan zou meteen voor het bedrijf nog een paar opdrachten kunnen afwerken. Maar in zo'n drie weken vakantie móet er voor hem toch wel voldoende tijd overblijven om alle mogelijke informatie in te winnen. Johan is een rustige kerel, zal heus geen dwaze dingen overhoop halen.'
'Vader? Een eerlijke vraag! Je oppert dit alles toch niet, omdat je er een bepaalde bedoeling mee hebt? Omdat je bijvoorbeeld op die manier wie weet in de gelegenheid zult komen te verke-

ren ook een jou volkomen onbekende Sven Olsen je wil op te leggen? Sven is en blijft nog altijd de vader van mijn kind. Elk kind heeft recht op een vader. Het zal wie weet al niet meer zo heel lang duren of Sven junior zal uit zichzelf naar zíjn pappa gaan vragen. Iets, dat je gewoonweg niet kúnt tegenhouden. Dan wordt het ook tijd hem de volle waarheid te onthullen. Ik zal er nooit mee wachten tot hijzelf het zal zijn, die zijn vermoedens krijgt. In ieder geval niet riskeren dat mijn kind zelf zijn recht opeist zijn vader te ontmoeten en te leren kennen. Maar op dat moment moet je zelf wel alert zijn. Dan mag je je er niet afmaken met een of ander smoesje, dat zijn vader onbereikbaar voor hem is of dat je onmogelijk zijn adres te pakken kunt krijgen.'

'Denk er nog maar eens over na. Moeder heeft in zoverre gelijk, dat je pas kunt oordelen, als je de andere partij ook zijn gerede kans hebt gegeven zijn handelwijze te motiveren. Voorlopig is het toch nog wachten tot na Johans laatste tentamens.'

Als haar vader wat aarzelend van zijn stoel opstaat en op de kamerdeur toeloopt kan ze het nog net opbrengen om te zeggen: 'Dank je, vader! Ik hoor er dan nog wel van.'

Het volgende ogenblik houdt een voor het moment moegestreden Mattie haar handen voor haar gezicht, waarop tussen de vingers door de tranen hun weg vinden. Voor een deel op het opengeklapte blad van haar bureautje. Maar er blijven er ook nog een paar over om hun kringen te vormen op het pas verworven nieuwe lidmaatschap van de volleybalclub. Een lidmaatschap, waarin ze zo opeens helemaal geen zin meer heeft.

Is het, omdat ze al vanaf volgende week tot het legertje van werkende vrouwen zal behoren, die met pedicuren haar kost willen verdienen? Of dan toch het andere? Iets, dat ze voor het moment onder geen enkele noemer weet te brengen? Dat haar vader en zij elkaar weer voor een deel hervonden hebben? Dat er in de naaste toekomst wie weet toch weer een weg zal zijn, die ze gezamenlijk kunnen aflopen? Niet langer twee spoorzoekers, die er ieder voor zich hun eigen zin door willen drukken.

Eerder dan Mattie had kunnen verwachten heeft ze al zo'n twintig klanten ingeschreven staan. Heeft een vader, die haar bij tijden nog zo veraf voorkomt, er dan toch bij zijn personeel op aangedrongen, er opzettelijk ruchtbaarheid aan te geven, dat zijn dochter zich als pedicure heeft gevestigd? Of is het bij een deel van haar kersverse cliëntèle slechts een vorm van nieuwsgierigheid, om niet te zeggen een stukje sensatie om in het grote woonhuis van Jan Oosterveen door de dochter des huizes, over wie destijds zoveel geroddel de ronde heeft gedaan, bediend te worden?

Op de avond van de eerste dag, waarop ze toch nog slechts van zo'n vijftal mensen de pijnlijke voeten heeft behandeld, voelt ze zich geradbraakt. Niet dat haar rug haar parten speelt en dat het nieuwe stoeltje al direct aan bod moet komen, niet in het minst zelfs. Eerder speelt het vooruitzicht een rol, dat ze dit in de komende jaren vijf dagen per week zal moeten volhouden. Dat ze straks welhaast zeker nog een paar diploma's in de la van haar bureautje zal kunnen leggen. Diploma's, waaraan ze de eerste jaren nog weinig of niets zal hebben.

Ze haalt ze uit de la, legt ze op een rijtje vóór zich. Dan pikt ze er nijdig met de nagel van haar wijsvinger op. Het diploma typen, dat ze als eerste in de wacht had gesleept. Voor een pas gestarte pedicure van nul en gener waarde. Dat voor Nederlandse handelscorrespondentie! Zal ze dat bij dit werk ook ooit nodig hebben? Daarnaast dan nog het diploma voor dat in de Engelse taal. Eveneens waardeloos! Ja, misschien dan het vierde, dat de andere pas sedert een goede week gezelschap houdt.

'Ik móet het me gewoonweg iedere dag stevig aanpraten dat dit het enige is, dat me voorlopig op de weg naar zelfstandigheid verder kan helpen,' praat ze zichzelf voor. En als haar oog dan toevallig nog op het leuke kiekje van haar zoon valt – een foto, die Johan van hem heeft gemaakt – en de sprekende ogen haar als het ware toeknikken, gooit ze het stel diploma's met een resoluut gebaar terug in de la. Geen minuut later houdt ze de foto, die het in het sobere lijstje bijzonder goed doet, in bei haar handen. Ja, nu vragen de ogen van haar kind alweer iets anders. Of hij ermee zeggen wil: 'Nu kun je dan lekker ook dat paard op wieltjes voor me kopen, dat we samen al zo vaak hebben bekeken, maar waarvoor je nog steeds geen centjes had.' Haar downstemming is op slag omgeslagen. Ja, op die manier moet ze haar huidige beroep maar opvatten. Dat het haar met ingang van vandaag in staat zal stellen, haar kind af en toe eens extra blij te maken. Zoals ze dat ter ere van zijn nu snel naderende eerste verjaardag al doen wil met de aankoop van het zo felbegeerde speelgoedpaard. Het houdt op die manier bekeken meteen in dat ze wat haar vak betreft geen halfbakken werk mag leveren. Dat ze met elke klant, die ze op een of andere manier toch weer kwijt zou raken, in feite haar kind benadeelt.

'Jan? Zullen we aanstaande zaterdagmiddag samen ons verjaarscadeau voor onze kleinzoon gaan kopen?'
Ingrid wil Matties kind zo graag iets op mechanisch gebied geven. Natuurlijk wel zo in elkaar gezet, dat hij zich er op geen enkele manier aan zal kunnen bezeren.
'Kun je dat nu echt niet alleen af? Als je er een betrouwbare zaak voor uitzoekt kunnen ze je daar ook de nodige raad geven.'
Ingrid knikt. 'Ik weet het. Alleen, Jan, het is ons eerste verjaarscadeau aan ons eerste kleinkind. Toen het destijds nog om je eigen kroost ging wou je er bij de aankoop ervan wát graag in gekend worden. Trouwens? Jij moet er je portemonnee voor openmaken. Allicht dat je dan ook waar voor je geld wilt hebben.'
Zijn gezicht staat niet meer zo gespannen als zopas. 'Mijn vrouw kán even doordrammen, als ze haar zinnen op iets heeft gezet,' zegt hij, zijn stem al veel rustiger. 'Nu dan! Als ik eerlijk mijn mening mag geven? Ik vind het meer dan bespottelijk, dat een kind voor zijn eerste verjaardag zonodig al iets cadeau moet krijgen, dat hij vroeg of laat toch in de vernieling zal helpen, er wie weet zijn handjes ook nog flink aan bezeert. Geef hem liever

een of ander lappenbeest. Daarmee kan hij tenminste geen onheil aanrichten.'
Ingrid moet lachen of ze wil of niet. 'Omdat de aankoop van iets, dat ook nog bewegen kan, voor mij juist zo moeilijk is wil ik zo erg graag dat jij erbij zult zijn. Ik zou vast en zeker nét dat onderdeel over het hoofd zien, dat Sven met zijn vlugge vingertjes wél zou lospeuteren. Ze hebben tegenwoordig van dat leuke houten speelgoed, dat beweegbaar is. Van Mattie krijgt hij zijn paard op wielen. Ik had bijvoorbeeld aan een karretje, uitneembaar dan, gedacht, dat zijn paard zou kunnen voorttrekken.' En haar man de pas uit de bus gehaalde krant toeschuivend: 'Misschien valt daar wel iets in te vinden, dat je op een idee brengt. Mijn eigen keus zou voor een nog zo jong kind ook echt wel op iets anders zijn gevallen.'
Hij trekt de krant naar zich toe. 'Oké dan! Alleen... je denkt toch niet dat ik me door zo'n zogenaamde vliegende winkel zal laten verlakken? Het moet een gedegen zaak zijn.' En met een blik op de kalender tegenover zich aan de wand: 'Nog een kleine drie weken, dan zal onze jongste zijn eerste verjaardag vieren. We moeten zaterdag dan meteen maar iets extra moois voor hem op de kop tikken.' En met iets dwingends in zijn stem: 'Over wat Michiel van ons zal krijgen heb jij je gedachten toch ook al wel laten gaan, niet?'
'Allicht! Als ík er iets in te zeggen heb krijgt hij van mij zijn eerste kijkboek.'
'Een kijkboek? Zo'n sloom ding, waarop hij zijn fantasie niet kan uitleven?'
Ze lacht. 'Zeg liever: waarop hij zijn fantasie volóp kan uitleven. Heus Jan! Waar Sven nu al alle tekenen van een doe-kind vertoont, die zijn handjes het liefst aan het werk wil zetten, zo gaat Michiels liefde nog het meest uit naar iets rustigers, waaraan zijn ogen zich kunnen vergapen. Toe? Je herinnert je toch ons laatste kerstfeest nog wel? Sven, die de kerstboom nog het meest beschouwde als een ding, die je liefst zoveel mogelijk alle versieringen zou willen ontfutselen, het in je eigen handen voe-

125

len. Michiel daarentegen dronk zo intens het totaalbeeld ervan in. Ik weet niet goed hoe ik het zeggen moet. Niet om er zelf bezit van te nemen. Eerder als iets bespiegelends, dat hem door zijn schoonheid, zijn opvallend kleurenspel imponeerde. Zoals een ware kunstkenner op de bank tegenover een Rembrandt zou neervallen, het over zich zou laten komen als iets inspirerends, maar ook tegelijk als iets, waartegen je eigen kunnen nog lang niet opgewassen was, het wellicht nooit zou worden ook.'
Jan lacht weer een beetje op de oude manier, houdt dan zijn handen voor zijn oren. 'Vrouw, hou op alsjeblieft! Het lijkt er veel op of je een of andere oratie voor een kunstminnend publiek aan het afsteken bent. Je mag gerust je platenboek voor onze jongste kopen. Van mij moet het er dan maar iets anders uit de bus komen.'
'Zo'n lappen speelgoedbeest dus?'
'Plaag! Of ik onze Michiel met iets dergelijks zou opzadelen?'
Ingrids ogen stralen opeens zo'n blijheid uit, dat het de ander wel móet opvallen. Voor het eerst nadat hun dochter met haar droeve biecht voor de dag gekomen is, is er weer iets terug van de vroegere saamhorigheid. 'Mag ik je wat aan de hand doen?' valt ze hem in de rede. En zonder op het antwoord te wachten: 'Koop voor Michiel een stel leuke bootjes. Van die opblaasbare gevalletjes. Mooi om mee te spelen, als hij in zijn badje zit. Nog in de lijn van zijn vaders bedrijf ook.'
Haar voorstel valt blijkbaar in goede aarde. 'Slim bedacht van je! Neem die reclamekrant maar weg. We trekken zaterdag naar de duurste speelgoedwinkel, die Vlissingen te bieden heeft. Het moet al heel gek gaan, als onze Michiel dan niet aan zijn trekken zal komen.'

14

MATTIE HEEFT OP DE VERJAARDAG VAN HAAR KIND DE MIDDAG opzettelijk opengehouden. Nu het eenmaal zover is, nu Sven 's ochtends al vroeg zijn verjaarscadeautje heeft geïncasseerd, met zijn handjes zijn pas verworven paard omvat, al bijna direct is ingeslapen, ziet Mattie ineens als een berg tegen de komende middag op. Ze had nog zó gehoopt dat er een teken van leven van oma Jensen zou zijn gekomen, maar de brievenbus heeft dit keer zelfs geen prentbriefkaart opgeleverd.
Zo zit ze dan met de lange middag vóór zich. Haar moeder heeft voor lekkere koekjes gezorgd. Na het avondeten zal als dessert de verjaarstaart op tafel komen en mag Sven zijn eerste kaarsje uitblazen. Maar eer het zover is moeten er nog heel wat uurtjes verlopen.
Ja, wie zou Mattie in feite als verjaarsvisite voor haar kind kunnen verwachten? Johan heeft al aangekondigd dat ze op hem beslist niet hoeft te rekenen. Over twee dagen staat hem een belangrijk tentamen te wachten. Een tentamen, dat bepalend voor zijn kandidaats zal kunnen zijn. Steef is bij een vrindje genodigd, dat vandaag toevallig ook zijn verjaardag viert. De spiksplinternieuwe fiets, die Guus gekregen heeft, moet die middag uitbundig getest worden. Steef kent zijn vriend al wel zo goed, dat hij zeker weet dat hijzelf daarbij ook wel een paar keer aan de beurt zal komen. 'Maar met het eten ben ik alweer thuis,' doet het vooruitzicht van als dessert Svens feestelijke verjaarstaart hem toch nog beloven.
Bij de volleybalclub weet Mattie voor zover ze kan nagaan geen lid iets af van de dag, die voor haar zoveel deels dierbare, deels ook wrange herinneringen oproept.
O, ze moet er nog dankbaar voor zijn, dat moeder Ingrid alles in het werk heeft gesteld om er voor haar kleinzoon toch iets anders dan anders van te maken. De kleurige slingers aan zijn

versierde kinderstoel heeft haar kleinkind vanochtend al met gejuich begroet. Bij haar eigen jongste heeft ze iets dergelijks geconstateerd als dat met Kerst het geval was. Een paar grote ogen, die de kleurige guirlandes als het ware indrinken. Die er opnieuw zijn handjes niet naar uitsteekt, maar wel even – iets dat je je van een blijkbaar altijd hongerige Michiel slecht kunt indenken – zijn bordje pap er onaangeroerd voor laat staan en in wiens mondhoeken zich een stil lachje nestelt.

Ingrid doet al haar best haar dochter wat afleiding te bezorgen. Als Sven en Michiel er hun middagslaapje op hebben zitten, mogen ze zich een poos buiten de box vermaken. Sven kruipt al gauw op handen en voeten door de twee kamers, zijn paard, dan wel niet aldoor op de wieltjes staand, achter zich aanslepend. Michiel heeft zich op haar schoot genesteld, kijkt opnieuw in volle aandacht naar de kleurige slingers.

Tegen half vijf wordt er dan toch nog gebeld. Nu nog visite? Mattie heeft er geen idee van wie van haar schaarse kennissen zou kunnen weten dat ze vandaag de eerste verjaardag van haar kind viert.

Even later staat ze tegenover Freek Cramer. Freek, die spontaan zijn hand uitsteekt. 'Wel gefeliciteerd met de verjaardag van je zoon, Mattie. Hier! Pak jij zijn cadeau maar voor hem uit. Het zit met nietjes dicht. Ik zou niet graag op mijn geweten willen hebben dat hij er zijn vingertjes aan bezeerde.'

Ja, daar is dan toch nog de speelgoedbeer, die Jan Oosterveen zijn kleinzoon in eerste instantie had toegedacht. Wel van wat bescheidener omvang, maar door een eenjarige Sven toch met een gulle lach aanvaard. Hij heeft hem al stevig in zijn armpjes gekneld, kruipt op zijn bibs naar zijn pasverworven karretje en laat hem daarin vallen. Nog even een enthousiaste kruipronde om de grote middentafel heen, dan sleept hij zijn beer naar de box en laat hem over de rand duikelen.

Michiel, die tot nog toe op zijn ernstige manier heeft toegekeken, graait de nieuwe bewoner van de box naar zich toe, houdt die even later stevig omvat in bij zijn armpjes.

Mattie voelt zich door dit optreden van haar zoon tegenover de hartelijke geste van Freek echt een beetje opgelaten. 'Ga toch zitten, Freek!' zegt ze, in haar stem iets vergoelijkends. 'Leuk bedacht van je!' En als er niet direct een antwoord komt voegt ze er nog vlug aan toe: 'Het is echt niet zo, dat Sven niét blij met zijn beer is, hoor! Ik denk eerder dat hij Michiel ook wat van de pret wil gunnen. Het dier is bij mijn broertje in ieder geval in veilige handen. Moet je zien hoe behoedzaam hij ermee omgaat!'
'Overigens een aardigheid van de lui van de volleybalclub,' bekent hij eerlijk. Ze hebben er zowat allemaal aan bijgedragen, vonden unaniem dat ik er nog het meest voor in aanmerking kwam, hem je te brengen.'
'Reuze sportief van jullie! Vertel de andere lui maar vast dat ik volgende week op cano's zal trakteren. Van mijn eigen verdiende geld dan.'
'Zou Sven er werkelijk blij mee zijn? Hadden we toch wat anders moeten bedenken?'
'Nee hoor! Tot nog toe is het stel elkaar nog nooit in de haren gevlogen, als het om een stuk speelgoed ging.'
Freek is alweer opgestaan. 'Dan ga ik nu maar weer. Kan je zoon al handjes geven?'
Even aarzelt Mattie nog met haar antwoord. Dan zegt ze naar waarheid: 'Als hij erg druk met zijn spel is gunt hij er zich de tijd niet voor. Vandaag is het al helemaal een emotionele dag voor zo'n kind.'
'Mag ik het tóch proberen?'
Ze knikt. 'Ga je gang! Hij zal toch ééns moeten leren de mensen te bedanken, als hij een cadeautje van hen krijgt.'
Als Freek zich over Matties kind heenbuigt is Sven al tussen zijn benen door naar de verste hoek van de kamer gekropen. Of er in de wereld niets anders meer bestaat dan zijn pasverworven paard, zo druk is hij er ineens mee in de weer. Ja, als je niet beter wist zou je zeggen dat hij zich de aanwezigheid van Freek Cramer al niet eens meer bewust is.

Het ontgaat Mattie allerminst hoe Freek zich met zijn figuur verlegen voelt. 'Doe verder maar geen moeite,' zegt ze maar gauw. 'Hij moet de mensen wel echt goed kennen, eer hij vriendschap met hen sluit. Dat komt, hoop ik, nog wel.'
Freek slikt de teleurstelling dapper weg. 'Dat betekent dan dat ik hier in het vervolg wat vaker zal moeten binnenvallen, niet? Oké! Van mijn ouders ook nog hun felicitaties voor je jarige zoon. Nu dan maar tot ziens!'
'Tot ziens!' zegt ze vlak. 'Breng mijn dank maar vast aan de lui van de volleybalclub over.'

Net als ze die avond aan tafel zullen gaan rinkelt de telefoon. Mattie is onwillekeurig al opgesprongen. Dan toch nog iemand, die haar met de verjaardag van haar zoon wil feliciteren? De kleur stijgt in haar wangen omhoog, als ze direct de stem van haar grootmoeder uit Lillehammer te horen krijgt.
'Oma, wat leuk dat u nog belt!'
'Natuurlijk! Gefeliciteerd met Svens eerste verjaardag. Mijn achterkleinzoon! Alles goed bij jullie?'
'Gelukkig wel! Wilt u moeder ook nog even hebben?'
'Graag! Maar eerst moet er nog iets van mijn hart. Ik heb voor Sven en Michiel aan iemand, die toevallig naar Rotterdam moest, een pakje meegegeven. Hij zou het in Bolnes afgeven. Ik ben alleen een beetje bang, dat het net niet op tijd is aangekomen. Is dat zo?'
'Misschien dan morgen wel! Wat leuk! Ik ben reuze benieuwd.'
'Geen speelgoed, hoor! Ik denk dat die twee daar geen gebrek aan hebben. Wél voor beiden een gebreid pakje van zuivere wol. Lekker warm, als we straks de winter weer ingaan. Een rood en een blauw! Op de truitjes een paar Noorse motieven.'
'Zelf gebreid ook nog?'
'Dat spreekt vanzelf. Ik kan het gelukkig nog best aan. Mijn ogen laten me ook nog niet in de steek.'
'Geweldig oma! Tegen de tijd, dat het hier echt winter wordt zullen ze wie weet al hun eerste pasjes zetten. En zeker Sven zal

niet gauw meer in de box te houden zijn. Voorlopig doet hij het dan nog op zijn bibs of op handen en voeten... Maar hier is moeder. Ik bel direct terug, als uw verjaarscadeau aangekomen is.'

In de dagen, die op Svens verjaardag volgen, beijveren én Ingrid én haar dochter zich om de twee jongetjes aan het praten te krijgen. Ingrids drie andere kinderen hebben aan het eind van hun eerste levensjaar al af en toe mamma en pappa gezegd. Tenminste iets, dat erop leek, dat af en toe ook nog wel eens verkeerd uitpakte. Maar haar eigen jongste toont nog niet de minste neiging er zich voor in te spannen.
Mattie voelt wel waar de schoen wringt. Op haar manier probeert ze haar moeder te troosten. 'Sven maakt er immers ook nog totaal niets van. Op zijn manier kan hij zijn mondje behoorlijk roeren. Alleen ik versta er geen woord van. En er zich bewust voor inspannen? Hij peinst er niet over. De slimmerd heeft al lang door dat hij het zónder ook best kan laten merken als hij iets nodig heeft.
Michiel heeft nu eenmaal een veel berustender aard. Die zal later stellig tot een evenwichtig mensenkind uitgroeien.'
'Als er maar vast één van beiden begon! Meestal werkt het als een prikkel voor de ander om het ook te proberen. Kom! We geven de moed nog niet op. We hebben nog precies tien dagen de tijd.'
'Wat betekenen nu tien dagen? Ik zou er vader zo erg graag mee verrassen op de dag, waarop zijn jongste zijn eerste verjaardag zal vieren. Bij Sven is het tenminste al zo, dat je af en toe het woordje "mamma" uit zijn gebrabbel kunt opmaken.'
Mattie is het absoluut niet met haar moeder eens. 'Dat willen we onszelf immers veel te graag verbeelden? Bewust er mij mee begroeten, het líjkt er nog niet op.'

Komt moeder natuur beide ouders dan toch te hulp? Of moet je alleen maar van bloot toeval spreken?
Er is amper een week verlopen of Sven ziet dan toch kans, als

het tweetal eendrachtig in de box zit, omdat Ingrid en haar dochter elders aan het werk zijn, een voorwieltje van het onderstel van zijn paard los te wurmen. Gevolg: een venijnige snee in zijn wijsvingertje, waaruit het bloed druppel voor druppel op het kleed in de box valt. Sven zit eerst wat verwezen te kijken. Zijn oogjes gaan van zijn verminkte paard naar zijn vinger, die nu ook wel pijn gaat doen. Als hij dat eenmaal geconstateerd heeft is het voor hem nog altijd dé methode, het op een brullen te zetten.
Michiel is voor zijn doen vlug naar de rand van de box gekropen, trekt zich zo ver het hem lukt omhoog. Van zijn mondje zou je als het ware de letters één voor één kunnen aflezen zonder dat er nog iets van geluid te horen was. Niet lang! Alsof hij zich ervan heeft overtuigd dat hij het goed zal volbrengen is er ineens zijn vreemd donkere stem, die roept: 'Mamma! Mamma!'
Geen halve minuut later knielen twee bezorgde moeders bij de box neer. Mattie tilt er een totaal over zijn toeren zijnde Sven uit. 'Vinger omhoog!' zegt ze gebiedend. 'Mamma zal er gauw een verbandje om doen.'
Met een bepaald nog niet vriendelijke blik naar zijn geschonden paard laat Sven zich in de kinderstoel zetten, houdt wie weet wel van louter verbazing over het hem nog onbekende verschijnsel zijn handje dapper omhoog.
Intussen volgen de donkere ogen van Michiel alles wat Mattie onderneemt. Maar als zijn eigen moeder zich over hem buigt drukt hij zijn hoofd tegen haar aan, zegt dan nogmaals volslagen duidelijk: 'Mamma! Mamma!' En met zijn mollig knuistje op zijn neefje wijzend: 'Mamma! Wen!'
Ingrid tilt haar zoon uit de box, houdt hem nog even tegen zich aangedrukt. 'Stil maar, lieverd! Ben je dan zo geschrokken?' voegt ze er nog aan toe, als ze merkt hoe ontdaan haar jongste nog uit zijn ogen kijkt. 'Kom maar kijken! Svens vingertje is al lekker ingepakt. Jullie krijgen allebei een snoepje. Sven omdat hij al niet meer huilt en jij – even laat haar stem haar in de steek – omdat je me zo gauw geroepen hebt.'

Spontaan loopt Mattie op haar moeder toe, drukt haar een kus op haar voorhoofd.
'Wat heb ik je gezegd, moeder? Zo'n slimme Michiel! Die heeft rustig het moment afgewacht tot hij zelf overtuigd was, dat hij het aankon.'
Haar ogen vochtig kijkt Ingrid naar haar dochter op. 'Ik kan het echt niet helpen dat ik me zo aanstel, kind. Maar zelf begon ik langzamerhand ook een zekere angst te krijgen, dat er toch iets níet goed met onze jongste was. Vader zal helemaal hoteldebotel zijn.'
Mattie lacht. 'Ik kan het best begrijpen, hoor! Wie weet of we Michiel vóór zijn verjaardag nog niet zover krijgen, dat hij ook "pappa" kan zeggen?'
'Als dat eens waar zou zijn!' Dan met een warm knikje Matties kant uit: 'Niet leuk voor jou om zo erg te laten merken hoe allerverschrikkelijkst blij ik met name voor vader ben, dat het nu dan zíjn jongste is, die zijn kleinzoon nog de loef afsteekt.'
Een moedig knikje! 'Ik gun het jullie helemaal, moeder. Vader kan nu eenmaal niet van een zekere rivaliteit loskomen als het om de prestaties van de twee jongens gaat. Dit stuntje van Michiel is in ieder geval vast een pleister op de wonde. Je mág blij zijn, hoor! Je bent altijd een lieve, toegewijde moeder voor ons allemaal geweest. Daarnaast ook nog een grootmoeder voor mijn eigen kind, die Sven niet genoeg kan waarderen.'

15

Voorlopig doet Michiel het nog alleen met 'mamma' af, hoe Ingrid zich ook inspant om de 'm' in een 'p' veranderd te krijgen. Maar zijn vader kan op de verjaardag van zijn jongste toch met recht trots op hem zijn. Michiel heeft Matties kind er in luttele dagen dan toch toe gekregen, dat die nu ook met zijn 'mamma' voor de dag komt. Weliswaar allesbehalve duidelijk en bovendien nog te pas en te onpas. Mattie ziet, hoe ze er ook tegen vecht, beslist tegen Michiels verjaardag op. Ook dit keer heeft ze voor de middag geen afspraken genoteerd staan, maar diep in haar hart zou ze best willen dat ze er wél bezet door zou zijn geweest. In tegenstelling tot de schaarse visite, die de verjaardag van haar eigen kind had gekenmerkt, loopt nu op de middag de kamer flink vol, heeft de post 's ochtends ook al zijn vijf prentbriefkaarten voor een jarige Michiel afgeleverd. Johan en Anja zullen dit keer ook geen verstek laten gaan, al willen ze er de tijd toch niet afnemen om tot na het avondeten te blijven.

  Michiel zit als een vorst in zijn kinderstoel, is na zijn middagslaapje nu druk bezig zijn vijfde verjaarscadeau uit te pakken. Ingrid heeft er hem nog niet één keer mee hoeven helpen. Met een doodernstig gezichtje en zonder zich ook maar met iets te haasten krijgt hij er de verpakking af, laat die dan op zijn zekere manier over de zijkant van de kinderstoel op de vloer glijden. Met zijn onbewogen snuitje bekijkt hij wat er voor de dag komt van alle kanten, duwt het zijn moeder in handen. Op één uitzondering na dan! Het prentenboek met de forse platen laat hij, af en toe met zijn éne handje over de afbeelding van een poes aaiend, vooreerst niet los. Alsof hij met dit gebaar wil zeggen: 'Stop die andere dingen maar gerust weg. Voorlopig heb ik hier meer dan genoeg aan.' Zelfs het cadeautje, dat vader Jan met zoveel zorg had uitgezocht, is al direct dezelfde weg opgegaan.

Jan Oosterveen heeft het maar moeilijk kunnen verbijten. Heeft hij daarvoor zowat een uur door de grote speelgoedzaak rondgedwaald? Heeft hij om het nu dan met een zeker air de dédain door zijn jongste afgewezen te zien de prijzige blokkendoos verschalkt, waarmee je, mits je de blokken op de juiste manier aan elkaar past, zo'n zes verschillende schuiten kon laten ontstaan? Een schamper lachje glijdt over zijn gezicht, als hij nog even terugdenkt aan de lange speurtocht, die hij door de grote zaak had gemaakt. Ja, één moment had hijzelf de zin in zich voelen opkomen, de blokken in de juiste volgorde aan elkaar te schuiven om de afbeeldingen dan meteen met kennersblik op hun waarde als scheepsmodel te kunnen taxeren. Of ze ook aan de voorwaarden, die hij aan een zeewaardige schuit als norm stelde, voldeden.
School er in dit kind van hem dan ook al niets van een scheepsbouwer? Van een rasechte Oosterveen, die de liefde voor het water en alles wat je erop kon laten dobberen, als het ware in het bloed zat verwerkt?
Waarom was het dit keer opnieuw Ingrid geweest, die zo feilloos had aangevoeld waarmee ze hun nu éénjarige zoon nog het meeste plezier konden doen?
Haar goedbedoelde voorstel om zo'n stel plastic eendjes te kopen, waarmee hij in zijn badje zou kunnen spelen, hij had het als te ordinair speelgoed voor zijn jongste telg kort maar krachtig van de hand gewezen. Dit keer was het Mattie dan geweest, die ze én voor Michiel én voor Sven in de wacht had gesleept. Die ochtend was het voor beiden al een daverend succes gebleken. Sven had in zijn ongeduld en zijn wildheid zelfs al één ervan kapotgeknepen. Michiel daarentegen had ze één voor één op zijn beheerste manier achter elkaar laten drijven en zijn handjes hadden onmiddellijk ingegrepen, als een ervan een slippertje wilde maken.
Zijn dure verjaarscadeau was er ook in de middag nog niet aan te pas gekomen. Weliswaar had Sven er telkens met een scheef oog naar gekeken, maar Mattie had er hem tot nog toe van

kunnen weerhouden dat hij de doos onverhoeds in de wacht zou slepen.
Als het Ingrid opvalt hoe gespannen Mattie er die middag bij zit, hoe haar ogen zich zowat niet van haar eigen kind afhouden, bang als ze is, dat zijn grijpgrage vingertjes zich nog onverhoeds van datgene, wat voor zijn neefje op dit moment nog van nul en gener waarde lijkt te zijn, zullen meester maken, zegt ze vlug: 'Ik kan het verder best alleen af, Mattie. Ga jij met Sven nog maar even een frisse neus halen. Buiten proef je al zo echt de lente.'
Behalve het zoveel grotere aantal bezoekers is er als dessert ook de omvangrijker verjaarstaart met in het midden zijn forse kaars. Alleen... een kaars, die Michiel pas na lang aandringen uitblaast. Als hij daarbij een deel van de walm in neus en ogen krijgt kijkt hij zijn vader met zijn donkere kijkers aan. 'Pappa tout!' rolt het zó duidelijk van zijn lippen, dat de anderen er stuk voor stuk even stil van zijn.
Jan is de eerste, die tot leven komt. Zijn gezicht één lach tilt hij zijn zoon uit de kinderstoel, houdt hem vol trots in zijn armen. 'Jongens, hóren jullie dat? Michiel heeft "pappa" gezegd.' En zijn zoon nog eens extra knuffelend: 'Hijzelf is het, die voor het allermooiste verjaarsgeschenk zorgt. Ingrid, geef hem maar een extra groot stuk taart. Zo'n heerlijke knul toch! Er juist tot aan zijn verjaardag mee wachten om het hardop te zeggen! Als dát niet slim bedacht is!'
Ingrid probeert haar man een knikje van verstandhouding te geven, maar dit keer krijgt ze er geen respons op. Jan is ineens haast zó door het dolle heen, dat hij zijn stoel achteruit schuift en, zijn nu weer wat indolente zoon in zijn armen, een rondedans door de kamer maakt.
Vanuit de andere kinderstoel smeken een paar helderblauwe ogen of ze óók aan het dolle spel mee mogen doen. Maar voor Sven is er geen vader, die op zo'n manier aan zijn trots op zijn kind uiting kan geven. Alleen maar een moeder, die, haar gezicht gespannen, toekijkt. En een grootmoeder, die door haar

man onopgemerkt, op Svens bordje ook gauw een extra groot stuk taart deponeert.

Twee leden van het gezin Oosterveen kunnen die avond de slaap niet vatten. Naast een vrij vlot ingeslapen Ingrid, die oprecht blij is, dat alles zo goed is verlopen, is haar man er nog niet aan toe, de gedachten aan de voorbije dag los te laten.
Met één slag kan hij de zorgen wat zijn jongste betreft en die niemand hem helemaal uit het hoofd heeft kunnen praten, vergeten. Hun eigen jongste, die het dan toch wat pienterheid betreft zo glansrijk van Sven heeft gewonnen.
Zijn vrouw had Michiel dan toch beter doorzien dan dat het met hemzelf het geval was geweest. Had ze, toen stellig gekscherend, al niet eens beweerd dat het een goed voorteken was, dat het nakomertje maar niet ineens alles accepteerde? Dat hij er zijn gemak voor nam om iets wat hem interesseerde aan een grondig onderzoek te onderwerpen? Mocht Michiel dan wat eten betrof nog bijna niet te verzadigen zijn, in de dingen, die er in het leven werkelijk op aankwamen, zou hij zeker de juiste keuze weten te maken. Misschien dan later geen scheepswerf, maar wie weet een vooraanstaande plaats in het wetenschappelijk onderzoek. Als een kind van nu dan net een jaar al zo bewust een keus wist te doen móest het haast wel, dat hij in zijn volwassenheid geen flater zou slaan; wat inzicht en tact betrof zoveel anderen tot voorbeeld zou kunnen strekken.

In de kamer naast die van de twee jongens, waarin een hoogblond en een donker hoofdje al in diepe slaap zijn verzonken, huilt een voor het moment moegestreden Mattie haar kussen nat. Moeder Ingrid heeft nog even om de hoek van de kamerdeur gekeken, haar warm toegeknikt. 'Jij nu ook maar gauw je bed in, Mattie. Morgen loopt alles weer gewoon. Maar goed dat het niet alle dagen feest is.'
Mattie had zich goedgehouden. O, als moeder er in het afgelopen jaar eens níet was geweest! Moeder, die het aanvankelijk

ook allerminst onder stoelen of banken had gestoken, dat het haar zo diep had gegriefd, dat haar enige dochter haar toekomst op zo'n trieste, van weinig zelfrespect getuigende wijze had vergooid. Maar die ook wist te vergeven. Die het niet, zoals dat bij haar vader zo sterk het geval geweest was, in feite nog wel voor een deel was, haar misstap min of meer had aangevoeld als een boemerang voor zichzelf.

Moeder, die nog totaal onverwachts zelf een baby op de wereld had gezet, maar die nooit enig onderscheid had getoond in haar zorg en haar toegenegenheid voor beiden. Ingrid! Een moeder om trots op te zijn! Om haar op jouw beurt ook zoveel mogelijk te ontzien. Om haar, als ze maar wist hoe, nog eens de vader van haar kleinkind voor ogen te toveren. Een vader, zoals ze Sven nog altijd zo graag wilde zien. Sportief en blij met elke nieuwe dag, die je mocht beleven. Ja, die hij voor zijn naasten vaak ook tot iets bijzonders wist te maken.

Sven! Heel haar hart schreeuwt ineens om de vader van haar kind. Ze wil zijn armen om zich heen voelen. Ze wil hem, zijn eigen kind in zijn armen, tegen zich aandrukken. Ze zou, net zoals op deze gedenkwaardige dag haar vader het gedaan had, Sven om de tafel willen zien dansen, zijn zoon kraaiend van plezier in zijn armen gekneld. Sven, van wie ze nog steeds niet goed weet waarom hij haar zo bewust heeft verlaten. Ja, waarom hij er ook bij haarzelf zo op aandrong, hem zo gauw mogelijk uit haar gedachten te bannen. Die ze, als hij wie weet in moeilijkheden verkeerde, lichamelijk niet in orde zou zijn, het liefst morgen al zou willen nareizen om voor hem klaar te staan. Ja, hem wie weet weer gelukkig te kunnen maken met de boodschap, dat ze niet alleen zo erg naar hem verlangde, maar dat er daarenboven ook een hoogblond kind was, een echt kind van het noorden, dat het nog steeds zonder een vader moest stellen.

'Een kind, dat het nog steeds zonder een vader moest stellen.'
Zou dat dan werkelijk Svens voorland worden?
Nu de avonden alweer langer worden, nu Mattie dan ook haar

diploma steno bij de andere kan voegen, wil ze zich op de mooie dagen, die de komende maanden stellig te bieden hebben, graag wat meer aan haar kind wijden. Haar eenmansbedrijfje begint al aardig te lopen, maar na een behoorlijk drukke tijd begint ze, nu dan de vakanties in het zicht komen, toch al te merken dat er veel van haar klanten de benen hebben genomen. Voor half augustus heeft ze zich alweer voor twee cursussen laten inschrijven. Het werk, waarmee ze thans voor een deel haar kostje verdient, wil ze zichzelf staande houden, toch het liefst als een tijdelijk beroep zien. Als Sven eenmaal zover zal zijn, dat de deuren van de kleuterschool ook voor hem opengaan, móet het toch mogelijk zijn, een of andere part-time baan op een kantoor te veroveren.

Na de eerste weken, waarop Mattie zich nog altijd een 'outcast' voelde, is ze op de volleybalclub intussen weer een heel eind over haar downstemming heen. Het doet haar goed, zich zo'n avond per week lichamelijk eens hondsmoe te voelen. Het is net of je er het andere, datgene waarmee je diep in je hart nog altijd bezig bent, tijdelijk naar de achtergrond van je denken kunt drukken.

Ze speelt nu ook weer mee voor de komende herfstcompetitie, waarvoor Freek Cramer nu ook de eerste keer in aanmerking is gekomen. Nu hij daarnaast dan ook zijn rijbewijs heeft veroverd, het voor de zaak van zijn ouders een uitkomst betekent, dat er nu twee zijn, die mogen rijden, komt hij haar 's avonds nogal eens ophalen. 'Opdat je na zo'n oefenwedstrijd na een drukke dagtaak ook nog niet halfgebroken op de fiets naar huis zult hoeven trappen,' motiveert hij zijn opzet.

Mattie kan niet anders zeggen dan dat Freek zich een enthousiaste en sportieve teamgenoot toont. Daarnaast ook iemand, die aan een eenmaal gedane belofte niet gauw zal tornen. Hij zal ook geen keer overslaan om te informeren hoe kleine Sven het maakt. 'Als je je op een zaterdagmiddag vrij kunt maken, zouden we met hem erbij, al best een of ander tochtje kunnen versieren,' overvalt hij haar, als ze voor de deur van haar ouderlijk huis nog even napraten.

Nee! Dit gaat Mattie net iets te ver. 'Voor iets dergelijks zorgt mijn moeder wel, Freek. Michiel is dan vanzelfsprekend ook van de partij. We hebben aan die twee samen onze handen al vol. Michiel houdt zich zoals dat meestal het geval is, tamelijk rustig. Maar Sven kun je werkelijk geen moment uit het oog laten.'
'Is hij al zover, dat hij een beetje kan lopen?'
'Buiten maakt hij er nog niets van. In de kamer wel echt met vallen en opstaan. Maar kruipend of op handen en voeten gaat het hem nog altijd beter en sneller af.'
'Met praten heeft hij het zeker al verder gebracht?'
Ze knikt. Op onverklaarbare wijze heeft ze er ineens geen zin meer in, hem nog langer de gelegenheid te geven naar haar persoonlijk leven te informeren.
'Ik moet opschieten. Zó heb ik weer een klant,' zegt ze, aan het gesprek abrupt een einde makend. 'Tot de volgende week dan!'
Freek kruipt direct in zijn schulp. 'Tot volgende week dan, ja! In die tussentijd bel ik nog wel even.'

Die avond is Mattie over zichzelf allesbehalve tevreden. Waarom heeft ze Freek Cramer op een dergelijke manier afgesnauwd? Freek, die nooit te beroerd is om haar iets uit handen te nemen. Die het initiatief had genomen, haar kind voor zijn eerste verjaardag namens de volleybalclub een cadeautje aan te bieden? Wiens ouders je wel echt als huisvrienden van de hare kon beschouwen?
Waarom ook voelde ze zich direct kriebelig worden, toen hij uit louter belangstelling informeerde hoe Sven het er met zijn lopen, zijn praten afbracht? O, eerlijk gezegd weet ze het antwoord al wel. Omdat ze hem, als hij probeert haar op die manier te benaderen, alleen maar een oud wijf vindt. Maar ook, omdat haar kind haar het koopje levert, dat hij het gewoonweg vertikt, haar vader met 'opa' aan te spreken. Dat hij in navolging van Michiel hardnekkig 'pappa' blijft zeggen. Ja, dat hij het al één keer heeft gelapt zelfs Freek zo te begroeten.

Ze had de verbazing in haar moeders ogen gezien. Haar vader had er daarentegen en zo helemaal tegen zijn gewoonte in, alleen maar smakelijk om gelachen. 'Mijn kleinzoon mág je blijkbaar, Freek! Jij bent de eerste, die niet tot de naaste familie behoort, die hij met zijn "pappa" aanspreekt. Die hij die naam kennelijk ook graag toekent.'
Hoe Mattie ook peinst, ze kan niets bedenken, dat in het nadeel van Freek ten opzichte van haar kind of van haarzelf zou kunnen uitvallen. Als het waar is wat vader had beweerd, dat haar kind Freek inderdaad een goed hart toedroeg?... Nee! Ze wil er niet langer bij stilstaan. Je kunt, wie weet als je alles op alles zet, je leven een bepaalde kant uit dwingen. Maar voor een huwelijk tussen twee mensen komt meer kijken. Naast de nodige eerbied voor de levensstijl van de ander moet het ook op een behoorlijke portie liefde van weerskanten stoelen. Liefde, die op zijn tijd neemt, maar die in feite nog liever geeft. Maar die dan ook van twee kanten moet komen, wil de harmonie in je samengaan met de ander niet verstoord worden.

16

'KAN IK U DEZER DAGEN EVEN SPREKEN, MENEER OOSTERveen? Het liefst nog op het bedrijf in uw privé-kantoor?'
De stem van Freek Cramer! Jan Oosterveen herkent die onmiddellijk. Alleen... hij realiseert zich nog niet direct waarom Freek zo op privacy aandringt.
'Toch geen narigheid thuis? Geen zieken?'
'Dank u! Met ons gaat alles prima. Maar hééft u een kwartiertje voor me?'
'Heeft het zó'n haast?'
Een kennelijk wat nerveus lachje! 'Voor mijn gevoel wél, ja!'
'Kun je vanmiddag? Tegen vijven dan liefst?'
'Allicht! Ik zal u niet laten wachten.'

'Sigaret?' Jan Oosterveen houdt een tot en met gespannen Freek Cramer de zilveren sigarettendoos – cadeau van de zaak ter ere van zijn vijfentwintigjarig jubileum als vaste medewerker – met een uitnodigend gebaar voor.
'Dank u! Sedert kort rook ik niet meer.'
'Verbod van de dokter?'
'Gelukkig niet! Maar ik heb met de lui van de volleybalclub, die ook mee in de competitie spelen, een weddenschap lopen wie van ons allen het eerst voorgoed van het roken af is. Tot nog toe is het Mattie, die het 't langst heeft volgehouden, die nog niet voor ook maar één sigaretje zou bezwijken.'
'Dat allemaal terwille van zo'n partijtje volleybal toch niet? Ik geloof er niet dát van.'
'Stellig nog wel meer in het belang van haar kind.' En nu hij onverwachts bij datgene is beland, dat hem langzamerhand geen dag meer uit de gedachte is: 'Zeldzaam, zo plichtsgetrouw als Mattie is. Hoe serieus ze het ook neemt, een zo gezond mogelijke moeder voor haar kind te zijn. Ik heb een blinde be-

wondering voor haar. Om op zo jeugdige leeftijd al van een toekomst te moeten afzien, waarin haar leven wat meer plezier zou kunnen bieden. Ja, om in feite voor haar zoon én vader én moeder te moeten spelen.'

'Ben je alleen hier gekomen om me dàt te vertellen?'
De kleur wisselt op Freeks wangen. Zijn ogen glijden van het gezicht tegenover hem weg. Dan zegt hij, zijn stem niet helemaal vast: 'Misschien nog het meest, omdat ik haar in de naaste toekomst zo graag een ander, een meer onbezorgd leven zou willen bezorgen... Mag ik u eerst nog wat meer over mezelf vertellen? Iets, dat u hoogstwaarschijnlijk nog niet weet?'

'Ga je gang!'

'Ik ben sedert kort met mijn studie opgehouden. Niet dat die me niet lag. Alleen... er zit voor het moment zo weinig perspectief in. Met vaders zaak ligt dat gelukkig nog anders. Een kantoorboekhandel, met daarnaast een aanzienlijke omzet aan schoolboeken, aan ontspanningslectuur en vooral met een solide vakman, als mijn vader zich altijd heeft getoond, ontneem je niet zomaar zijn bestaansmogelijkheden...'

'Je wilt er met zoveel woorden mee zeggen dat je nu dan toch aan je vaders liefste wens gehoor hebt gegeven?'

'Inderdaad! Ik volg al trouw een cursus, die me het vakdiploma kan bezorgen; werk alle afdelingen van de zaak van de grond af aan af.'

'Eén vraag, Freek. Doe je dit alles uitsluitend terwille van je vader?'

Dit keer houden Freeks ogen het dwingende kijken van de ander dapper vol. 'Ten dele wel, ja!'

'Het andere deel? Heb je daar ook een plausibele reden voor?'

Freek moet even slikken. Dan zegt hij, tevergeefs proberend zijn stem enige vastheid te geven: 'Ik zou met dit besluit uw dochter ook een heel wat prettiger bestaan kunnen verschaffen dan ze het nu heeft. Ik mág Mattie. Haar kind toont nu al dat hij me straks best als vader zal willen accepteren. Ikzelf zal alleen de laatste zijn, haar mijn wil op te leggen. Het móet op die manier

wel, dat we samen een goed gezin zullen vormen. Mattie zal het goed bij me hebben. Ik zal ook nooit meer op het gebeurde terugkomen. Alleen... van haar verwacht ik dan ook dat zijzelf de ander voorgoed uit haar gedachten zal bannen.'
'Dacht je dat ik datzelfde óók niet wat graag zou willen? Alleen, Freek, een mens kan met zelfdiscipline heel wat bereiken. Of hij zijn hart kan dwingen zich voorgoed van de gedachten aan een ander af te sluiten, ik trek het sterk in twijfel.'
'Ik wil nog meer voor haar doen. Het spreekt vanzelf, dat ik Sven en ook onszelf graag een broertje of zusje gun. Maar in de eerste plaats wil ik Matties kind toch echten. Een jongen, die dan een naam zal krijgen, die in zijn latere leven geen vragen of gissingen meer kan opwerpen.'
Even is het stil, kun je de klok op het bureau horen tikken. Dan zegt Jan Oosterveen, in de toon van zijn stem iets, dat zo echt de zakenman verraadt: 'Ruim een jaar geleden zou ik wát graag in je schuitje zijn gestapt. Aan mijn vrouw heb ik het te danken, dat daar nog iets anders voor nodig is. Dat je de mening van een, al is Mattie dan nog niet meerderjarig, in veel dingen wel zodanig denkende en handelende dochter niet tot nul en gener waarde mag reduceren. Maar daarnaast – en dat bedoel ik met dat noemen van de naam van mijn vrouw – dat ikzelf nu ook vind dat je geen recht hebt op zo'n manier in het leven van je kind in te grijpen zonder dat je de ander gelegenheid hebt geboden, zíjn verklaring van het gebeurde te geven.'
'U heeft dat immers nooit gewild?'
'Díe slag is voor jou. Gelukkig maar, dat een mens op zijn tijd de moed kan opbrengen, zijn mening te wijzigen?'
'U wilt een onderzoek op gang brengen om de vader van Matties kind alsnog te achterhalen?'
'Zo ongeveer, ja! Ikzelf wil me er voorlopig niet in mengen. Maar ik zie nu zelf in dat mijn dochter nooit echt gelukkig zal worden, als dit "niet weten" altijd tussen haar en haar kind blijft staan. Johan heeft zich bereid verklaard dit van me over te nemen. Nu zijn meisje dan haar studie voorlopig heeft afge-

rond, al druk bezig is naar een haar passende baan te solliciteren, staat het helemaal vast, dat ze voor minstens drie weken naar Noorwegen zullen trekken. Op zijn kandidaats kunnen we óók al wel zeker rekenen. Nu hij in de toekomst mijn trouwe medewerker in het bedrijf zal worden krijgt hij voor mij ook een paar opdrachten mee; houdt daarnaast nog voldoende tijd over om én wat vakantie te houden én zijn nasporingen te beginnen. Het hoe ervan, dat laat ik volledig aan hem over.'
Freek voelt zijn gezicht verstrakken. 'Wat, als die nasporingen alsnog succes zullen hebben?'
'Een onnodige vraag! Wat ik zopas al even zei. Dan zal de ander zijn volledige kans krijgen, zijn woordje te doen. Zo wil ik het en niet anders.'
Wat onzeker staat Freek Cramer van zijn stoel op. 'Dan kan ik voorlopig wel inpakken dus?'
'Als laten we zeggen huwelijkskandidaat wél, ja! Niet als goede vriend, die mijn dochter graag met raad en daad wil bijstaan.'
'En als die nasporingen niet ten gunste van de ander uitpakken? Wat denkt u dan te doen?'
'Dat is voorlopig van later zorg. Wie weet of Mattie inmiddels dan al niet volwassen is? En zo niet, ik geloof dat we dan aan wat zijzelf wil, nooit zomaar voorbij mogen gaan.'
Nog houdt Freek vol. 'Maar... maar áls dat alles nu eens volkomen negatief zal uitvallen? Als zijzelf het zal zijn, die slechts een droom heeft gekoesterd, die totaal niet met de waarheid strookt?'
'Je bedoelt? Dat ik dan een goed woordje voor je moet doen?' En met even een begrijpend lachje: 'Noch mijn vrouw noch ik hebben ook maar íets tegen een zekere Freek Cramer. Alleen in hartszaken zal het toch altijd mijn dochter zijn, die het uiteindelijk zelf voor het zeggen heeft.' En de ander zijn hand reikend: 'Laat het je leven alsjeblieft niet beïnvloeden. Eén ding weet ik dan wel zeker. Onze dochter zal voor de vriendschap zonder franje van een ander mensenkind toch ook altijd dankbaar zijn. Laat dat je tot troost dienen.'

Jan Oosterveen heeft er nog één moment over gedacht, zijn dochter iets te vertellen over het gesprek, dat hij met Freek heeft gehad. Maar bedenkend hoe zijn vrouw destijds de wijze woorden had gesproken, die ze op het stadhuis in Vianen niet thuis had kunnen brengen en haar reactie erop, toen hij zich obstinaat voelde over wat Mattie hem had aangedaan, heeft hij toch besloten haar eerst nog te polsen.
Dit keer valt ze hem niet één keer in de rede. Integendeel! Als hij zijn beknopte biecht heeft gedaan valt ze hem spontaan om de hals. 'Nu de reis van Johan dan vaststaat, nu de kans er wie weet is, dat hij zijn nasporingen met succes bekroond zal zien, is het voor alle partijen beter de zaak nog even zo te laten. Johan heeft die jongeman tenslotte in het kamp meegemaakt. Ergens zal hij toch wel een of ander aanknopingspunt ontdekken. Ik hoop zó dat zijn zoeken en informeren succes zullen opleveren. Onze Mattie is in deze voor haar lang niet gemakkelijke tijd heel wat wereldwijzer geworden.'
'Dat kan ik niet ontkennen. En al zwijgen we er voorlopig dan nog over, ze hééft zonodig in Freek Cramer een betrouwbare vriend gekregen. Ook voor hem moeten we hopen dat er in de hele zaak klaarheid komt. Als het zo zal zijn, dat Svens vader het gebeurde als vergeten en vergeven wil beschouwen, als hij wie weet al wel getrouwd zou zijn, dan moeten wij er zijn om ons kind voorgoed over die episode heen te helpen. Dan mag Freek Cramer ook zijn eerlijke kans krijgen. Dan heeft Mattie de keus: met hem een huwelijk sluiten; misschien dan meer een verstandshuwelijk, of het aanvaarden, dat ze de opvoeding van haar kind zelf helemaal in handen moet nemen... Kom! Laten we maar niet op de tijd vooruitlopen. Johan zal zich stellig ook niet overhaasten.'

Een overgelukkige Johan is met Anja en een hun bevriend echtpaar afgereisd. Maar wie zou niet gelukkig zijn, als je na een tijd van hard zwoegen dan nu ook zo'n heerlijke vakantie tegemoet kon zien? Hun vrienden hebben de auto mee op de boot genomen. Het plan is om na een week samen getrokken te hebben, ieder huns weegs te gaan. De vrienden willen nog graag in de Telemark een huisje huren en Anja en hij zullen vanaf die dag de gasten van oma Jensen zijn.

Johans eerste werk is, als hun vrienden Anja en hem in Oslo hebben afgeleverd, om bij de ambassade mogelijke inlichtingen los te krijgen, die hem op het spoor van Sven Olsen zetten. Gezien zijn eigen sobere gegevens – waarom hadden ze twee jaar geleden in het studentenkamp geen secuurdere administratie gevoerd, zodat hij Svens adres had kunnen achterhalen? – beloven ze hem dat ze hun best voor hem zullen doen. Hij moet over drie dagen nog maar eens opbellen in de hoop, dat ze hem een paar waardevolle tips kunnen verschaffen.

Als ze het oma Jensen vertellen zegt die direct: 'Dan moesten jullie van hieruit morgen maar als eerste het Gudbrandsdal intrekken. Je zou nog het best een auto kunnen huren, er een lange dag van maken. Voor mij is het nog altijd het qua natuur mooiste dal hier in de buurt. De schrijver Björnson heeft er gewoond en Peer Gynt heeft er ook zijn stempel op achtergelaten.'

Het weer zit de volgende dag beslist mee. Er drijven wel enkele wolkjes hoog in de lucht, maar kans op regen of harde wind is er absoluut niet.

Oma Jensen heeft niet te veel gezegd. Beiden kijken hun ogen uit, besluiten de tocht met een nog wat rondkijken en een etentje in het drukke plaatsje Dombas. Het ligt al aan het eind van het dal, maar vormt toch nog het middelpunt van de streek, waar de inwoners van de omliggende boerderijen en gehuchten hun inkopen op allerlei gebied kunnen doen.

Anja heeft op het grappige marktplein al heel wat aardige souvenirs ontdekt. Nu eens geen kitsch, zoals je in zoveel andere toeristenoorden volop vindt. 'Zoek jij maar vast iets uit, dat een herinnering aan deze reis zal zijn,' moedigt Johan zijn meisje aan. 'Ik wil nog graag even naar het kerkje trekken. Dan wel geen Staafkerk, maar hij ligt daar zo idyllisch tussen het geboomte.'

Het kerkje is gauw bekeken, maar op het kerkhof valt voor Johan blijkbaar ook nog wel het een of ander te bewonderen. Al zouden het alleen maar de keurig onderhouden grafstenen zijn, waartussen de smalle paadjes er zo goed verzorgd bij liggen. Zonder de namen op de stenen bewust in zich op te nemen staat hij nu toch even stil bij iets, dat meer op een familiegraf lijkt. Bloemen zijn er niet op te vinden, maar het is wel zó goed onderhouden, dat het je toch opvallen móet.

Hij bukt zich voorover, leest dan het opschrift op de kleinste steen, die door zijn nieuwheid direct opvalt. Het volgende ogenblik is hij er al bij neergeknield, verslindt de voor hem nog niet zo vlotte tekst. Maar zoveel kent hij toch wel van de taal van zijn moeder, dat hij het grafschrift kan ontcijferen. De naam al! Ilse Bode, echtgenote van Sven Olsen. Dan de geboortedatum en die, waarop ze overleden is.

Hij staat op. Laat hij zijn positieven alsjeblieft bij elkaar houden. Noorwegen krioelt van de Olsens en de Jensens. Net zoals dat in zijn eigen geboorteland met 'De Vries' en 'Van den Berg' het geval is. Maar het ís misschien ook het eerste herkenningsteken en hij mag het in geen geval verwaarlozen.

Als hij de man, die hier blijkbaar als hovenier werkt, ziet aankomen loopt hij snel naar hem toe, klampt hem in zijn beste Engels, vermengd met de nodige woorden Noors aan. Of de man iets afweet van de jonge vrouw, die na zo'n kort huwelijksleven door een of andere oorzaak al de dood heeft gevonden?

Over het gezicht van de ander legt zich een diepe grijns. 'U bent hier niet uit de streek, wel? Iedere Noor in wijde omtrek heeft haar gekend. Misschien nog beter haar vader.'

'De echtgenoot? Is dáár dan niets van bekend?'

'Minder, maar óók nog heel wat. Alleen kort na haar dood is hij voorgoed verdwenen. Waarheen? Daar weet niemand hier ook maar iets van. Alleen haar vader. Die móet het haast wel weten.'

'Dus die leeft nog?'

'Niet beter te weten dan ja. Bent u door het Gudbrandsdal gere-

den? Zo ja, dan moet u de weg wel gezien hebben, die naar boven naar Rondablick leidt. U kunt er met de auto komen. Het is de moeite waard. Vergezichten, die je niet meer loslaten.'
Johan valt de ander in de rede. 'En daar woont haar vader, zegt u?' En de ander vorsend aankijkend: 'Zou ik hem te spreken kunnen krijgen?'
Een onzeker schouderophalen! 'Na de dood van zijn dochter een zonderling. We zien hem zelden of nooit meer in het dal. Vroeger woonde hij in Trondheim. Een van de rijksten daar. Het hele ertsvervoer uit de streek liep zowat over hem. Een man, die in geld dacht en die het bij wijze van spreken tussen de straatstenen zag liggen. Hij had nog een schroothandel ook. Later is hij naar Dombas verhuisd. Een groot deel van de winkelpanden hebben we aan hem te danken... Meer weet ik ook niet. U zoudt het allicht kunnen proberen, hem te spreken te krijgen.'
'Heeft hij telefoon?'
'Dat zal wel. Hij drijft daar iets van een berghotel. Alleen... ik zou hem niet opbellen. Beter kunt u erheen trekken. Desnoods om een paar dagen onderdak vragen. Aan het landschap zult u zich in ieder geval absoluut niet bekocht voelen.'
Johan weet voor het moment genoeg. Hij haast zich naar het marktplein, waar Anja net haar laatste cadeautje laat inpakken. 'Kom mee, Anja,' zegt hij, voor zijn doen knap opgewonden. 'Ginds die bank! We zitten er rustig. Ik heb nieuws. Naar ik hoop zelfs groot nieuws.'
Ze kijkt hem verwonderd aan. 'Je bent er helemaal van over je toeren,' zegt ze dan. En met een lachje: 'De Noorse trollen hebben je toch niet beïnvloed, hoop ik?'
'Misschien wél! Alleen, ik hoop het niet. Wél heb ik een ontdekking gedaan, die wie weet de weg naar het adres van Sven Olsen baant.' Dan vertelt hij haar, in het kort van zijn toevallige ontdekking van het familiegraf en van zijn gesprek met de man, die dit kerkhof zo prima in orde houdt. 'Anja! Als je het niet erg vindt wil ik morgen al naar dat Rondablick trekken. Als je mee

wilt, ik vind het best. Alleen... reken er dan niet te veel op, dat ik de hele dag trouw aan je zijde blijf. Als ik daarboven houvast kan krijgen, als ik werkelijk zo'n boffer zou zijn, dat ik die vader van dat meisje aan het praten kan krijgen, dan bestaat er voor mij geen plan meer om nog vóór donker de terugweg te aanvaarden. Niet erg! Volgens die tuinman is er boven iets van een berghut. In ieder geval een onderdak voor toeristen. Nu maar te hopen, dat ik die vader thuis tref. En... dat ik hem daarna ook nog aan het praten weet te krijgen.'
Ze houdt haar hoofd tegen het zijne. 'Je bent al net zo bezeten als toen je dat laatste examen voor de boeg had. Ga jij morgen maar lekker alleen. Oma Jensen wil mij zo graag de naaste omgeving van Lillehammer laten zien. Ze zou me ook mee naar een zaak nemen, waar je de mooiste Noorse handwerkpatronen kunt kopen. Een kolfje naar mijn hand! Als ik die straks in Nederland zou kunnen importeren! Ik zie me over zoveel tijd misschien al mijn eigen boetiekje runnen. Als dat in de buurt van Delft zou willen lukken hoeven we ook nog niet zo'n paar jaar met trouwen te wachten.'
Nu moet hij haar toch wel even naar zich toetrekken. 'Vader zal zijn bezwaren wel weer hebben. Maar als ik naast mijn studie nu ook nog wat kan bijverdienen met hulp aan eerstejaarsstudenten leven we in feite heel wat goedkoper dan zoals op het moment, nu we ieder voor zich een eigen huishoudinkje moeten runnen.'

17

Als Johan bij de receptie is beland staat een keurig in lichtblauw uniform gestoken juffertje hem te woord. Opnieuw iets, waarover hij zich moet verbazen. De man op het kerkhof in Dombas had het over een soort blokhut gehad. Een ding, waar men in geval van nood of als men zo goed als geen eisen aan enig comfort stelde, het best mee wilde doen. In plaats daarvan ziet hij een enorm groot hotel voor zich, dat weliswaar in echt Noorse stijl als een veredelde blokhut is opgetrokken, maar dat ruw geschat stellig ruimte aan zo'n zestig mensen biedt. In het midden twee verdiepingen hoog, in de beide zijvleugels, die de indruk van een motel wekken, slechts kamers gelijkvloers. Om het hele, stoere gebouw heen balkons, vanwaaruit je een overweldigend uitzicht over de wijde omtrek hebt. De naam 'Rondablick' is er wel zó goed voor gekozen, dat je het geheel al geen andere naam zou willen geven. Hoewel het terrein beslist heuvelachtig is wordt wat het uitzicht betreft aan je ogen toch nergens een halt toegeroepen. Of het moesten de weinige, verspreid opgesteld staande boerderijen zijn met hun lapje groen, waarop de zwart-wit gespikkelde koeien rustig grazen.
Een stukje paradijs, schiet het door Johan heen. Wie hier mag wonen, mag je met recht een gelukkig mens noemen.
Hij zou nog best wat langer hebben willen rondkijken. En ook lokken de grappige smalle bergpaadjes, die naar de verschillende bedoeninkjes voeren of zich zo maar voortkronkelen naar de plaatsen, waar de zon zich spiegelt in de helderblauwe vennetjes. Maar zaken gaan voor het meisje. Daarom stapt hij resoluut op de receptie toe, vraagt of hij de directeur – van zoiets moois spreek je niet van de baas – even kan spreken.
'U wilt hier een kamer bespreken?' informeert het frisse ding.
'Voorlopig niet, nee! Wél zou ik degene, die dit hotel runt,

graag persoonlijk willen spreken.'
Ze knikt begrijpend, maar dan trekt er ook even een lachje over haar gezicht. 'Meneer Bode is ginds aan het hout hakken. Schrikt u er maar niet van hoe hij eruit ziet. De gasten, die hier vaker terugkomen, kennen hem al niet anders.'
Een bruinverbrand gezicht! Een sterk grijzende bos haar erboven. Ogen, die je aankijken of ze eerst van heel ver terug moeten komen. Een wat verbeten mond, maar die je in correct Engels naar je wensen vraagt.
'Johan Oosterveen!' stelt Matties broer zich voor. En er meteen overheen: 'Kunt u even tijd voor me vrijmaken? Ik zou graag wat inlichtingen van u willen krijgen. Ik heb u daarna nog wat te vertellen ook.'
'Ga zitten!' En op de dikke boomstam wijzend: 'Hier, een doek. Je kunt nooit weten of er ergens nog hars aan zit.'
Het ook van dit punt imponerende uitzicht moet Johan over zijn verlegenheid heen helpen. Een begin vinden is altijd moeilijk, maar nu het over iets gaat, dat voor beiden schokkend zal kunnen zijn, moet je helemáál omzichtig te werk gaan.
'Ik kom uit Nederland,' begint hij nog wat aarzelend.
Heel even iets van een lach op het blozende gezicht tegenover zich. 'Dat meende ik al te horen. Ik krijg hier nogal wat van uw landgenoten. Ze houden van onze bergen. Alleen... ik geloof wel dat het voornamelijk de fijnproevers zijn.'
Eén moment blijft het stil. Een stilte, die je haast lijfelijk om je heen voelt. Alleen heel ver weg is er nog iets van het koegebengel hoorbaar. Een teken, dat het leven ook op deze dag gewoon doorgaat.
'U wilt iets over de streek hier weten?' vist de ander. 'Ik zie aan uw gezicht dat dit alles wel indruk op u heeft gemaakt.'
'Dat doet het ook. Alleen... om eerlijk te zijn: ik kwam om een heel andere reden naar boven. Ik was gisteren op het kerkhof in Dombas. De rust en de ordelijkheid van het kleine kerkhof troffen me. Maar daarnaast bijna ook direct het opschrift op de grafsteen van uw dochter. Niet alleen, omdat het om iemand

ging, die zo kort na haar huwelijk haar echtgenoot heeft moeten achterlaten. Meer nog – ik wil volkomen eerlijk zijn – omdat die echtgenoot Sven Olsen heet. Mag ik er meteen mijn vraag aan toevoegen? Kent u het adres van degene, die toch uw schoonzoon is?'
Over het zopas nog zo gebruinde gezicht heeft zich opeens een sluier gelegd. In zijn ogen is een harde trek gekomen. Of die zeggen willen: wat gaat jóu dat aan? Waarom kom je speciaal naar hier om me op die manier aan de vroege dood van mijn enig kind te herinneren? Een kind, van wie ik zo zielsveel gehouden heb? Dat ik nooit zal kunnen vergeten, maar van wie ik het absoluut niet op prijs stel, misschien uit louter nieuwsgierigheid nog aan haar herinnerd te worden.
'Waarom wilt u dat weten?'
'Omdat ik hem ken. Dan wel oppervlakkig, maar ik heb hem toch zo'n drie weken meegemaakt. Klopt het, dat hij twee jaar geleden in een studentenkamp op Vlieland, een van onze noordelijke eilanden, heeft doorgebracht?'
Slechts een knikje. Dan de voor Johan wel vreemde vraag: 'Kan ik ervan op aan, dat u niet naar hier bent gekomen om voor een of ander tijdschrift kopij te slaan uit datgene, wat mijn leven sedertdien eigenlijk zinloos heeft gemaakt?'
Johan moet lachen of hij wil of niet. 'Voorlopig ben ik nog student in Delft; hoop het in de toekomst tot ingenieur te brengen. Momenteel logeer ik met mijn aanstaande vrouw in Lillehammer bij mijn grootmoeder. Mijn moeder is Noorse. Ze heeft ons de liefde voor haar geboorteland bijgebracht.'
Opnieuw valt de stilte. De zon brandt, doet de vermoeidstaande ogen van Olaf Bode knipperen. Hij staat op, loopt een paar passen heen en weer. Dan met iets gebiedends in zijn stem: 'Loopt u met me mee! Om deze tijd van de dag ben ik gewend op mijn eigen kantoortje wat te drinken. Ik geloof dat ik u kan vertrouwen. Eindelijk misschien een mens, die naar me luisteren wil. Die van mijn levensgeschiedenis ook wat zal begrijpen.'
In zijn bescheiden kantoortje is het direct of de ander zich ze-

kerder voelt. Nadat hij Johan een glas wijn heeft ingeschonken, hem het schaaltje versnaperingen heeft toegeschoven, begint hij zijn verhaal. 'U hebt de tijd om ernaar te luisteren?' vraagt hij nog vlug. Johan knikt. 'Ik ben speciaal zo vroeg mogelijk hier gekomen. Ik heb de hele dag voor me.' 'Dan begin ik. Eén verzoek nog! Wilt u mij zo min mogelijk onderbreken?' Johan knikt. 'Ik zal er mijn best voor doen.' 'En ik zal u niet met details lastig vallen.' En zijn ogen op het portret van zijn dochter gericht begint hij: 'Ik kom oorspronkelijk uit Trondheim. Het ging me daar voor de wind. Ja, ik mag wel zeggen dat ik daar financieel bezien mijn beste tijd heb gehad. Ik mocht er de familie Olsen tot mijn beste vrienden rekenen. De vader van de Sven waarschijnlijk, over wie u het heeft gehad. Een prima gezin! Twee dochters en één zoon. Dan nog een dochter uit het eerste huwelijk van zijn vrouw. Zij voelden er zich minder thuis dan het met mij het geval was. Toen ze eenmaal het Gudbrandsdal hadden leren kennen waren ze al half verloren. Zijn vrouw kwam uit de horeca-sector. Toen het toerisme nu ook van buitenlanders zich meer en meer op deze streek begon te richten, bouwde hij zijn blokhut op de plek, waar mijn onderdak nu staat. Ik ben altijd een echte geldwolf geweest. De oude Olsen eerder het tegendeel. Ze hádden hier boven hun bestaan, meer ook niet. Maar ze waren er gelukkig... Tot die noodlottige brand het spul in de as legde, het gezin in feite brodeloos maakte. Maar nog erger. Vader Olsen overleed haast tegelijk met zijn vrouw en zijn twee dochters aan de opgedane verwondingen. Sven en zijn stiefzuster hadden het geluk bij toeval niet thuis te zijn, maar bleven wel berooid achter. Intussen was ikzelf na de dood van mijn vrouw naar Dombas verhuisd. Mijn enige dochter was toen al niet gezond. In het toen nog stille Dombas zou ze de rust vinden, die een stad als Trondheim haar niet kon geven. Ik had er meteen een nieuwe taak gevonden: het kleine plaatsje, maar dat wel gunstig aan het eind van het dal was gelegen, een flinke injectie geven, zodat het kon uitgroeien tot wat het nu was. Uit dankbaarheid voor wat mijn vriend Olsen altijd voor me was geweest maakte ik het zijn zoon mogelijk te gaan studeren. Even had ik nog hoop, dat ik in hem mijn opvolger zou kunnen vinden. Maar de liefde voor al wat groeide had zich al helemaal van hem meester gemaakt.' Even houdt de wat monotone stem in. Of de bezitter ervan nieuwe kracht moet opdoen, nu hij dan blijkbaar aan het moeilijkste gedeelte van zijn verhaal komt.

Het volgende ogenblik heeft hij zich hersteld, gaat, zijn stem nu weer rustig verder: 'Ilse en Sven kenden elkaar goed. Ilse was helemaal weg van hem. Zo ziek als ze was fleurde ze op, als ze wist dat hij langs zou komen. Een zware hartoperatie mocht niet baten. Voor het oog leek ze beter dan ooit, maar ik alleen wist dat bij wijze van spreken haar dagen geteld waren. Toen was het of de duivel het me ingaf. Als tegenprestatie voor het feit, dat ik Svens verdere studie zou bekostigen, dwong ik hem min of meer te beloven dat hij met Ilse zou trouwen. Van eventuele kinderen zou geen sprake zijn. Na Ilses overlijden zou hij mijn erfgenaam worden.' Dan zijn schouders ophalend: 'Ik kan er vaak nog niet uitkomen. Aan de éne kant ben ik o, zo dankbaar, dat Ilse haar drie sprookjesmaanden gehad heeft. Ik had Rondablick weer laten opbouwen. In dezelfde stijl, alleen met veel meer mogelijkheden voor een groeiend toerisme. Ilse mocht er zo graag zijn. Sven en zij hebben er ook die paar maanden gewoond. Ik kan niet anders zeggen dan dat Sven al haar wensen heeft trachten te vervullen. Ik had haar schuw verwend. Door haar ziekte, die haar toch al zoveel ontzegde, kon ze vaak veeleisend zijn. Zó zelfs, dat Sven er zijn studie voor afgebroken heeft. De laatste weken voor haar dood is hij zo goed als niet van haar bed geweken...'
'Mag ik iets vragen?' En zonder op de toestemming te wachten: 'Hield hij echt zielsveel van uw dochter?'
'Ik heb het me destijds wel verbeeld, ja. Nu alles wat bezonken is moet ik eerlijk zeggen dat zelfs voor mij iets dergelijks niet kán

bestaan. Ze waren goede vrienden. Hij als door- en doorgezonde kerel had zielsmedelijden met haar, heeft alles in het werk gesteld om haar leven nog wat draaglijk te maken. Alleen... het maakte ook van hem een zo heel ander mens. Er bleef niet veel over van zijn aangeboren levensblijheid en ondernemingslust. Na haar dood is hij min of meer met een kwaje kop weggelopen. Hij weigerde ten enenmale het geld, dat hem na Ilses dood rechtens toe zou komen te aanvaarden. Hij was nog altijd mans genoeg om zelf zijn kostje op te scharrelen. Hij miste de eerzucht, die mijzelf wie weet wel noodlottig is geworden...'
Johan houdt het niet langer uit alleen maar toe te luisteren. Zoveel vragen wellen er in zijn hart op en hij ziet ineens zoveel mogelijkheden, dat hij de ander wel in de rede vallen móet.
'Hij zou op dit moment voor die erfenis wel een bestemming weten.'
'U bedoelt?' En ineens toch weer op zijn hoede: 'Een of ander natuurfonds? Er de derde wereld gelukkig mee maken?'
'Dat misschien ook nog, ja. Alleen... ik zoek het veel dichter bij huis.'
'Zegt u het alstublieft. Ik hóud nog altijd van de jongen. Ik zal er hem tot aan mijn dood dankbaar voor blijven, dat hij mijn kind de laatste maanden zo tot steun is geweest. Waarom moet hij ook zo trots, zo koppig zijn om er stiekem tussenuit te knijpen?'
Johan haalt zijn schouders op. 'Ik kan naar zijn motieven alleen maar raden.'
'En wat bedoelt u met die zo heel andere bestemming van het geld, waarop hij straks recht heeft?'
Nu is het Johan, die even een paar slokjes moet drinken, omdat zijn tong als leer in zijn mond ligt. 'Schrikt u niet, meneer Bode. Omdat Sven – en het is nu wel zeker dat we een- en dezelfde persoon op het oog hebben – een kind heeft. Een kind van anderhalf jaar. Een jongen. Om kort te zijn: een kind van hem en mijn enige zuster.'
De reactie, die Johan na zijn bekentenis zo stellig had verwacht,

blijft volledig uit. In plaats daarvan een opgewonden stem. Een man, die van zijn stoel is opgesprongen. Die nu, zijn stem overslaand van emotie, zegt: 'Ik zou dan tóch een kleinkind hebben. O, zegt u gauw of het u bekend is of Sven dan toch weer hertrouwd is.'
Meneer Bode moet wel danig overstuur zijn, dat hij een dergelijke vraag kan stellen, schiet het door Johan heen. Nu de ander de zaken blijkbaar niet meer goed op een rijtje weet te zetten voelt hij zijn eigen zekerheid terugkeren.
'Mag ik nu even mÍjn verhaal aan u kwijt?' dringt hij aan. En op een wat verwezen blik van de ander zijn kant uit: 'De zaak zit wel even anders. Het kind, dat Sven als vader heeft, is als ik het grafschrift goed heb gelezen, pas na de dood van uw dochter geboren. Om precies te zijn eind april. Om nog duidelijker te zijn: mijn zusje en Sven hebben elkaar voor het eerst van hun leven in het studentenkamp ontmoet. Het was liefde – dat woord voor mijn ouders dan wel tussen aanhalingstekens – op het eerste gezicht. Dat de gevolgen van die vriendschap niet uit zouden blijven, dat ervoor Mattie pas, toen ze allang weer van vakantie terug was. Ze heeft het er allerverschrikkelijkst moeilijk mee gehad. Sven was nog onverwacht zonder afscheid van haar te nemen al een dag tevoren afgereisd. Mattie moest het slechts met een brief van hem doen, waarin het erop neer kwam, dat ze die vriendschap slechts als een vakantie-avontuur moest beschouwen. Dat hij in zijn eigen geboorteland aan bepaalde verplichtingen vastzat, waaraan hij zich onmogelijk kon onttrekken...'
'Daar bedoelde hij mijn dochter natuurlijk mee. Ik hád hem inderdaad zover gekregen, dat hij op mijn voorstel mijn enig kind de laatste jaren van haar leven tot de zijne te maken, was ingegaan. Ik begrijp de moeilijkheden, waarin Sven uw familie heeft gebracht. Maar de grootste schuld aan alles, wat er gebeurd is, draag alleen ikzelf. Ik had moeten begrijpen dat ik een sterke boy als Sven nooit had mogen opzadelen met min of meer de eis, dat ik hem in ruil voor alles, wat ik voor hem heb gedaan,

tot een huwelijk met mijn kind mocht pressen. Nu ik het achteraf nuchterder kan bekijken, was het je reinste chantage... Mag ik vragen? Heeft uw zuster nog een andere vader voor haar kind gevonden?'
'Mattie? Een ander trouwen om op die manier geborgen te zijn? U kent haar niet, vandaar uw vraag. Maar voor háár is er maar een man, naar wie haar hart nog steeds uitgaat... Inderdaad is er een kaper op de kust. Een prima knaap, alleen geen man, zoals mijn zuster die ooit zou wensen.'
'Uw ouders misschien wél?'
De directe vraag van de ander moet Johan even verwerken. Dan zegt hij voorzichtig: 'Als Sven er inderdaad niet meer zou zijn, als hij zich in die tijd al aan een ander gebonden had, die voor hem dé grote liefde betekende, ja, dan zou ik niet weten hoe het er in de toekomst uit zou zien. Mijn vader heeft er gelukkig in toegestemd, dat hij Mattie en Sven de kans moet geven, met zíjn verklaring van zijn toch wel vreemd gedrag voor de dag te komen. Intussen heeft mijn zuster niet stilgezeten, heeft het éne diploma na het andere behaald. Tot aan haar éénentwintigste houdt vader haar nog thuis. Daarna zal zijzelf het wel zijn, die op eigen kracht voor haar kind zal willen zorgen.'
'Nog een vraag! Wie heeft de naam Sven voor haar kind bedacht?'
'Dat kunt u wel raden. Zijzelf natuurlijk! Daarbij komt nog dat mijn grootvader ook zo heette, mijn moeder van Noorse afkomst is, ons van jongsaf zoveel van haar geboorteland heeft verteld. Dat mijn vader, eigenaar van twee scheepswerven, voor zijn houtaankoop geregeld naar Noorwegen moet, in dit land ook al heel wat contacten heeft gelegd. Momenteel logeer ikzelf met mijn toekomstige vrouw bij mijn grootmoeder in Lillehammer. Dat we op onze tocht door het Gudbrandsdal nog even in Dombas halt hielden om inkopen te doen, ik kan er niet dankbaar genoeg voor zijn. Ik had niet durven denken dat dit mij al zo gauw het eerste contact met Sven zou opleveren. Zegt u eens eerlijk! Heeft hij nadat hij hier weggetrokken is,

nooit meer taal of teken van zich laten horen?'
'Helaas niet, nee! Hij is met een dolle kop weggelopen. Wat u van hem vertelde van zijn onverwacht vertrek uit dat kamp, zoiets ligt helemaal in zijn lijn. Met uw zuster heeft hij dan gemeen dat hijzelf het wil zijn, die zijn leven op eigen kracht weer wil opbouwen.' Dan zijn hand aan zijn voorhoofd: 'Eén ding herinner ik me nog van hem. Hij moest nog drie maanden stage lopen. Hij had zelf de keus, waar hij dat zou doen. Eén keer is de naam Brazilië gevallen...' Dan zichzelf in de rede vallend: 'Meneer Oosterveen? Toe! Gunt u mij een verder naspeuren van zijn verblijfplaats. Ik heb altijd een neus gehad voor het opsporen van schijnbaar onbelangrijke zaken, maar die zich later juist als heel belangrijk bewezen hebben. Ik heb er een deel van mijn rijkdom aan te danken. Toen Ilse nog leefde had het voor mij een doel. Nu in feite dan niet meer. Of het moest zijn, dat ik er later het kind van Sven gelukkig mee zou kunnen maken. Nooit als na dit gesprek heb ik zo diep gevoeld hoe fout ik jegens de zoon van mijn beste vriend ben geweest. Ik ben nog sterk. Ik ken door mijn vroegere zakenleven veel mensen. Ik beschik ook over de nodige tijd om serieus aan de gang te gaan. Het zal me meer bevrediging geven dan het zorgen, dat er op Rondablick elke dag voldoende hout is gehakt om de kachels te stoken. Mijn leven zal er weer inhoud door krijgen.'
Johan knikt. 'U staat er in zekere zin dus niet vijandig tegenover, dat Sven ook ú blijkbaar voorgoed in de steek heeft gelaten?'
'Integendeel! Ikzelf ben hier de hoofdschuldige. Ik heb een jongeman een opdracht op de schouders geladen, die bijna onmenselijk is. Ik ben het gewoonweg aan de jongen, die ik op mijn manier in mijn hart heb gesloten, verplicht, er alles aan te doen om hem gelukkig te zien... Hoelang blijft u nog in Lillehammer?'
'Nog een dag of tien! Op het adres van mijn grootmoeder.'
'Dan ga ik morgen al aan het werk. Ik houd u op de hoogte. Als Sven nu nog in Brazilië zou zijn kan het contact nog wel even

duren. Alleen... het moet tot stand te brengen zijn. Is hij ook daar al niet meer, dan ligt de zaak ingewikkelder. Maar ik beloof u: ik zal hemel en aarde bewegen om hem op te sporen. Ik hoop dat u vertrouwen in me stelt, zoals ik het ook in u doe. U hoort zo gauw mogelijk nader van me.'

18

Als anja en johan van hun reis naar noorwegen terugkeren is Johan wat de verblijfplaats van Sven betreft nog niet veel verder gekomen. Wél is hij, samen met Anja nog een keer naar Rondablick getrokken. Een gebaar, waarvoor Olof Bode zich buitengewoon dankbaar heeft getoond. Voor een zijn leven zo langs vaste lijnen afperkende Johan nog altijd een hoogst wonderlijke man. Aan de éne kant de gewiekste zakenman, die het geldverdienen altijd zo vlot afging; aan de andere de vader, die door het verlies van het liefste, dat hem op aarde nog was overgebleven, zich in feite van de wereld had afgekeerd, zijn vrij eenzaam bestaan haast als ondergeschikte van zijn eigen personeel op Rondablick voortzette.

Al is Johan er dan niet in geslaagd het adres van Sven te achterhalen, Mattie heeft uit het verslag van zijn speurtocht toch weer nieuwe hoop geput. Met haar vader durft ze er nog niet goed over te praten. Maar opnieuw is moeder Ingrid het, die haar kind vol vertrouwen en begrip tegemoet treedt. Die het feit, dat Sven tot dit in hun idee haast onverklaarbare huwelijk is gekomen, op haar manier voor haar dochter belicht.

Vader en moeder Oosterveen hebben intussen nog wel wat anders, dat ze in korte tijd moeten verwerken. Hun aanstaande schoondochter is er in onverwacht korte tijd in geslaagd een baan in een goedbekendstaande meubelzaak in Rotterdam te veroveren. Johan woont nog steeds op zijn sobere onderdak in Delft. Zijzelf moet nu zo gauw mogelijk ook proberen iets te huren, waar ze tevens de gelegenheid zal hebben, haar eigen potje te koken. Ja! En wat is er dan financieel bezien voordeliger en eenvoudiger dan dat ze hun best doen iets voor hen beiden op de kop te tikken? Johan werkt als een paard. Hij ziet ook nog wel kans er in zijn vrije tijd nog een paar eerstejaars studenten als lesklantjes bij te krijgen.

Tot zover kan vader Oosterveen er volledig mee akkoord gaan. Maar dat het stel nog niet direct naar het stadhuis wil trekken, dat ze tot elke prijs willen voorkomen dat hun huwelijk op een fiasco zou uitdraaien, daar kan hij zich nog maar slecht bij neerleggen.

Opnieuw is het Ingrid, die ook haar oudste niet afvalt. 'Jullie zijn allebei volwassen,' zegt ze als antwoord op wat Johan haar zopas heeft toevertrouwd. 'Jullie zijn van een andere generatie. Als ouders kan niemand ons het recht ontnemen te oordelen of een ander kijk te hebben op een samengaan van twee jonge mensen. Niet echter tot voetstoots véroordelen! Vader heeft het nu eenmaal erg moeilijk met zulke zaken. Soms begrijp ik het niet. Hoe vaak heeft hij in zijn bedrijf onder zijn personeel nu al niet de tegen alle fatsoen en moraal indruisende verhoudingen en toestanden meegemaakt? Voor hem nooit een reden geweest om een van zijn mensen op die grond te ontslaan. Alleen... hier onder zijn eigen dak moet alles het liefst maar zo blijven als het toen jullie nog jong waren gegaan is. Duid het hem maar niet euvel, Johan. Ergens pleit het toch ook voor hem. Nooit zal hij zijn handen van een van jullie aftrekken. Dat heb je nu toch ook van Mattie meegemaakt.'

'En om dezelfde reden willen Anja en ik ons nog niet direct voorgoed aan elkaar binden. Ik weet dat ik ook iets heb van datgene, wat vaders leven in zo sterke mate beheerst. Ik ben op mijn manier ook een doordrijver, die als het om zijn werk, straks om het welzijn van het bedrijf in Bolnes gaat, niet graag in de wielen gereden wordt. Als ik van iets, dat erop aankomt, dat mijn volle interesse heeft, opzettelijk afgehouden word, al is het dan nóg zo goed bedoeld, kan ik inwendig knap kribbig worden. Anja daarentegen is een gezelligheidsdier. In wezen heeft ze het met haar soepele karakter stukken gemakkelijker dan dat met mij het geval is. Tot nog toe valt het één nog prima met het ander te regelen. Zelf heeft ze in de week ook haar werk en haar ambities. Het weekend blijft als het maar even kan, voor het andere bewaard. Die dingen ondernemen, die

we beiden prettig vinden en die we samen kunnen doen. Maar Anja's artistieke aard verloochent zich ook niet. Het doet haar niets, als er eens een dag is, waarop ze totaal vergeten is, de spullen voor het middageten in te kopen. Ergens irriteert het haar, dat mijn onderdak altijd zo pijnlijk netjes is opgeruimd; dat er uit mijn rijtje boeken nooit eens een op een verkeerde plaats terecht is gekomen. Kleinigheden, dat geef ik toe. Alleen... we hebben beiden onze tijd nodig om die van de ander te kunnen verdragen, er slechts een vergoelijkend lachje voor over te hebben. O, ik weet best dat het niet de essentiële dingen in een huwelijk zijn. Niet zo, dat je het er vroeg of laat op zou laten stranden. Maar ik zie in bijvoorbeeld zo'n jaar, waarin wij beiden er nog flink tegenaan zullen moeten om datgene te bereiken, dat we ons ten doel hebben gesteld, echt wel de mogelijkheid om de ander niet nodeloos met onze hebbelijkheden te irriteren, er een beetje moeite voor te doen er alsnog wat verandering in te brengen.'
Ingrid knikt. 'Ik kan je redenering begrijpen, Johan. Met vader en mij lag het destijds anders. Of het zoveel beter was? Eerlijk gezegd, ik weet het niet. Vader had direct al ons huwelijksleven in twee stukjes verdeeld. Voor hem het bedrijf, dat ervoor moest zorgen, dat er brood op de plank bleef komen. Voor mij het huishouden in al zijn reilen en zeilen en de opvoeding van onze toekomstige kinderen. Daarmee was me in feite de wet voor mijn toekomst gesteld. Dat ik het er niet eens moeilijk mee heb gehad, dat jullie vader me in mijn betrekkelijke onervarenheid wat kinderen grootbrengen betreft, min of meer in de kou liet staan, ik had het kunnen weten. Alleen... in de praktijk zou je het op een moment toch wel graag anders hebben gezien.'
'Je doelt nu op vaders halsstarrigheid ten aanzien van wat hij zelfs nu nog als Matties ergste misstap wil blijven zien?'
'Onder andere, ja! Dat dat alles tenslotte ten goede is gekeerd, ik kan er niet dankbaar genoeg voor zijn. Och jong! Wat dacht je? Vader heeft het zelf, zeker ook in het bedrijf, vaak knap moeilijk gehad met zijn integriteit. Maar het heeft hem ook een

groot vertrouwen geschonken van diegenen, die hij daarmee tot voorbeeld is geweest. Ik zal het nooit openlijk laten merken dat ik hem volledig doorzie wat zijn genegenheid voor zijn kleinzoon betreft. Hij is op zijn manier dol op het kind. Alleen het zou aan zijn eerlijkheidsgevoel knagen, als hij dat openlijk liet blijken... Kijk, jong! Dat heeft een lang samengaan nu vóór. Je groeit naar elkaar toe. De een vult de ander als het ware aan. Ik geloof dat je dat pas goed beseft, als je samen je eerste kind in de wieg hebt liggen. Dat er dan ineens iets in je groeit, dat je boven jezelf uitheft. Dat je beiden beseft hoe je dat jonge leventje ten voorbeeld moet zijn, dat het je plicht is je kind zoveel mogelijk op een gelukkige jeugd te kunnen laten terugblikken.
'Zoals jij het altijd voor ons bent geweest, moeder. Als Anja net zoveel capaciteiten aan de dag legt als jij ze in je hebt om de juiste koers in een samenleven te houden, zie ik ons over niet al te lange tijd ook wel naar het raadhuis stappen... Ik ben blij, dat wij samen er zo eerlijk over hebben kunnen praten. Nog meer dat er geen enkele wrok blijft hangen, omdat wij mensen van een andersdenkende generatie het eerst liever op deze manier willen proberen.'

In de komende maanden gaat er haast geen week voorbij, waarin én Ingrid én Mattie niet weer een nieuw kunststuk bij de twee jongetjes kunnen constateren. Wat praten betreft, in wezen is Sven zijn neefje verre de baas. Maar in werkelijkheid is het precies andersom. Sven brabbelt er maar wat op los. Hele zinnen, maar waaruit Mattie, hoe ze zich er ook voor inspant, slechts een enkel woord kan opvangen. Of haar zoon ervan overtuigd is, dat hij zich op een heel wat gemakkelijker manier ook wel verstaanbaar kan maken.
Michiel daarentegen bouwt zijn vocabulaire met een zekere regelmaat op. Ze kunnen vooralsnog geen halve bladzijde van een woordenboek vullen. Maar ze komen zo goed verstaanbaar over, dat je haast zou denken dat aan zijn leren praten de een of andere logopedist te pas was gekomen.

Sven is nog steeds de meest zonnige van de twee. Maar er schuilt ook een zekere hardnekkigheid in het kind. Mattie kan de keren niet meer tellen, waarop ze haar zoon heeft voorgehouden dat hij tegen haar vader 'opa' moet zeggen. Hij vertikt het gewoonweg, blijft aan zijn vertrouwde woord 'pappa' vasthouden. En dat terwijl zijn 'oma' er wel voor zíjn doen duidelijk uitkomt. De box is nu Oud en Nieuw al beginnen te naderen, definitief van het toneel verdwenen. In een van de grote benedenkamers hebben de twee neefjes nu hun speelhoek met een heus tafeltje en twee sterke kinderstoeltjes erbij. Sven kan, mits hij maar een steuntje heeft, al op zijn pootjes staan. Michiel probeert het sinds kort nu ook. Maar zijn stevig lijfje zit hem blijkbaar nog in de weg en in tegenstelling tot Sven is hij er niet gauw van gediend, dat iemand hem ermee te hulp komt. Ze kunnen elkaar gelukkig goed verdragen. Michiels interesse gaat nog steeds in de richting van al, wat mooie plaatjes oplevert. Sven is volgens Steven de 'kapotmaker' in het gezin. Een uitspraak, waarmee vader Oosterveen het diep in zijn hart totaal niet eens is. Eerder het tegendeel. Was hijzelf vroeger ook niet de grote vernieler thuis? Pas later, toen hij al een stuk ouder was, was de lust in hem bovengekomen datgene wat hij zorgvuldig uit elkaar had gehaald, weer tot een geheel om te toveren. Gezien het ernstige gezicht, dat Sven er in zijn manier van spelen bij trok, mocht je verwachten dat hij later een waardig opvolger van zijn grootvader zou kunnen worden.

Dit keer dan een minder rustig kerstfeest in huize Oosterveen. Johan en Anja, die inmiddels een tamelijk geschikt onderdak in Rotterdam hebben gevonden, dat druk aan het inrichten zijn, hebben er de twee kerstdagen voor vrijgehouden om bij Johan thuis eens even op adem te komen. Steven blijkt er op school behoorlijk met de pet naar te hebben gegooid. Voor Nederlands en Engels moet hij zich in de kerstvakantie door een fikse taak heenwerken.

Van allemaal is Mattie de meest stille. Haar vader heeft haar kort na Johans ervaringen in Noorwegen op zijn haast zakelijke toon – bij hem blijkbaar dé manier om in hartszaken van je af te praten – niet veel bespaard van wat meneer Bode hem te vertellen wist. Mattie heeft er haar stil verdriet over gehad. Wat heeft ze het in haar onervarenheid, in haar zich op een moment niet meer meester zijn, onnoemelijk moeilijk gemaakt! Sven, die op dat moment al wist wat zijn voorland zou zijn. Die niet uit echte liefde met de dochter van de ander getrouwd was, maar wiens eergevoel danig in de knel was gekomen. Die voor een ander deel uit medelijden en als een zekere vergelding voor hetgeen meneer Bode voor zijn ouders en ook voor hemzelf altijd geweest was, zijn toestemming had gegeven. Die – en diep in haar hart voelt ze er alleen maar een blinde bewondering voor – het aangedurfd heeft, het erfdeel, dat hem rechtens was toegedacht, van de hand te wijzen. Die, zoals dat in feite ook in het studentenkamp gebeurd was, geen andere oplossing had gezien dan om onverhoeds de benen nemen. Wie het gelukt was zich nu al bijna anderhalf jaar buiten schot te houden. Die nu nóg steeds niet wist dat een kind naar hem vernoemd was. Dat een jonge moeder er elke avond om bad, dat haar zoontje zijn 'pappa' tot zijn werkelijke vader kon richten.

Laat in het jaar is Jan Oosterveen dit keer nog naar Noorwegen getrokken. De havens dreigen al dicht te vriezen ginds. Maar het zal nog net kunnen om zijn daar aangekochte voorraad hout te verschepen. En dan? Er is nog een andere reden, die hem dwingt zijn vrouws geboorteland opnieuw op te zoeken. Hij wil zelf die wonderlijke man, zoals Olaf Bode tenminste door zijn oudste zoon beschreven is, in het hol van de leeuw gaan opzoeken. Er met klem op aandringen, dat die desnoods een detective zal inschakelen om achter het adres van een nog altijd onvindbare Sven Olsen te komen.

Al ging het dan om twee zo heel verschillende karakters, ze hadden het samen toch goed kunnen vinden. Het had Jan iets gedaan toen hij merkte hoe diep de genegenheid van de ander

voor Sven in deze man verankerd lag. Op zijn beurt was er in de ander een zekere bewondering geboren voor de man, die alleen maar had weten te veroordelen, nu toch tot andere gedachten was gekomen. Die zich nu volop bereid had verklaard, eraan mee te helpen om de vriend, die voor zijn dochter nog zoveel betekende, te achterhalen. Diep in vertrouwen had meneer Bode hem verteld dat hij kort na Nieuwjaar zelf naar Brazilië wilde vertrekken. Hij was al een paar keer in dit gedeelte van Zuid-Amerika geweest. Hij kende de wat lakse manier, waarop daar de zaken werden aangepakt. Hij had Matties vader er evenmin onkundig van gelaten, dat in Brazilië en in Argentinië de toestanden er niet op vooruit waren gegaan. 'Eén groot vat buskruit! De geringste vonk erbij en ze vermoorden daar elkaar. Als immigrant zou ik daar vandaag de dag niet graag meer mijn tenten opslaan.'
Nee! Al had het Jan Oosterveen dan zelf niet weinig verontrust, dit mocht hij zijn dochter ook nog niet aandoen. Het wás immers totaal niet zeker, dat Sven Olsen daar nog steeds vertoefde. Volgens niet na te speuren berichten zou hij na het overlijden van Ilse Bode met een groep Nederlandse boeren zijn meegetrokken. Meest jonge, energieke mensen, die er een nieuw bestaan wilden opbouwen, omdat het eigen vaderland al te weinig mogelijkheden begon te bieden. Daar zou hij waarschijnlijk dan ook zijn stagetijd hebben uitgediend. Berichten, die nooit bevestigd, maar ook nooit tegengesproken waren. In ieder geval zou hij dan na zo'n drie, vier maanden alweer in Oslo terug hebben moeten zijn om zijn laatste jaar daar af te maken.

Aan de twee kleintjes is de kerstboom dit keer ten volle besteed. Ingrid heeft de pakjes voor de diverse leden van het gezin zo neergelegd, dat het tweetal er met een beetje hulp best toe in staat zal zijn, die bij de betrokkenen in te leveren. Michiel is ook nu op zijn van alle haast gespeende manier bezig, ze af te geven. Sven graait maar wat raak, maar weet er desondanks drommels goed het eerst die voor Michiel en hem uit te vissen. Om dat van

Michiel een rood papier; dat van Sven verpakt in blauw. Ze zijn er stuk voor stuk door geboeid, maar als Sven het voor zijn grootvader bestemde cadeautje dan toch weer met een dit keer al heel goed verstaanbaar 'voor pappa' overhandigt, valt er even een stilte. Een stilte, waarin ieder voor zich op zijn manier aan het verleden terugdenkt, zich de nog steeds onbeantwoorde vraag stelt: 'Zou het nog ooit tot de mogelijkheden behoren, dat het zover komt, dat dit kind zijn bloedeigen vader met dit woord zal kunnen aanspreken?'
Als Ingrid toch naar de keuken moet strijkt ze in het voorbijgaan haar dochter even over haar gloeiende wangen. 'Moed houden, meiske! Nu die meneer Bode dan in eigen persoon naar Brazilië zal gaan, heb ik er opnieuw hoop op, dat er schot in het onderzoek zal komen. Volgens vader geeft die het niet gauw op. Een man, die als hij zijn tanden eenmaal in iets gezet heeft, dat niet gauw loslaat.'

19

De dagen gaan alweer zichtbaar lengen. Vooral Ingrid is er dit keer dankbaar voor. Er heerst de laatste weken een vreemd gedrukte stemming in huis. Nog nooit is Jan, als hij van zijn werk thuiskwam, zo ongewoon stil.

Maar hoe kan ze ook weten wat nog niemand behalve meneer Bode en haar man dan ter ore is gekomen; dat het de eerste inderdaad is gelukt Svens schuilplaats op te sporen. Nee, van een schuilplaats moet je bepaald niet spreken. Als het aan Sven zelf lag, was hij liever vandaag nog dan morgen naar zijn vaderland teruggereisd.

Wat in landen als de licht ontvlambare staten van onder andere Zuid-Amerika een klein vergrijp al niet voor afschuwelijke gevolgen kan hebben! Het is meneer Bode inderdaad na heel wat speurwerk gelukt de reden van Svens gevangenschap te achterhalen. Een overigens nog vrij goed afgelopen auto-ongeluk, maar waarbij een paar Brazilianen dan toch hun eigen vervoermiddel naar de knoppen hebben zien gaan, is de onmiddellijke oorzaak van zijn gijzeling geworden. Direct al had zich een schare nieuwsgierigen om hem heen gevormd. Toen die ook nog onderling slaags waren geraakt had een van de lui, blijkbaar de aanvoerder van de machtigste partij, drastisch ingegrepen. Kortom: Sven was door een snelle auto de stad uitgevoerd, was in een donkere kelder onder een of ander pakhuis terechtgekomen. Wekenlang hadden ze hem daar gelaten. Een stinkend hok en nog net genoeg aan voedsel om in leven te blijven.

Toen ze hem tenslotte aan het praten kregen, dóór hadden dat ze met een westerling te doen hadden, die ze wel zouden kunnen chanteren, hadden ze een losgeld geëist, dat er beslist niet om loog. Sven had er maar voor te zorgen, dat het er kwam. Ze hadden hem zelfs pen en papier verschaft om het zijn familie duidelijk te maken dat die er maar voor moest opdraaien.

Dat het ook niet té lang moest duren, want dat ze hem anders wel op een niet bepaald prettige manier zouden dwingen. Waar de boeven níet op gerekend hadden? Dat was op Svens koppigheid. Dezelfde koppigheid, die hem destijds gedwongen had, vlak na de begrafenis van zijn jonge vrouw de benen te nemen. Die hem deed vasthouden aan zijn weigering, iets van haar nalatenschap op te strijken. Zijn leven was in zekere zin toch zinloos geworden. Wie zou er – nou ja, behalve dan zijn vaak ongrijpbare schoonvader – nog om treuren of een zekere Sven Olsen in het verre Brazilië de dood vond?

Net op tijd was de zaak, dank zij het onvermoeide speurwerk van de man, die meneer Bode aan het werk had gezet, aan het licht gekomen.

Nog nooit is Olaf Bode er zo dankbaar voor geweest, dat hij maar in zijn zak hoeft te tasten om de geëiste som op tafel te leggen. Nu Sven het dan niet op een andere, heel wat vanzelfsprekender manier had willen aanvaarden voelde hij het haast als een geschenk uit de hemel aan, dat hij het nu een bende oplichters in handen kon stoppen. Het geld, dat opeens zin had gekregen; waarmee hij een schoonzoon, die hem nog altijd lief was, uit de handen van een stel ongure sujetten zou kunnen bevrijden.

Dat de man, die dit speurwerk tot een goed einde had gebracht, hem aanraadde maar niet ineens toe te happen, hij had geen zin naar diens woorden te luisteren. Eén ding was voor hem nog maar belangrijk: zo gauw mogelijk zijn schoonzoon in zijn armen te voelen, hem te vertellen dat er in het verre Nederland een jonge vrouw op hem wachtte, die zich zo moedig door een paar moeilijke jaren had heengeslagen.

Jan Oosterveen heeft met Svens schoonvader uitdrukkelijk afgesproken hem uitsluitend op kantoor te bellen, als de zaak in kannen en kruiken is. Desondanks voelt Ingrid een niet te verklaren spanning naarmate de dagen verlopen en haar man er allerminst spraakzamer op wordt. Maar goed, dat de twee jongens haar op hun beurt wel bezighouden, nu Mattie er alweer wat nieuwe klantjes bij heeft gekregen en het niet doenbaar meer is, ze tijdens een behandeling op de kamer ernaast in toom te houden.

De telefoon! Jan Oosterveen pakt dit keer zelf de hoorn van het toestel. Het volgende moment heeft hij zijn secretaresse, die hem zijn koffie wil aanreiken, al naar de deur verwezen. Ze begrijpt het gelukkig. Ze heeft het kaartje met 'bezet' erop al aan de buitenkant van de deur gehangen, zichzelf bescheiden teruggetrokken.

Ja, het ís de vreemd zware stem van Olaf Bode. Een stem, waarin de emotie doorklinkt; die af en toe stottert, als hij zegt: 'Sven is zojuist veilig in Oslo aangekomen. Zelf reis ik nu direct af, wil hem opvangen alvorens hij weer iets geks gaat uithalen. De week uit moet hij hier op Rondablick eerst maar wat bijkomen. Ik zal hem ook van alles over uw bezoek aan ons op de hoogte brengen... Ja, in de eerste plaats dat hij de vader van een gezond kind is; dat er een vrouw is, die de gedachte aan hem altijd hoog heeft gehouden. Ik bel nog wel wanneer hij in Amsterdam zal aankomen... Nu moet ik eindigen. Mijn wagen staat al startklaar. De weg is tamelijk goed berijdbaar. Ik wil in een hotel overnachten. Als je zo iets kostbaars als Sven voor me is naar huis terug mag voeren, moet je elk risico uitsluiten.'

'Wat zijn je plannen voor de naaste toekomst, Sven?'
Na hun overnachting in een hotel in Oslo zitten Olaf Bode en zijn schoonzoon nu op de bank bij de diepe schouw, waarin het behaaglijke blokkenvuur de betrekkelijke kleine kamer verwarmt. Het bescheiden onderdak, dat Olaf Bode geheel in de stijl van het Gudbrandsdal al had laten bouwen, toen hij het nu drukke Dombas zijn gerede kans wilde geven, is nog altijd zijn toevlucht, als het hem in het drukke seizoen op Rondablick te rumoerig gaat worden. Het ligt net even buiten de plaats. Zijn enige dochter heeft er een deel van haar jeugd in doorgebracht. Hijzelf kan er zijn herinneringen koesteren aan de tijd, toen hij

er na weken van stug werken, van reizen en trekken, altijd zijn thuis vond.
Zijn gezicht ernstig kijkt Sven naar hem op. Hij is magerder geworden. Zijn wangen missen de frisse kleur van de man, die in zijn leven voor het grootste deel in de buitenlucht doende was. Maar al is de gerede lach bij hem dan nog niet aanwezig, zijn ogen staan ongebroken en zijn stem vertoont alweer een zekere vastheid als zijn antwoord haast onmiddellijk op de vraag van de ander komt. 'Liefst morgen al contact met de leiding van mijn opleiding in Oslo opnemen. Als ik alles op alles zet kan ik de achterstand wie weet nog inhalen, dit jaar toch klaarkomen.'
'En daarna? Stel dat het je zou lukken?'
'Het liefst voorlopig een baan in mijn geboorteland zoeken. Ik had ginds zoveel tijd om te denken. Ik wílde ook aan een toekomst denken; iets, waaraan ik nog enig houvast kon hebben.'
'Hier in de buurt?'
Sven haalt zijn schouders op. 'Niet zoveel kans, dacht ik. Ik heb aan de Telemark gedacht. Een echt tuinbouwgebied. Of anders de streek om de Hardangerfjord.'
'Je beschouwt het als een soort springplank?'
'Als zodanig zie ik het niet, nee! Het is alles trouwens nog maar toekomstmuziek. Eerst maar zien dat ik mijn einddiploma binnensleep.'
Olaf Bode gooit nog een paar flinke blokken op de haard. Dan buigt hij zich bij het schijnsel van de aan hun nieuwe voedselvoorraad grillig likkende vlammen naar de man van zijn overleden Ilse over, zegt nu, de woorden benadrukkend: 'Vóór je in Oslo begint ligt je nog een andere taak te wachten, Sven. Ik heb er opzettelijk de twee dagen, die je weer je volle vrijheid hebt herkregen, nog niet over willen praten. Maar nu ik tot mijn geluk kan constateren dat Sven Olsen zich door het gebeurde niet heeft laten kapotmaken, nu ik nu al wat aan je gewonnen heb, mag ik mijn verhaal niet langer uitstellen.'
'Staat het in verband met Ilse?' En in zijn stem iets van verzet

tegen wat hij te horen zal krijgen: 'Heeft u opnieuw weer iets voor me bedacht, waardoor ik in feite aan handen en voeten gebonden zal zijn?'
Van het gezicht van Olaf Bode valt niets af te lezen. Maar in zijn stem beluistert Sven wel een zekere ontroering. 'Olaf Bode heeft daarboven, als hij er in zijn eentje bezig was, haast ook te veel tijd gehad om over zoveel dingen zijn gedachten te laten gaan, jong. Eén daarvan is wel dat ik volkomen fout ben geweest om je een huwelijk met mijn kind als het ware op te dringen. Weliswaar heb je er me niet te zeggen gelukkig mee gemaakt. Maar het wás en is nog altijd unfair, gebruik te maken van iemands tijdelijke nood. Ik houd van je, Sven. Ik heb altijd van je gehouden. Mag ik dat vooropstellen? Was dat niet het geval geweest, wat denk je? Dat ik je dan het liefste, wat er voor mij op de wereld bestond, "mir nichts, dir nichts" zou afstaan? Ik weet allang dat je met geld heel veel bereiken kunt. Alleen... er liefde voor kopen, vergeet het maar. Dat je desondanks de laatste maanden van haar leven tot iets moois hebt weten te maken, ik kan je er niet dankbaar genoeg voor zijn.'
'Dus dat was het niet?'
'Dat niet, nee! Wél iets anders, waarvoor ik mijn bemiddeling direct heb toegezegd. Nu dan gelukkig met succes bekroond. Mijn geld heeft tenminste voor een goed doel kunnen dienen.'
'Vertel het me dan maar. Ik weet maar liever waar ik aan toe ben!'
'Zoals mijn Ilse elke dag naar het moment uitzag, waarop jij aan haar rustbed kon vertoeven, zo woont er een jong meisje in Nederland, dat dan stellig op een andere manier Sven Olsen zo graag terug zou zien. En niet alleen dat meisje, ook nog een vader, die, omdat zijn dochter nog niet meerderjarig is, min of meer het recht opeist, met een zekere Sven Olsen kennis te maken. Uit diens mond te vernemen waarom je zijn kind door je plotseling vertrek zo totaal in het ongewisse hebt gelaten. Waarom je moedwillig elk contact met haar hebt verbroken?'
Sven kan zijn schoonvader amper laten uitspreken. Hij is al uit

zijn stoel opgesprongen, hij staat in al zijn lengte vóór de ander.
'Je bedoelt dat meisje, dat ik tijdens dat kamp op Vlieland heb ontmoet? Toen nog een kind, dat precies op de grens van de volwassenheid dobberde. Vader! Ik kón toen immers niet anders doen? Het had regelrechte contractbreuk betekent aan de man, die mij na dat afschuwelijke ongeluk nooit in de steek heeft gelaten. Die me inderdaad de moeilijke vraag stelde, in ruil voor zijn hulp met zijn zieke dochter te trouwen. Weet je, vader? Als ik het in Brazilië weer eens erg moeilijk had, was 't het beeld van Mattie – haar achternaam weet ik ineens niet meer – dat me weer overeind hielp. Ik hoop dat je het kunt aanvaarden dat het niet dat van Ilse was. Twee vrouwen, die totaal onvergelijkbaar waren. Aan Ilse zal ik altijd met een zekere piëteit terugdenken. Aan dat blonde kind, dat door het toeval spontaan op mijn weg werd gevoerd, toch op een heel andere manier. Misschien is zij mij allang vergeten. Is ze al getrouwd, is al moeder. Ik heb geprobeerd haar beeld uit mijn hoofd te zetten. Het wilde me slecht lukken...'
'Je hoeft haar beeld niet uit je hoofd te zetten, Sven. Getrouwd is jouw kampvriendinnetje niet. Wél kan ze zich moeder noemen. Moeder van een zoon, van een jongen, die naar jou is vernoemd.'
De kleur op Svens wangen wisselt van grauw naar hoogrood.
'Een kind van mij? Die keer, toen dat onweer ons verraste?'
'Daar wil ik me niet in mengen. Ik wil er alleen maar mee zeggen dat het je eerste plicht is, zo gauw mogelijk naar Nederland te trekken om je tegenover haar vader te rehabiliteren. Of het na twee jaren, twee jaar, waarin vooral dat meisje naar de volwassenheid is gegroeid, tussen jullie nog wat anders dan...'
Sven is al niet meer tegen te houden. 'Ik ga direct een plaats in het vliegtuig proberen. Ik hoop dat het morgen al lukt.'
De telefoon is gewillig. De Scandinavische luchtvaartmaatschappij eveneens.
'De eerste vlucht van overmorgen,' zegt Sven, zijn stem nog hees van opwinding, als hij weer in de kamer terug is. 'Vader?

Nog één vraag? Heb je op een of andere manier met Mattie gesproken?'

'Met haar niet, nee! Wél met haar oudste broer, met haar vader. Een man, die ik hoogacht. Die weliswaar anders over veel dingen denkt dan de mensen het hier doen. Maar die op een moment toch ook begrip kan tonen voor de moeilijkheden, waarin een medemens zich verstrikt weet. Meer vertel ik er niet van. Ook niet hoe zijn dochter reilt en zeilt. Eén ding wil ik je nog verklappen. Ze heeft lang geen gemakkelijke tijd gehad. Maar ze heeft zich er prima doorheen geslagen. Ik weet alhaast zeker dat ze de vader van haar kind – in april zal Sven al twee jaar worden – niet van de deur zal wijzen. Daarmee moet je het voorlopig maar doen. Nu is het jouw beurt om de zaak verder af te wikkelen. Naar ik van harte hoop om een jong ding, dat zo trouw heeft standgehouden, niet opnieuw een teleurstelling te bezorgen. En – en dat vind ikzelf misschien nog wel het allerbelangrijkste van alles – om een wezentje van nu bijna twee jaar, eindelijk zijn vader te bezorgen, op wie elk kind toch recht heeft.'

20

SCHIPHOL OP EEN WINDERIGE FEBRUARIDAG, DIE DESONDANKS toch al iets voorjaarsachtigs heeft, als de zon de zware wolken van tijd tot tijd weet te verjagen. Bij de aankomsthal een tengere, jonge vrouw, die haar hand stevig om een kinderknuistje geklemd houdt. Een knuistje, dat best even los zou willen komen, omdat hier voor een paar gretige ogen zoveel te bewonderen valt en zijn beentjes al aardig in staat zijn, zonder al te vaak te vallen, hun weg te zoeken. Mattie Oosterveen verliest de klok in de hal bijna geen moment uit het oog. Het vliegtuig uit Oslo is door de omroepster al aangekondigd, kan elk ogenblik landen. Het vliegtuig met de man binnen zijn wanden, naar wie haar gedachten zo trouw zijn uitgegaan. Wiens gedrag ze niet had kunnen verklaren. Maar nu haar vader haar in grote trekken alles heeft verteld is er alleen maar het allesoverheersende verlangen, hem bij zich te weten, zijn armen om haar hals te voelen. Ze buigt zich over een ongeduldig trappelende Sven junior. 'Nog even wachten, jong. Pappa kan elk ogenblik te voorschijn komen. We moeten hier ook echt wel blijven staan. We hebben dit plaatsje afgesproken. Stel je voor dat we pappa zouden missen.'
Sven richt zijn helderblauwe kijkers op zijn moeder. 'Pappa, pappa! Ik wil naar pappa.'
Mattie heeft in de stroom van mensen de figuur van Sven al ontdekt. Sven, die nog langer schijnt geworden. Maar die er lang niet zo florissant uitziet als toen ze hem op Vlieland had meegemaakt. Die desondanks doelbewust naar de plek toestevent, die vader Oosterveen voor Mattie had uitgezocht. Er gaat een hand omhoog! Svens voeten komen nog sneller haar kant uit. Hij is al beroepbaar. Alleen... haar stem laat haar ineens in de steek door de tranen, die in haar keel opwellen en die elk geluid verstikken.

Maar dan heeft haar kind toch kans gezien zich van haar los te maken. Bei zijn handjes gaan omhoog en zijn hoge stemmetje krijst: 'Mamma! Pappa? Pappa lacht.'
Het volgende ogenblik liggen ze in elkaars armen, staat een opgewonden kind al te trappelen om ook aan de beurt te komen. Heeft hij in de afgelopen dagen voortdurend gehoord dat zijn echte pappa met het vliegtuig naar hem toe zal komen om nu dan te ervaren dat mamma en pappa hem klaarblijkelijk helemaal vergeten zijn?
Mattie is de eerste, die zich weet te herstellen. Sven naar voren schuivend zegt ze: 'Sven? Jouw zoon! Hij wil zo erg graag zijn kusje van je hebben. Ik heb hem de laatste dagen wie weet wat te veel met jouw komst opgeladen. Het jong is er helemaal hoteldebotel door.'
Als Sven senior zijn zoon in zijn magere, maar desondanks sterke armen tilt, laten de tranen op Matties gezicht zich niet langer weerhouden. Ze drukt haar wang tegen de arm, die Sven nog vrij heeft, dan zegt ze gesmoord: 'Laten we hier weggaan. Sven moet even een plasje doen. Ook wat eten. Achter in het restaurant is nog een plekje, waar het op dit moment niet zo druk is. En dan gauw naar huis.'
'Je bent met de trein?'
Ze tovert alweer een lachje te voorschijn. Althans iets, wat erop lijkt. Dan zegt ze: 'Kleine meisjes worden groot, Sven. Denken en doen is allang niet meer één bij hen. Ik ben met moeders wagentje gekomen. Het is een behoorlijk stuk rijden, maar in de trein zit je met zoveel anderen.'
Zijn kus belet haar al, nog verder iets te berde te brengen. 'Ik kan ook rijden immers.'
Ze knikt. 'Allicht! Alleen... Je zoon heeft je op zijn manier zoveel te vertellen. Je zult je nog braaf moeten inspannen om uit zijn geratel wijs te worden.'
Geen kwartier later zijn ze al op weg naar Matties wagentje, heeft die het achterportier aan de éne kant al opengemaakt. 'Echt, Sven! Over een halfuur zal je zoon aan zijn slaapuurtje

toe zijn. Gun hem zijn babbeltje met zijn vader nu maar. Als de slaap hem overvalt stoppen we gewoon even en leggen hem rechtuit op de achterbank. Zelf weet hij al precies hoe dat gaat. Vanzelfsprekend is jouw plaats dan naast mij.'

Jan Oosterveen en Sven Olsen hebben samen hun gesprek gehad. Een gesprek nu dan gelukkig tussen twee goedwillende mensen, die beiden het beste met een jonge vrouw en een kind voor hebben. Dat Sven ter verdediging van het gebeuren op Vlieland niet naar voren schuift dat het in wezen Mattie is geweest, die hem zichzelf heeft doen vergeten, is al direct een punt in zijn voordeel. Als Ingrid na een bescheiden klopje op de deur van haar mans privé-kantoortje, met de koffie komt, trekt Jan zijn vrouw spontaan naar zich toe. 'Met je aanstaande schoonmoeder zul je het een stuk beter kunnen vinden dan het met mij het geval is, Sven. Ze kan ervan meepraten hoe stug, hoe eigengereid ik bij tijden kan zijn.' En zijn vrouw het blaadje met de twee kopjes uit handen nemend: 'Vooruit! Wij zijn het samen gelukkig eens geworden. Laten we dat feit in de zitkamer met z'n allen vieren. Overmorgen moet Sven alweer in Oslo zijn om daar zijn zaakjes voor elkaar te krijgen.'

Dezelfde avond nog zitten Mattie en Sven samen op haar eigen kamer. Ook zij hebben een toekomst te bespreken. En al hangt Mattie dan nog tegen haar meerderjarigheid aan, vader Jan wil daar dit keer absoluut geen misbruik van maken.
'Je gaat je studie weer opvatten, Sven?' is haar eerste vraag.
'Wis en zeker! Ik hoop zelfs met er hard aan te trekken het dit jaar toch nog te halen. Vóór ze me ginds te grazen hadden heb ik daar gelukkig nog een massa opgestoken, heb het geleerde als steun voor de immigranten goed in praktijk kunnen brengen.'
En haar hoofd naar zich toe trekkend: 'En wat is mijn toekomstige vrouw van plan in de naaste toekomst te gaan ondernemen? Je hebt je even geweerd, jij. Ik krijg straks een vrouw, die tenminste niet gauw bij de pakken gaat neerzitten.'

Haar gezicht staat ineens ernstig. 'Goed dat je het over je toekomstige vrouw hebt, Sven. In de paar dagen vóór je komst heb ik een gesprek met oma Jensen gehad. Ik heb nooit kunnen vermoeden hoe die met alles, wat over ons is gekomen, heeft meegeleefd. Ze heeft me het voorstel gedaan, zo gauw mogelijk naar haar te komen, bij haar in te trekken. Volgens haar is het wel zeker, dat ik daar op de een of andere manier ook weer aan de slag kom. Daarnaast kan ze best wat gezelligheid gebruiken. Als Sven goed twee jaar is kan hij daar eventueel ook naar de crèche. Voor hem is er aan mijn vertrek uit het ouderlijk huis toch een minder prettige kant. Hij zal Michiel op zijn manier missen. Ze hebben twee toaal verschillende karakters, maar ze vullen elkaar op een wonderlijke manier aan. Sven is echt een kind, dat tussen andere kinderen moet opgroeien, niet uitsluitend tussen de volwassen mensen moet zitten. Hij zou dat feit trouwens wel heel handig uitbuiten.'

'Je wilt dus mee naar Noorwegen trekken? Echt voorgoed?' En haar zijn kus gevend: 'Dus zo gauw mogelijk trouwen ook?'

Haar gezicht krijgt een ernstige trek. 'Beter nog van niet, Sven! Laat ik alsjeblieft niet voor de tweede keer in mijn leven een fout begaan, die zulke vérstrekkende gevolgen kan hebben. Dat ons kind voor de wet voorlopig dan nog geen vader heeft, de mensen ginds zullen er niet zo zwaar aan tillen. Heus! Ook wij tweeën moeten even tijd hebben om elkaar door en door te leren kennen. Om te weten of we het aandurven voorgoed met elkaar in zee te gaan. Liever nu nog even "pijnlijden" dan overhaast een huwelijk aan te gaan, dat op de een of andere dag toch weer mislukt zou blijken, omdat het samengaan te zwaar voor een van ons zou zijn geworden.'

Met iets van verwondering kijkt hij naar haar op. 'Wat ben jij in die paar jaar volwassen geworden!'

'Ik had geen andere keus. Van dag tot dag moest ik voor ogen houden dat de mogelijkheid groot was, dat ik én vader én moeder voor ons kind zou moeten zijn. Dat ik zoveel bij moest leren, dat ik Sven later een menswaardig bestaan kon bieden.'

'Wou je ginds dan, ook als we eenmaal getrouwd zijn, toch aan het werk blijven?'
Er glijdt een lachje over haar gezicht. 'Voorlopig nog wel, ja! Het kán ook, nu oma Jensen mij die mogelijkheid biedt. Weet je, Sven? Ik had zó gedacht. Jij probeert – waar je nu al vol van bent – dit jaar met je studie klaar te komen. Daarna dan zo gauw mogelijk achter een baan aan. Ik zoek werk, dat niet mijn hele dag zal vullen. Ik wil nog graag een paar cursussen volgen, die me tot een goede huisvrouw zullen omvormen. In het weekend zal oma ook jou graag een onderdak verschaffen. Op die manier hebben we nog zeg maar zo'n half jaar voor de boeg, waarin we onze hebbelijkheden op een eerlijke manier tegen elkaar kunnen afwegen. Een half jaar, waarin ons kind ook aan zijn nieuwe vader moet wennen. Weet je dat hij het tot nog toe vertikt heeft om tegen mijn vader "opa" te zeggen? Steevast heeft hij die ook met zijn "pappa" bekogeld. Nu hij dan heeft ervaren dat de enige echte pappa in zijn leventje is gekomen, o wee, als hij het verschil nu nog langer negeert.'
Sven staat op, loopt in de richting van de deur. 'Kan het dat ik hem hoor?'
Mattie kijkt op haar horloge. 'Klopt!' zegt ze blij. 'Het is zijn tijd om opgenomen te worden. Moeder is zopas al met Michiel bezig geweest. Meestal doen we het om en om. Lief van haar, dat ze het nu Svens vader en moeder samen gegund heeft.'
Gearmd lopen ze naar de naastliggende kamer. Michiel slaapt alweer als een roos. Maar Sven staat rechtop in zijn bedje, houdt met zijn éne hand de spijlen ervan omvat. Zijn andere steekt hij naar zijn ouders uit. In zijn ogen staat de blije lach alweer klaar. 'Pappa doen!' kraait hij, zijn vaders arm naar zich toe trekkend.
'Je zult eraan moeten geloven, Sven,' lacht Mattie nu ook. 'Kun je het wel? Je zoon zijn plasje laten doen?'
'Wou je me nu al vastzetten, jij? Ik hoop dat we als we eenmaal getrouwd zijn, elkaar, als Sven zijn zusje of broertje zal hebben, nog dikwijls mogen afwisselen.' En als Sven weer lekker warm

door zijn vader is toegedekt, zijn oogjes alweer dichtvallen, trekt zijn vader Mattie spontaan naar zich toe. 'Dat je me zo'n heerlijke jongen hebt bezorgd, Mattie! Ik beloof je plechtig dat ik me in de maanden, waarin ik de echte vaderrol dan nog niet mag spelen, me er ook nog in zal verdiepen hoe we ons kind de beste opvoeding kunnen geven. Sven junior is getuige van mijn belofte.'
Ze geeft hem zijn kus. 'We gaan het straks opnieuw en beter proberen, jong. Ik zal echt mijn best doen, hier zo gauw mogelijk mijn bedrijfje aan een ander over te doen. Morgen in de late namiddag moet ik je helaas alweer op het vliegtuig zetten. Maar aan één ding mogen we ons terwille van mijn vader niet onttrekken.'
'En dat is? Ik heb er geen idee van!'
'Ik dan wél! Ergens moeten we de trots op zijn dochter weer even opvijzelen. Morgen na de koffie gaan wij tweeën dik gearmd een wandeling maken door de stad, die voor hem zoveel betekent; hem nog even verrassen op het bedrijf. Sven, je móet het toch even aanhoren. Alleen terwille van wat er met ons was gebeurd had hij indertijd hier de boel willen opgeven, naar dat in Bolnes trekken. Het was opnieuw moeder, die hem ervan heeft weten te weerhouden.'
Hij lacht breeduit. 'Haar Noorse bloed natuurlijk! Dat weet van doorzetten, als het om een goede zaak gaat.' En haar nog een keer zijn zoen gevend: 'Voor mij een lot uit de loterij, een dochter van zo'n moeder de mijne te mogen noemen. Ik kan niet dankbaar genoeg zijn, dat vader Bode hemel en aarde bewogen heeft om me weer mijn gerede kans te geven. Ja, om het me mogelijk te maken, straks de liefste vrouw te trouwen, die er op de wereld te vinden is.'

OPENSTAAN VOOR DE ANDER

Naschrift bij het honderdste en laatstgeschreven boek van Mien van 't Sant.

Het is allemaal op school begonnen. Uiteraard – zijn we geneigd eraan toe te voegen. Er zijn immers niet veel auteurs, van wie het schrijftalent bij het maken van schoolopstellen verborgen bleef. En Mien van Bommel – zoals ze tot 1927 heette – schreef graag opstellen. Ze deed het zelfs meermalen voor medeleerlingen als ruilmiddel voor strafwerk. Want dat kreeg ze nog al eens! En dat terwijl haar vader 'Hoofd eener school' was en zijn twee dochters – Mien en haar twee jaar oudere zuster – volgens de toen geldende regels ongetwijfeld keurig zal hebben opgevoed. Maar het zal er wel ingebakken gezeten hebben. En dan is het ook niet zo verwonderlijk, dat ze in haar jongemeisjesjaren graag boeken las als 'Wilde Bob' van Truida Kok, 'De scheepsjongen van Bontekoe' van Johan Fabricius, of de indianenverhalen van Karl May.

Aartje Wilhelmina van Bommel werd op 23 februari 1901 in Gorinchem geboren. Ze bezocht daar de lagere school, die eens model heeft gestaan voor het boek 'Schoolidyllen' – verschenen in 1900 en daarna vele malen herdrukt – van de schrijfster Top Naeff.

In die periode bleek ze niet alleen aanleg tot schrijven te bezitten, maar ook tot het maken van muziek, wat resulteerde in het volgen van pianolessen. Later werd haar op medisch advies aangeraden met deze lessen te stoppen. Een grote teleurstelling voor Mien, maar omdat ook het schrijven haar in het bloed zat, antwoordde ze op de vraag van haar vader 'Wat nu?' dat ze bij de krant wilde gaan werken. 'Bij de krant?! Waarom?' vroeg haar vader hogelijk verbaasd, omdat het beroep van journalist in die tijd alleen maar door mannen uitgevoerd werd. 'Omdat

ik dan altijd het eerst bij de brand ben!' was het antwoord van zijn dochter. Vader Van Bommel kon er niet eens om lachen. Dit was weer zo'n vreemde reactie van Mien, dat hij er meteen overheen zei: 'Ga jij maar, net als ik en je zuster, bij het onderwijs. Dan krijg je later ook nog een behoorlijk pensioen.' Vaders wil was wet, dus werd het die studierichting.
Na haar opleiding voor onderwijzeres, ging zij verder voor de hoofdakte en l.o. Duits en vervolgens m.o. A.
Intussen was ze in 1921 verloofd met Wim C. van 't Sant, eerst onderwijzer op de 'klompenschool', daarna op dezelfde school als Mien en nog weer later op de technische school en ten slotte heel lang leraar mulo.
Nadat Wim eerst zijn hoofdakte had gehaald, mocht Mien in 1927 met hem trouwen, waarna zij het onderwijs verliet. Dat betekende echter niet, dat ze hiermee ook haar studie vaarwel zei. Cursussen Italiaans, Latijn, boekhouden, Noors, Engels en Frans en het behalen van het leraarsdiploma typen en steno gingen gewoon door.
Al deze kennis kwam goed van pas bij het, samen met haar man, buiten schooltijd opleiden van leerlingen voor eindexamens middelbaar onderwijs. Ook verleende het echtpaar hulp aan leerlingen, die moeilijkheden hadden met hun huiswerk, in welk vak dan ook. Achtendertig jaar lang stonden ze voor de desbetreffende jongelui klaar. En tot op de dag van vandaag bestaan er nog altijd goede contacten tussen velen van de circa 500 ex-leerlingen en het echtpaar Van 't Sant.
Behalve genoemde activiteiten leidden zij nog tot 1970 – eerst samen, later afzonderlijk – als honorair leider meer dan honderd reizen voor de N.R.V.
Hoe er dan nog tijd overbleef voor allerlei hobby's – trektochten in de bergen, zwemmen, roeien, tennissen, lezen en wandelen – mag een raadsel lijken, maar ook díe liefhebberijen konden tussen alles door regelmatig plaats vinden.
En dan hebben we het nog niet eens gehad over het schrijven voor jong en oud van de in totaal honderd boeken.

Dat begon in 1946, nadat Mien van 't Sant al eerder diverse korte verhalen geschreven had, die o.a. geplaatst werden in de toen nog bestaande, veelgelezen maandbladen 'Moeder' en 'Op den Uitkijk'. Haar eerste roman, getiteld 'Wijs mij de weg', werd dus in genoemd jaar geschreven en twee jaar daarna – in 1948 – bij Uitg. Mij Holland uitgegeven. Dat gebeurde door bemiddeling van een vriendin, die haar het manuscript min of meer ontfutseld had en het naar deze uitgever stuurde, die het onmiddellijk accepteerde en aan de schrijfster vroeg of ze nog meer had of met iets nieuws bezig was. Dat bleek inderdaad het geval te zijn, zodat twee volgende manuscripten dezelfde weg gingen, te weten de jeugdboeken 'Op de drempel' en 'Het volle leven tegemoet'.
Vanaf dat moment hield de stroom gestadig aan. Kinderboeken, boeken voor de oudere jeugd, romans voor volwassenen, het een na het ander vloeiden uit haar pen. De onderwerpen vormden geen enkel probleem, want een enkele gebeurtenis, een paar woorden, een plotseling opkomende gedachte gaven de schrijfster voldoende inspiratie om het gegeven uit te werken tot een meeslepend verhaal of zelfs tot een verhalenserie. Zoals de 'Mieke-serie', die uitgroeide tot vijftien delen. Of de 'Mavo-parkietjes': tien delen, waarvan er thans zes zijn verschenen. Maar wélk verhaal zij ook schreef, wélke problemen erin verwerkt werden, het uitgangspunt van haar werk bleef tot op het laatst toe: sta open voor je naaste.
Bij zo'n tien verschillende uitgevers verschenen regelmatig nieuwe 'Mien van 't Sants', waarvan vele herdrukt werden; ook samengevoegd tot omnibus, trilogie of dubbelroman en/of opgenomen in 'De Grote Letterbibliotheek'.
In 1964 verhuisde het echtpaar Van 't Sant van Gorinchem naar Leersum. Eigenlijk was er – toen de pensioengerechtigde leeftijd steeds dichterbij kwam – een bepaalde voorkeur voor Oosterbeek, maar toen tweeënhalf jaar voor de 'fatale' datum de gelegenheid zich voordeed een in alle opzichten geschikte bungalow in Leersum te kunnen kopen, werd het toch deze bos-

rijke gemeente op de Utrechtse heuvelrug. Van dit besluit hebben mevrouw en de heer Van 't Sant nog geen dag spijt gehad. Ze voelden zich er direct thuis en waren behalve met de dagelijkse bezigheden al spoedig eveneens werkzaam op sociaal gebied. Want naast het boeken schrijven was stilzitten er beslist niet bij. Bovendien kwamen er nogal wat verzoeken voor het houden van lezingen en het aanwezig zijn op boekenmarkten bij mevrouw Van 't Sant binnen.

In 1981, op haar tachtigste verjaardag, ontving Mien van 't Sant de eremedaille in goud in de Orde van Oranje Nassau, hetgeen gepaard ging met een tentoonstelling van al haar tot dusver verschenen boeken.

Bij het klimmen der jaren werd het tempo uiteraard wat lager, maar schrijven bleef haar grootste hobby.

Totdat ze nu besloot haar honderdste boek als het allerlaatste te beschouwen, zodat er nu vaker tijd beschikbaar komt om wat meer werk van haar collega-auteurs te gaan lezen. Haar voorkeur ging in het verleden uit naar schrijvers als o.a. Van Nes-Uilkens, Ina Boudier Bakker, Diet Kramer – die ze goed gekend heeft –, An Rutgers van der Loeff-Basenau, Frederik van Eeden (vooral van diens 'De kleine Johannes' genoot ze bovenmate), terwijl ze de laatste tijd graag kennis neemt van eigentijdse schrijvers, onder wie diverse buitenlandse.

Maar ook de dingen van en de gebeurtenissen in het dagelijks leven blijven haar intens boeien, waardoor er toch telkens weer nieuwe verhalen in haar 'opborrelen', die ze zo graag aan haar lezerspubliek zou willen doorgeven. Dat is even een moeilijke periode, maar door haar talloze persoonlijke contacten met velerlei mensen, zal ze in haar gesprekken op de haar eigen sympathieke wijze de boodschap laten doorklinken, dat we moeten trachten open te staan voor de ander, die onze naaste is. En dat blijft een goede zaak.

Ten slotte nog een enkel persoonlijk woord van uitgeverij Zomer & Keuning Boeken B.V.: heel hartelijk dank, mevrouw Van 't Sant, voor de bijzonder prettige wijze waarop we hebben samengewerkt. We hebben naast de zakelijke ook nog zoveel vriendschappelijke gesprekken gevoerd, dat we dankbaar zijn u in ons leven te hebben mogen ontmoeten. We zullen ook in de toekomst ongetwijfeld nog vaak een fijn contact met elkaar hebben.

Nog vele goede jaren gewenst!

De uitgever

EN DIT ZIJN ZE DAN ALLE HONDERD

Romans
1948 Wijs mij de weg
1957 Met lege handen
1958 Beidt uw tijd
1958 De vrouwe van de Oldenhoeve
1959 De dokter is thuis
1964 Zuster Helga
1965 Langs de zelfkant
1966 Wat het leven haar bracht
1967 Geluk vraagt moed
1967 Deining op de Aukeshof
1968 Een erfenis voor de Aukeshof
1969 Overwinnaar op de Aukeshof
1969 Aan de Linge staat een stee
1970 De dijk is dicht
1970 De bungalow aan het wiel
1971 Het huwelijk... geen spelevaart
1971 Vrouwen om Victor
1971 Studentenhuwelijk
1972 Uit zonde geboren, in liefde aanvaard
1973 Ik kón niet anders zijn
1973 Slapen zonder morgen
1974 Hoeve De Terp
1974 De zonen van De Terp
1975 Schuif jij hem zélf aan mijn vinger?
1975 De blijde thuiskomst
1975 Het verleden blijft
1976 Dokter, je durft wat aan
1976 Vlinder met geschroeide vleugels
1976 Tanja trouwt een gezin
1977 Pension 'Eureka'

1977 De foto die het antwoord gaf
1977 Leven in twee werelden
1977 Petra
1978 Het gezin van Joost en Petra
1978 Buitenspel gezet
1978 En toen kwam jij
1978 Liefde is een offer waard
1978 De verre einder
1979 Je kinderen worden groot, Petra
1979 De grote leugen
1979 Terwille van een kind
1979 Zwarte Mart
1979 Dat plekje aan de Linge
1980 Een droom gaat in vervulling
1980 Geluk is niet te koop
1980 Een kind trekt aan de bel
1980 Een erfgenaam voor Mantingaborg
1980 Er is altijd een nieuw begin
1981 De verbogen schakel
1982 De hemel kan niet altijd blauw zijn
1982 Het hart aanvaardt geen grendels
1982 Als het geluk een omweg maakt
1983 Eén voor het verlies
1983 Ik mag niet weigeren
1983 In stil verlangen
1983 Ik heb toch ja gezegd
1983 Geen kortstondig avontuur

Voor de oudere jeugd
1949 Op de drempel
1950 Het volle leven tegemoet
1953 Schaakmat
1956 Elsbeth
1956 Eindspurt
1957 Ontmoeting in Tirol

EN DIT ZIJN ZE DAN ALLE HONDERD

Romans
1948 Wijs mij de weg
1957 Met lege handen
1958 Beidt uw tijd
1958 De vrouwe van de Oldenhoeve
1959 De dokter is thuis
1964 Zuster Helga
1965 Langs de zelfkant
1966 Wat het leven haar bracht
1967 Geluk vraagt moed
1967 Deining op de Aukeshof
1968 Een erfenis voor de Aukeshof
1969 Overwinnaar op de Aukeshof
1969 Aan de Linge staat een stee
1970 De dijk is dicht
1970 De bungalow aan het wiel
1971 Het huwelijk... geen spelevaart
1971 Vrouwen om Victor
1971 Studentenhuwelijk
1972 Uit zonde geboren, in liefde aanvaard
1973 Ik kón niet anders zijn
1973 Slapen zonder morgen
1974 Hoeve De Terp
1974 De zonen van De Terp
1975 Schuif jij hem zélf aan mijn vinger?
1975 De blijde thuiskomst
1975 Het verleden blijft
1976 Dokter, je durft wat aan
1976 Vlinder met geschroeide vleugels
1976 Tanja trouwt een gezin
1977 Pension 'Eureka'

1977 De foto die het antwoord gaf
1977 Leven in twee werelden
1977 Petra
1978 Het gezin van Joost en Petra
1978 Buitenspel gezet
1978 En toen kwam jij
1978 Liefde is een offer waard
1978 De verre einder
1979 Je kinderen worden groot, Petra
1979 De grote leugen
1979 Terwille van een kind
1979 Zwarte Mart
1979 Dat plekje aan de Linge
1980 Een droom gaat in vervulling
1980 Geluk is niet te koop
1980 Een kind trekt aan de bel
1980 Een erfgenaam voor Mantingaborg
1980 Er is altijd een nieuw begin
1981 De verbogen schakel
1982 De hemel kan niet altijd blauw zijn
1982 Het hart aanvaardt geen grendels
1982 Als het geluk een omweg maakt
1983 Eén voor het verlies
1983 Ik mag niet weigeren
1983 In stil verlangen
1983 Ik heb toch ja gezegd
1983 Geen kortstondig avontuur

Voor de oudere jeugd
1949 Op de drempel
1950 Het volle leven tegemoet
1953 Schaakmat
1956 Elsbeth
1956 Eindspurt
1957 Ontmoeting in Tirol

1958 De brug komt klaar
1959 Ver van het veilige nest
1960 Barbara waagt de sprong
1960 Lotte of Lolo
1963 Netties tweelingbroer
1965 Met losse teugels
1966 Langs een omweg
1967 Stan durft het aan
1969 Als het leven op je afstormt
1970 Geen zon zonder schaduw
1970 De lusthof

Kinderboeken
1960 Mieke op 't gym
1961 Mieke als gymnasiaste
1962 Mieke, vaders zorgenkind
1962 Miekes grootste verrassing
1962 Mieke slaat op hol
1963 Mieke gaat kamperen
1964 Miekes nieuwe avontuur
1965 O, die Mieke!
1965 Mieke de durfal
1966 Mieke waagt zich op glad ijs
1967 Miekes offer
1968 Mieke als dierenbeschermster
1969 Mieke – als de vrijheid lokt
1969 Mieke – de vrije vogel laat zich niet vangen
1970 Mieke – de vrije vogel gekooid
1973 Avontuur met een vouwfiets (Mavo-parkietjes 1)
1973 Bettie werkt zichzelf in de klem (Mavo-parkietjes 2)
1973 Een griezelige ontmoeting (Mavo-parkietjes 3)
1973 Capi vindt een thuis (Mavo-parkietjes 4)
1974 Feest met Capi in het slotstuk (Mavo-parkietjes 5)
1974 Bettie en Ank krijgen een moederparkiet (Mavo-parkietjes 6)

1978 Je eigen wiekslag
Met de neus op het ijs (Mavo-parkietjes 7) (nog niet verschenen)
Met foto en al in de krant (Mavo-parkietjes 8) (nog niet verschenen)
Paraplu, paraplu, parasolletje (Mavo-parkietjes 9) (nog niet verschenen)
Gewoon het einde (Mavo-parkietjes 10) (nog niet verschenen)